A bit ahead of a million light years

Presented by
Hideyuki Furuhashi
古橋秀之
Illustration by Kentaro Yabuki
矢吹健太朗

百万光年のちょっと先

百万光年のちょっと先

A bit ahead of a million light years

Presented by Hideyuki Furuhashi
古橋秀之
Illustration by Kentaro Yabuki
矢吹健太朗

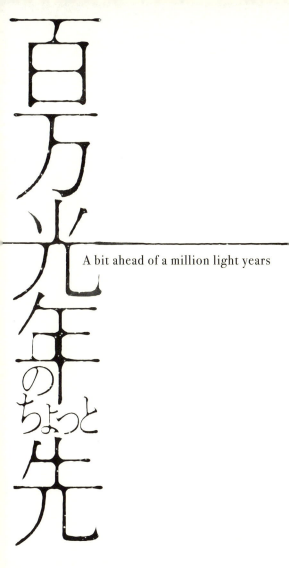

目次

PROLOGUE

ある人にとって、それは家族が集う居間の風景かもしれない。別の人にとっては、こっそりと忍び入った父親の書斎で見た、珍しい蝶《ちょう》の標本かもしれない。あるいはまた、どこともしれぬ草原《くさはら》で見知らぬ子供と鬼ごっこをした、夢ともうつつともつかない不思議な思い出であるかもしれない。

人それぞれの、原風景と言うべき特別な記憶。

私にとってのそれは、子供部屋の薄暗い天井に浮き出た染みと、柔らかなランプの光。そして、古びてつやの出た木製のマニピュレータが、私の手をやさしく握る感触だ。

私の生まれついた家はなんということもない中流家庭だったが、分不相応なことに、一台の自動家政婦を使っていた。死んだ祖父が格安で買い入れたという彼女は、当時としてもすでにかなり古い型のものだったが、その分構造が単純だったのだろう。最新の機械がモデルチェンジのたびに丸ごと買い換えられていくのを横目に、悪くなった部品を交換し、ひびの入った木製の外装をパテで補修しながら、何十年も働いてくれているのだった。

少女のようでもあり、老婆のようでもあり、あるいは古い家具のようでもあるその奇妙な存在を、幼い私はなんの疑問もなく受け容《い》れていた。家を空けがちだった両親よりも、彼女になついていたくらいだ。

炊事、洗濯、掃除、それに私のお守り。彼女の仕事はそうした家事一般で、決して外出することはなかった。今にして思えば、旧式の電子頭脳の処理能力上の限界から、不安定な要素の多い屋外の活動には適さなかったのだろう。

しかし、

「たまには外に出たくないの？」

ベッドに寝かしつけられながら、私がそう訊《き》くと、

「お外はもう充分」

と、彼女はもったいぶった調子で答えるのだった。

「わたくし、こちらのお屋敷にお招きいただくまでに、この目で――」

彼女は両手で眼鏡《めがね》を直すような仕草をした。彼女の視覚システムの一部を成す、大きなレンズだ。

「この目でほうぼうを拝見してまいりましたから。それはそれは、記憶装置がパンクしそうなくらい、さまざまな出来事を目の当《ま》たりにしたのですよ。うれしくなることやら、悲しくなることやら、びっくりすることやら」

「ホーボーって、どこ？　いったいなにを見たの？　びっくりすることって？」

私が半身を起こすと、彼女はかすかに関節をきしませながら、肩をすくめた。

「はてさて、ひとことで言えるものじゃあございません。長くなりますから、お話はまた明日にでも」

私はしぶしぶ横になり、それでも布団から顔を半分だけ出して喰い下がった。

「ひとつだけ、ひとつだけでいいから教えてよ。でないと気になって眠れないよ」

「あらまあ、それはたいへん」

そう言って小首をかしげる時、彼女の木製の顔《マスク》は、光の加減によるのだろうか、いたずらめいた笑みを浮かべているように見えた。

「では、ひとつだけお話ししましょう」

毎夜おきまりのそうした問答ののち、彼女はベッドの横の椅子に座り、ランプの灯りを見ながら、記憶の検索を始めた（あるいは、炎のゆらめきから乱数を採取して、その場で物語を構成していたのかもしれない）。

チィ……と、眼鏡のつるが微妙に長さを変え、彼女の視覚の焦点を無限遠に調整する。

話の出だしは、いつも同じだ。

「そう、あれは——百万光年のちょっと先」

死神と宇宙船

百万光年のちょっと先、今よりほんの三秒むかし。宇宙のすみっこにある銀河系の、そのまたすみっこの通商航路に、どっちが前だか後ろだか分からない宇宙船がおりました。

その名も〝どっちが前だか後ろだか分からない号〟！

そのころの船の流行《はや》りの型と言えば細長の流線型で、針のように鋭い船首で空間を貫きながら猛スピードで飛び回り、宇宙を針穴だらけにしていたものですが――その船ときたらずんぐりとした電球型で、いかにものろまそう。おまけにその丸っこい側が船首だったものですから、はた目にはお尻を前にして飛んでいるように見えて、たいそう滑稽だったものです。

でも、彼はそんなことは気にしません。人間の――いえ失敬――貨物船の価値は見た目の進行方向なんかで決まるものではないし（むしろ、燃費や積載量が問題ですね）、特に自分の場合、それは人に愛される個性というものだと心得ていましたから。

その証拠に、彼の持ち主の船長は、波止場《はとば》で彼を見上げるたびに、ごきげんで手を振りました。

「いよう、俺の〝どっちが前だか後ろだか分からない号〟！　今日もどっちが前だか後ろだか分からないな！」

すれちがう貨物船仲間も、彼の姿を見ると、口々にささやき交わします。

「なんてこった！　あいつはどっちが前だか後ろだか分からないぞ！　こいつは侮《あなど》れねえ！」

なにより、彼と彼の船長に仕事をくれるお大尽《だいじん》がたが、居並ぶ針型宇宙船の中でひときわ目立つ、彼のずんぐりボディを指差して言うのです。

「うむ、あの船に頼もう。どっちが前だか後ろだか分からないところが気に入った！」

しかしその一方、仏頂面の港湾繫留《けいりゅう》担当官が、

「ちゃんと前向きに停めなさい」

と言ってくるのには、彼は船長ともども閉口しました。

「お役人、この〝どっちが前だか後ろだか分からない号〟の船首は、実はこちらの丸っこいほうなんで」

船長がそう説明しても、繫留担当官は譲りません。

「当港の運用規定一〇四四号にはこう記載されている。『各船はその先端部からロープを延ばし、繫留ポストに舫《もや》うべし』と。言葉の定義から言って、こちらの先細りになっている端を〝先端部〟と呼称すべきであろう」

実のところ、〝どっちが前だか後ろだか分からない号〟だって、ちょっとバックをして〝前向き〟に停まることくらいはできるのです。が――

要するに、このお役人はひとりだけ逆を向いて飛ぶような船がきらいだったたし、〝どっ

ちが前だか後ろだか分からない号〟とその船長は、みんなと上っ面だけ合わせて目立たないように停まることなんか、まっぴらごめんなのでした。

それで、船長もさんざんに粘ったのですが――結局、繫留担当官からはほんのわずかな譲歩を引き出せただけでした。

「……ふむ、一〇四四号補則にはこうある。『例外的な形状を有する船体においては、左船腹に進行方向を示す矢印を表記することにより、その〝先端部〟の指標とすべし』と」

そういうわけで、〝どっちが前だか後ろだか分からない号〟はその横腹に、大きな矢印と「こっちが前」という注意書きを書かれてしまいました。

一応は規定書に書かれた通りになって、お役人のほうは満足しましたが、当の本人（いえ、本船）にとって、これは人格（いえ、船格）上の問題です。

どっちが前だか後ろだか分からない自分に誇りを持って生きてきたのに、どっちが前だか後ろだか分かってしまった日には、どっちが前だか後ろだか分からないんだか分かってるんだか、なんだかもう、わけが分かりません。

「船長、俺はもう名前を変えるよ。〝どっちが前だか後ろだか分かってしまった号〟とか、〝丸いほうが頭です、よろしく号〟とか……いっそのこと〝ケツが先号〟とか」

すっかりしょげ返った〝どっちが前だか後ろだか分からない号〟がそんなことを言い出すと、船長は彼の横腹を叩《たた》いて言いました。

「気にするな、相棒。こんな矢印ひとつでおまえの値うちが変わったりはしないさ。俺にまかせとけ。考えがある」

さて、その船長の考えというのがドンピシャリ。その後も〝どっちが前だか後ろだか分からない号〟は、彼の船長といっしょにごきげんな毎日を過ごしたのですが――

話は少し飛んで、百年後。

百年の間に、船長もお役人もほかの船乗りたちも、人間たちはみんな死んでしまって、〝どっちが前だか後ろだか分からない号〟の仕事仲間の貨物船たちも、次々と廃船になっていきました。

そのころには船の型の流行りもだいぶ変わって、昔ほど前とか後ろとかうるさくは言われなくなりましたが、〝どっちが前だか後ろだか分からない号〟は相変わらず、横腹に矢印を貼り付けたまま、ごきげんで働いていました。

最初の船長からいくつかあとの持ち主は、自分では船に乗らない人で、貨物の定期便を〝どっちが前だか後ろだか分からない号〟の自動操縦に任せきりにしていました。少々張り合いには欠けますが、これはこれで、なかなか気楽でいいものです。

そのようにして、うら寂しい恒星間航路をひとりぼっちで飛んでいた時――

〝どっちが前だか後ろだか分からない号〟は、不気味な宇宙船に出会いました。

まるで破れた傘のように、剝き出しのフレームに外装の切れっ端をくっつけた廃船。エンジンも操縦席もない空っぽで、自力で飛べるはずがないのに、するすると〝どっちが前だか後ろだか分からない号〟に近づいてきます。

「あー、まちがってたらすまないんだが」

〝どっちが前だか後ろだか分からない号〟は、おそるおそる訊いてみました。

「ひょっとしてあんた……死神ってやつじゃないかね？」

すると、不気味な宇宙船は答えました。

「その通りだ、老船よ。運命に従って、おまえを迎えにきた」

ご存じですか？　人間と同様に、宇宙船も寿命になれば、あの世からのお迎えが来るのですよ。そして、人間の死神が人間の骸骨の姿をしているように、宇宙船の死神は廃棄船の剝き出しになったフレームの姿をしているのです。

「――いや、いや！」

〝どっちが前だか後ろだか分からない号〟は、あわてて言いました。

「悪いが船《ひと》ちがいだと思うね。そりゃあ、俺は型は古いけど、エンジンはまだまだ馬力充分、フレームだってピンシャンしてる。まだまだお迎えって状態じゃない」

「いいや、まちがいない」

取りつく島もなく、死神は言いました。

「登録船名〝どっちが前だか後ろだか分からない号〟――ふん、ふざけた名前だ」

死神の口ぶりに、〝どっちが前だか後ろだか分からない号〟はいつぞやの繫留担当官を思い出したのですが、それはともかく。

死神の横の空間に、黒々とした穴がぽかりと空きました。

「今すぐ全力噴射して、この〝門〟に頭から飛び込むのだ。さすれば、おまえの魂は見事あの世へと飛び立っていくであろう」

〝どっちが前だか後ろだか分からない号〟は死神の広げた〝門〟を、ちらりとのぞき込みました。その空間の穴は黒々として底知れず、どうにもぞっとしない感じです。

「ここに飛び込めって？」

「さよう」

「全力で？」

「さよう」

「頭から？」

「さよう」

「……いやいや、待った待った」

〝どっちが前だか後ろだか分からない号〟は慎重に言いました。

「そりゃあ、全力で行くよ、全力で。こちとらエンジンは絶好調、そこにはなんの問題もない。しかしね、なにしろ俺はこの通り、どっちが前だか後ろだか分からない船だ。ついうっかり、反対方向に全力疾走――なんてことになったとしても、恨みっこなしと願いたいんだが、どうだろうね？」

「ごまかされんぞ」

死神は氷のように言い放ちました。

「おまえの船腹には『こっちが前』と書いてあるではないか！」

「ややっ!?　——こいつはしまった！」

進退きわまった〝どっちが前だか後ろだか分からない号〟は、神妙に〝門〟の前に進み出ました。もちろん、矢印の先を〝門〟に向けています。

「ああ、これが年貢の納め時か。潔く諦めるとしよう。それでは秒読み、三、二、一——」

ところが、

「——いざ、さらば！」

そう叫ぶや、〝どっちが前だか後ろだか分からない号〟は〝門〟から逃げるように一直線に飛び出し、呆気《あつけ》にとられる死神をすばらしいスピードで振り切って、近所の港に駆け込みました。最初から、門には船体の先細りのほうの端——彼にとってのお尻を向けていたのです。

そう、死神は確かに、彼の横腹に書かれた矢印を見ていました。

ただし、その右横腹の。

つまり、どういうことかというと——

百年前、〝どっちが前だか後ろだか分からない号〟の亡くなった最初の船長は、お役人の手で左横腹に矢印を書かれてしまった彼を励ますために、右横腹に反対向きの矢印を書いてやったのです。なぜって、〝運用規定一〇四四号〟には「右船腹に進行方向と反対向きの矢印を表記するべからず」とは書いてありませんでしたからね！

――それから、〝どっちが前だか後ろだか分からない号〟がどうなったのかって？

はてさて、わたくしが見たのはそこまでで、あとのことは存じません。でもきっと、相変わらず元気で、陽気で、どっちが前だか後ろだか分からないことでしょうよ！

卵を割らなきゃオムレツは

百万光年のちょっと先、今よりほんの三秒むかし。ある惑星では大きないくつかの国が、大きな長い戦争をしておりました。

あんまり大きな戦争で、どこの国も最初の十年で兵隊にとる国民が空っけつになってしまったものですから、各国のお偉がたは兵隊の補充に頭を悩ませました。

ある国では徴兵の年齢を上げて、お年寄りを戦場に駆り出しましたが、これは一時しのぎにしかなりませんでした。なぜって、次の年に新たにお年寄りになる人々は、もうすでに兵隊に取られているわけですからね。

またある国では逆に、徴兵年齢の引き下げが行なわれました。最初十八歳だったのを、十五歳とか、十二歳に。これはしばらくの間上手く行きましたが、戦争が長引き、大きくなるにつれて、足りなくなった人数を補充するために、さらにさらに引き下げが行なわれ――十歳、五歳、三歳、はては生まれたばかりの赤ん坊を自律制御された戦車に詰め込んで戦場に送り出すに至って、このやりかたも行き詰まってしまいました。

最後に、また別のある国が考案したのが、〝誕生前徴兵〟という制度。培養された受精卵を、人工子宮を兼ねた装甲服に入れて、そのまま兵士として育てるのです。

この方法はたいへん具合がよかったので、他の国々も次々とこれにならいました。おのおのの兵士は、十八年にもわたる兵役が終わるまで、一瞬たりとも装甲服から出ることはありません。そして、人工子宮に入りっぱなしの兵士たちは、法律上「まだ生まれていない」ということになるため、戦場では日々何千何万という兵士が流産されるものの、生まれた人間はひとりも死なない、という、まことに人道的なありさまとなったのでした。

さて、そんな戦場の、それも最前線の塹壕《ざんごう》の中に、ふたりの装甲兵がおりました。ひとりは〝装甲兵一四－三五二六〇四八－三〇八〟、もうひとりは〝装甲兵一四－三五二六〇四八－三〇九〟といって、同じ小隊に属する僚友で、卵のようにずんぐりした、瓜ふたつの姿をしていました。

十八年前にそろって戦場に送り出されたふたりは、今日の作戦を最後に満期除隊になることが決まっていました。明日が〇歳の誕生日というわけです。

「なあ相棒」

さも待ちかねている様子で、三〇九が言いました。

「おまえ、生まれたらなんになる？」

「さて……俺は、なにか堅実な仕事につきたいね」

と、三〇八は答えました。

「鍛冶屋か仕立屋か、それとも……うん、パン屋なんかがいいかな。毎日必要になるものだから、パンを焼く腕があれば、喰いはぐれることはないだろう」

すると、三〇九は大声で笑い始めました

「なんとまあ！　これから人生が始まろうっていうのに、そりゃまた、なんとも地味な望みだな！」

　そこで、今度は三〇八が聞き返しました。

「じゃあ、そういうおまえはどうなんだ、相棒？」

「よく聞いてくれた」

　三〇九は身を乗り出しました。

「あのな、俺はなにかでかいことをやる。それで、ひと山あてて大物になって、べっぴんの嫁さんをもらうのさ」

「おやおや、そいつはつまり、まだなにも考えてないってことだな」

　あきれたように言う三〇八に、三〇九はしれっと答えました。

「考えがどうのより、まずはやってみろ、さ。『卵を割らなきゃオムレツは作れない』って言うだろ？」

「オムレツが喰いたきゃ、べっぴんの嫁さんに作ってもらったらどうだ」

「もちろんそのつもりさ」

　そんな軽口を叩《たた》いていたふたりでしたが……実際には、ふたりの願いがそのままかなうことはありませんでした。皮肉なことに、三〇九にとっては、結果はまったく反対になってしまったのです。

　――やがて、進軍のラッパが高らかに鳴り響き、卵の兵隊たちはいっせいに塹壕を這い出て、小銃をかまえながら敵陣へと走りだしました。

その中には三〇八と三〇九の姿もありましたが、

「……おい、この作戦は少し変だぞ」

と、三〇八が言いました。

「え、なんだって？」

「進軍のタイミングが早すぎるし、長い平地を突っ切らなきゃならん。これじゃあ、まるで的にしてくださいと言ってるような――」

三〇八が言い終わらないうちに、
ドドドドドォ――ン!!

百万の雷鳴を束ねたような音が轟くや、頭上に敵軍の砲撃が雨のように降り注ぎ、あたりはたちまち、爆発と轟音でいっぱいの、地獄のようなありさまとなりました。

あちらこちらで、友軍の兵士たちが木っ端のように舞い上がっています。

今しがた三〇八の言っていたことは、実に的を射ていました。というのも――

それぞれの国にとって〝誕生前徴兵〟制度には、充分な数の兵士を確保するというほかにも、ある利点がありました。

すなわち〝人口の調整〟です。

元来、生き死にの問題は神さまの領分であって、人の手によって操ることはできないのですが……こと戦争の場においては、その時々の作戦の如何《いかん》によって、兵士の損耗率は操作することができます。

そこで各国は、自国の人口が少なすぎる時にはあまり兵隊の死なない作戦を取り、多すぎる時には多少強行的な方針で戦略を立てるなどして、出生率を加減していたのです。

そして、その年はたまたま、三〇八と三〇九の祖国では死亡率が低く、そのため、出生率をなるべく抑える意味で、今日の作戦は参加した兵士をほぼ全滅させることが決まっていたのでした。

そして——

「気をつけろ、相棒！」

爆風に煽《あお》られながら三〇八が言うと、三〇九は答えました。

「やあ、なんのこれしき——」

しかし、三〇九がそう言いかけた時、すぐそばに大きな砲弾が落ち、ふたりはめくれ上がった地面と共に空中に放り出されました。

そして、地上に落ちてさんざんに転がったのち、三〇八はどうにか起き上がって、傍《かたわ》らの塹壕に飛び込みました。

「大丈夫か——!?」

地面に顔をのぞかせ、あたりを見回しながら言った瞬間、三〇八の前方の地面に、三〇九の装甲服がグシャリと叩きつけられました。

十八年の兵役満了——あと十数時間ののちまでは決して開かないはずのボディの接合部

が、割れた卵のように大きくひびわれ、人工羊水が勢いよく噴き出しました。

「三〇九……！」

三〇八は思わず塹壕を飛び出し、三〇九に駆け寄りました。装甲服のひびの隙間から、白い肌が見え、わずかに震えています。

未だ続く砲撃の中、三〇八は勢いよく立ち上がり、

「――やめろ、やめろ！」

と、前後左右、あらゆる方角に向け、声を限りに叫びました。

「戦闘は中止、戦闘は中止だ！　生きた人間がいるぞ！　生きて生まれた人間がここにいるぞ!!」

すると――味方の進軍が、そして敵の砲撃も、その瞬間にぴたりとやみました。

長いこと、装甲した胎児同士によって戦われ、人死にのなかったこの戦争において、生きて生まれた人間を死なせることは絶対的な禁忌《タブー》となっていたのです。

そしてまた、子宮の機能を兼ねた装甲服の、完全であるべき気密性が失われたため、三〇九は早産の形で今、誕生したという扱いになるのでした。

その後、戦闘を一時休止した敵味方両陣営が円を作って見守る中、三〇八は三〇九の壊れた装甲服を慎重に分解し始めました。ゆがんだ装甲板をひとつひとつ取りのけ、人工子宮を開き――

「お……？」

三〇八は、思わず声を上げました。

意外なことに、装甲服の中から現れたのは、白い白い、透き通るような肌をした、美しい少女でした。

作業の間、あどけない顔でぼうっとしていた少女は、やがて羊水にまみれた顔を拭い、のびをしたのち、自分の細い両手と、しなやかな体をふと見下ろし、そして、

「こりゃあ……なんてこった!?」

と叫びました。なぜって、彼女――装甲兵三〇九もまた、自分の中身がこんな繊細な少女だとは、今の今、自分の殻が割れて落ちるまで、思ってもみなかったんですから。

さて――その日の戦闘はそれっきり中止になり、両軍は大した損害もなく、それぞれの陣地へと帰っていきました。

滞りなく除隊した三〇八もまた、生まれて初めて装甲服を脱ぎ捨て、自分の足で地面に降り立ちました。こちらは自分や周りの思っていた通りの、なかなかの男ぶりの青年でした。

さてさてそれから、生きて生まれた人間としての、彼らの生活が始まりました。

「大物になってべっぴんの嫁さんをもらう」つもりでいた三〇九にとって、「自分がべっぴんの嫁さんになってしまう」というのは、まったく予想外のことだったわけですが――

堅実なパン屋の旦那さんのためにオムレツを作る毎日は、それはそれで幸せと言えるのか、どうなのか。

はてさて、それぱっかりは、割ってみなけりゃ分からないってものですね。

勇敢でハンディなポータブル百科事典

百万光年のちょっと先、今よりほんの三秒むかし。ある銀河の中央に近い星系で、究極の大百科事典が作られました。

完成までに十億年の時間を要し、建造に関わった星間文明が百回も代替わりした末に完成したそれは、エネルギー源となる十六連恒星の周囲に六五五三六個の惑星級メモリーバンクを周回させた、超巨大構造物でした。

建造開始から十億年目に起動した究極百科事典は、いくつもの銀河を股に掛けて航行し、目につく星系を片端から走査し、記録しました。そして恐ろしいことには、その超強力な走査ビームの照射によって、対象となる星系は完全に破壊されてしまうのでした。〝巨視的観測問題〟とも呼ばれるその現象によって、何十億、何百億という星々を破壊しながら、究極百科事典は超々光速で突き進みました。あたかもそれは、巨大な〝知識の怪物〟が、宇宙という辞書を一ページずつ食べながら暗記していくかのようでした。

そしていつか、宇宙のすべての星を喰い尽くした時、究極百科事典の内部には宇宙全体の完全な写しが形作られ、かつシミュレートされ――彼自身が宇宙そのものとなるのです。

もっとも、それはまだずいぶん先の話で、今はまだ、宇宙の隅っこに虫喰い穴を開けている程度のものですが――しかし、彼の目の前にいる者にとっては笑いごとではありません。なにしろ究極百科事典には〝完全な知識〟を追い求める、意地汚いまでの食欲＝知識欲がありましたし、彼の、自らの超巨大質量と超演算機能を利用した超空間ドライブは、最速のドラッグ・スターシップの百万倍もの速度を出すことができましたから。要するに、ひとたび目をつけられたが最後、人の身にはこの怪物の胃袋から逃れるすべはないのです。

　そういうわけで、とある惑星から、宇宙空間の観測限界のへりに十六個の光る目玉が見えた時には、惑星中がてんやわんやのありさまとなりました。絶望する者がおり、無理と知りつつ逃げ出そうとする者がおり、どさくさ紛れに盗みを働く者などもおりましたが、しかし、怪物に立ち向かおうとする者は、ひとりもいませんでした。

　いいえ、しかし——それが、ひとりだけいたのです。

　それは超薄型で手のひらサイズ、「僕のポケットに図書館を」のキャッチフレーズで知られる、ポケッテル社製のポータブル電子百科事典でした。何年か前の型で、実はポケットに入れるにはちょっと大きかったのですけれど、なにぶん安く買えたもので、貧乏なご主人はそれなりに満足して彼を使っていたものです。

「ねえご主人、僕にはなんとかできるかもしれませんよ」

　勇敢なポータブル百科事典が言うと、大パニックの中で絶望しようか逃げ出そうか、はたまた火事場泥棒にでもなってしまおうか……などと考えていたご主人は、彼に向かって答えました。

「なにを言ってるんだい、おまえはただのポータブル百科事典じゃないか」

「ただのポータブル百科事典であっても、〝勇気〟という言葉の意味は知っているものです。なんたって、辞書機能がついていていますからね」

ポータブル百科事典はすました調子で言いました。

「ご主人、僕にオプションのバッテリーと超空間モデムとキャリングケースを買ってください。そうすれば、きっとこの場をなんとかして差し上げます」

ご主人は最初、それをただのたわごととして取り合いませんでしたが、やがて「どうせ打つ手がないのなら、このチビの言う通りにしてみても損はないじゃないか」と思い直し、バッテリーと超空間モデムとキャリングケースを買ってきて、ポータブル百科事典に取りつけてやりました。

さて、そうこうするうちに、究極百科事典がやってきました。十六個の恒星の目玉をぎらぎらさせながら、どこから学ぼうか、と舌なめずりをしています。

と――その目の前に、一隻の小型宇宙船が飛び出しました。乗っているのは、勇敢なポータブル百科事典と彼のご主人です。

「やあ、ご同輩!」

ご主人が首から提げたキャリングケースに収まったポータブル百科事典は、超空間モデムを通じて究極百科事典に呼び掛けました。バッテリーも新品で、元気いっぱいです。

究極百科事典は目玉のひとつをできる限り薄く凝らして、ポータブル百科事典をにらみました。見たところ、小型にして単純なポータブル百科事典も、その持ち主らしい人間も、彼らが乗っている宇宙船も、なんの変哲もないものです。しかし、それが先を争って逃げ出すならともかく、自分の目の前に飛び出してくるというのは予想外の展開で、いたく興味を惹《ひ》かれました。

「いったいなんの用だ」

　究極百科事典の問いに対するポータブル百科事典の答えは、さらに興味深いものでした。

「僕の目的は性能比較試験、平たく言えば力比べだよ。つまり、同じ百科事典として、競合商品とは雌雄を決しておきたいと思うんだ」

　究極百科事典はわずかに驚き、さらに興味を惹かれながら答えました。

「私とおまえの間には、総質量、エネルギー量、媒体容量、また現時点での保有情報量においても、天文学的な開きがあることは明白だ。この上、なにを比較するというのだ」

「いやいや、僕ら民生用の商品にとっては、問題はそう単純なことじゃあない。情報が正確で、大量で、多様で――それももちろん大切だけど、ユーザーにとっての利便性との兼ね合いこそが最重要の課題なんだ。つまり、競われるべきは情報の量ならず、質ってことだね」

「無論、保有情報の質においても私に比肩し得る者はない」

「さあて、それはどうだか！」

　ポータブル百科事典は、からかうように言いました。

「その持てる知識が『正しくはあるが実際的ではない』なんてことは、アカデミックな先生がたには、よくあることだからねえ」

「では、おまえはその質あるいは実際性の優劣を、どうやって判断するというのだ」

「僕にとっては、顧客満足度こそが最重要だからね。これからいくつかの項目について情報を出し合って、僕のご主人が満足する答えを出したほうを勝ちとする、ってのはどうだい？」

「ふむ……」

ふたりの乗っている宇宙船を見下ろしたまま、究極百科事典は黙り込みました。惑星の地殻をも貫く破壊的な走査ビームが、いつ来るか、今来るかと、ご主人が身を硬くしていると、究極百科事典は言いました。

「興味深い問題だ。おまえたちの言う試験とやらをしてみよう。課題を出すがいい」

「よ、よし、それでは――」

ご主人が一歩前に進み出て、あらかじめポータブル百科事典に教えられていた課題を言い渡しました。

「まず、〝宇宙〟について教えてくれ」

すると、即座に究極百科事典の六五五三六個の惑星回路が回転し、宇宙全体についてのシミュレーションを開始しました。宇宙の誕生から終焉《しゅうえん》までの概略と能《あた》う限りの詳細、その基盤となる統一された法則などが、ご主人の脳の構造に合わせて翻訳され、圧縮されたテレパシー情報の形で転送されていきます。

パノラマのように脳裏に展開する宇宙の真理に、ご主人は思わず叫びました。

「おお――これは――すべてが分かった！　まるで神さまにでもなったみたいだよ！」

もちろん、究極百科事典の持っている知識は未だ完全なものではありませんでしたが、ご主人の頭の程度に合わせるならば、これは十二分なものだと言えました。

一方、

「じゃあ、次は僕の番だ」

と言って、ポータブル百科事典がモニター画面に表示したのは、次の文章です。

『宇宙――あらゆる天体を含む空間の広がり。また、存在する事物の全体』

これはどうも、旗色が悪いみたいです。

続けて第二問。

「次は〝愛〟について教えてくれ」

ご主人が言うと、究極百科事典は自分が知るすべての種族についての生物学的特徴から歴史、文化に至るシミュレーションを行ない、恋愛、友愛、肉親の愛、忠誠の愛――あるいは異種族の持つ、人間には元来存在しない形態の感情まで、あらゆる形の愛を抽出して、ご主人に転送しました。

胸一杯に広がる、激しく豊かな感情に、ご主人は感動のあまり泣き出しました。

「ああ、なんてことだ……僕は愛の真実を知った。もう死んでもいいくらいだ」

そこに、

「なかなかやるね。次は僕の番だ」

と言って、ポータブル百科事典がモニター画面に表示したのは、次の文章です。

『愛――相手を尊重したいと願う、人間的な心情。いつくしみ』

ご主人はきょとんとした表情で、画面を見つめるばかり。その反応から、これまた勝負は歴然です。

「おい……大丈夫なのかい？」

ご主人が小声で聞くと、ポータブル百科事典は平然と言いました。

「さあご主人、次の課題をお願いしますよ。たぶんこれで勝負が決まるんじゃないかな」

「う、うん、ああ。では――」

ご主人はおずおずと言いました。

「最後に……〝百科事典〟について、教えてくれ」

前の二回と同じように、究極百科事典はシミュレーションを始めました。百科事典というものの存在意義、基本理念、そして歴史。手書きの文字でまとめられたごく初期のものから、印刷され、電子化され、量子化され、その果てに誕生した超星系級大百科事典、すなわち自分自身の生い立ちに至り――

ところが、その時。

あまりにも完璧に構築された究極百科事典自身のシミュレーションモデルは、彼自身の内的宇宙をものすごい勢いで破壊し、喰い荒らし始め――かと思うとぴたりと動きを止めてしまいました。どうやら、モデル内部で自分のシミュレーションをしているみたいです。ひょっとしたらタマネギみたいに、そのまた内部でも、さらにその内部でも、同様のことが起こっているのかもしれません。

究極百科事典がすっかり動かなくなってしまうと、

「答えが出ないようなら、こちらから行かせてもらうよ」

と言って、ポータブル百科事典は画面に文章を表示しました。

『百科事典——僕のポケットに図書館を！　ポケッテル社のポータブル電子百科事典シリーズをどうぞ！』

いやはや、この答えはまったくもって、ご主人のお気に召したようですよ！

——さて、わたくしが見たのはそこまでで、あの恐ろしい究極百科事典が、それからどうなったのかは存じません。ひょっとすると、すでにシミュレーションを終えて、再び宇宙を喰い荒らし始めているのかも……？

いえいえ、心配はご無用。わたくしの経験から申しますと、頭のいい人がややこしいことを考えはじめると、永久に答えは出ないものですからねえ！

身の丈ひとつで

百万光年のちょっと先、今よりほんの三秒むかし。とある科学的に栄えた惑星に、たいそう好ましい若者がおりました。

背は高く、腕は太く、ハンサムな顔にふたつの目がきらきらと輝き、頭もよくて弁舌さわやか、加えて、性格もたいへんによかったものですから、みんな彼のことが大好きで、彼もみんなのことが大好きなのでした。

そんな彼が恋をしました。相手はとなり町で一番の、とびっきりのお嬢さんです。

もちろん、友だちはみんな、彼のことを応援しました。彼が出掛けると言えばよろこんで車を貸し、泊まり掛けで旅行をすると言えば別荘の鍵を貸してくれました。

大勢の友だちに祝福されて、幸せなカップルは順調に愛を育《はぐく》んでいきました。

さて、そんな彼がついにお嬢さんにプロポーズすることを決意しました。お嬢さんもそれを待ち望んでいます。

――が、いよいよという時になって、若者は考えました。

「ぼくは本当に彼女にふさわしい男と言えるだろうか？　借りものの力で彼女の気を惹《ひ》いたりはしていなかったろうか？　よし、当日は身の丈ひとつになって彼女のところへ行くことにしよう」

そこで、若者はすべての友だちに、こんな手紙を出しました。

「今から一週間のあいだに、今まで借りていたものをすべて返したい。みんな、すまないけれど、うちまで取りに来てくれないか」

ほら、長旅や引っ越しをする前に、友だちに借りていたお金を返しておこうとする人と、もっと借りておこうとする人がいるじゃないですか。この若者は前者のタイプだったわけですね。実に立派です。

そんなわけで、それから一週間、若者の家にはたくさんの友だちが訪れ、彼に貸したものを持って帰りました。それはちょっとしたお金だったり、本だったり、乗りものや道具だったりと、いろいろです。また、これは催促したわけではないのですが、彼が貸していたものを返しに来た人も同じくらいいました。

さあ、これで貸し借りなし！　若者はすっきりした気分で、意気揚々と恋人の家を目指して歩き始めました。

と、そこに、若者の古い友人のひとりが現れました。

「やあ、手紙を見たよ！　俺の貸していた脚を返してくれるって？」

あら、言っていませんでしたっけ？　この国はたいへん発達したサイボーグ社会で、規格化された手脚を貸し借りするのは、ごく一般的なことなのです。

「おっと、これはうっかりしていたよ。どうぞ、持っていってくれたまえ」

若者は長くすらりとした両脚を体から外すと、友人に返しました。

「なんなら、もう少し貸しておいてもいいんだが」

「いやいや、今日は身の丈ひとつで行くと、ぼくはそう決めたんだ」

若者は友人と別れると、両手を使ってひょこひょことなり町を目指しました。

と、そこに、もうひとり古い友人が現れました。

「やあ、手紙を見たよ！　俺の貸していた腕を返してくれるって？」

「おっと、これはうっかりしていたよ。どうぞ、持っていってくれたまえ」

若者はたくましい両腕を体から外すと、友人に返しました。

「なんなら、もう少し貸しておいてもいいんだが」

「いやいや、今日は身の丈ひとつで行くと、ぼくはそう決めたんだ」

若者は友人と別れると、ごろりごろりと転がってとなり町を目指しました。

と、そこに、さらにもうひとり、古い友人が現れました。

「やあ、手紙を見たよ！　俺の貸していた顔を返してくれるって？」

「おっと、これはうっかりしていたよ。どうぞ、持っていってくれたまえ」

若者はハンサムな顔を外すと、きれいなふたつの目も添えて、友人に返しました。

「なんなら、もう少し貸しておいてもいいんだが」

「いやいや、今日は身の丈ひとつで行くと、ぼくはそう決めたんだ」

若者は友人と別れると、目の見えないまま手探りで（おっと、手はないんでしたっけ）となり町を目指しました。

そして、いよいよ恋人の家のベルを鳴らしたその時、もうひとりの友人が現れました。

「やあ、手紙を見たよ！　俺の貸していた頭を返してくれるって？」

――さてさて、お嬢さんがドアを開けた時、戸口に立って、いや、転がっていたのは、手も足も頭もない、サイボーグの胴体ひとつでした。

「……ボクト・イッショニ・ナッテ・クレルカイ」

若者は、やっとのことでそれだけ言いました（胴体に補助スピーカーがついていたのは幸いでした！）。

もはや以前のように背も高くなければ腕っ節も強くなく、ハンサムでもなければ、頭もよくはありません。これこそが、かの若者の身の丈ひとつだったわけですが――となり町で一番の、とびっきりのお嬢さんは、なんて答えたと思います？

お嬢さんは恋人の胴体を抱き上げて、こう言ったんですよ。

「ええ、よろこんで！」

なぜって、手も脚も、頭でさえも貸し借りできる世の中では、大切なのは気持ちひとつってことですものね。

ふたりの結婚式には、それはそれは大勢の友だちが集まりました。そして新郎の若者には、すらりと長い脚と、太くてたくましい腕と、ハンサムな顔と、よく回る頭がお祝いに贈られたということですよ。

ものまねお化け

百万光年のちょっと先、今よりほんの三秒むかし。ある地球型惑星に、ものまねお化けがおりました。

「あそぼうか、あそぼうか」

そう言いながら、森の動物たちと走ったり飛んだり、草木に化けてかくれんぼをしたり、遊び飽きると今度は雲になってぷかぷかと昼寝をしたり。それはそれは楽しく暮らしていたのでした。

しかし、その愉快な暮らしも、近くの星間文明の人間たちがその惑星に進出したことによって、終わりを告げました。大規模な環境開発によって、森は切り開かれ、山は崩され、川の水は干上がり、ものまねお化けの友だちの動物たちも、残らず死んでしまいました。

ものまねお化けはつまらなくなって、しばらくの間、石ころになって転がっていましたが、やがていいことを思いつきました。今度は、新しく来たものたちと遊べばいいのです。

まず最初に、ものまねお化けは鉱山で働いている自動重機に化けました。

「あそぼうか、あそぼうか」

しかし、まわりの重機たちは、

「ブゥーン、ガガガン」

などと言って、取り合おうとしません。

そこで、ものまねお化けは自分なりにまねをしました。ドリルやハンマーを使って、鉱山も重機たちも、めちゃめちゃに打ち壊してしまったのです。

すると、プラズマ・ガンを抱えた兵隊たちがぞろぞろと出てきて、ものまねお化けを取り囲みました。

ものまねお化けは目玉をくるくる回しながら言いました。

「あそぼうか、あそぼうか」

兵隊たちはそれに応えて、熱いプラズマの塊をぶつけてきます。

ものまねお化けはよろこんで、自分も口からプラズマの塊を吐き、兵隊たちをすっかり焼き払ってしまいました。

すると、今度はたくさんの戦車や飛行機がやってきました。

ものまねお化けは尻尾をくるくる回しながら言いました。

「あそぼうか、あそぼうか」

戦車や飛行機はそれに応えて、ものまねお化けのまわりに砲弾やミサイルを雨あられと降らせてきます。

ものまねお化けはよろこんで、自分も体中から砲弾やミサイルを撃ち出し、戦車や飛行機を片端から蹴散らしてしまいました。

すると、今度は惑星の衛星軌道上に大艦隊が現れました。

ものまねお化けは触毛をくるくる回しながら言いました。

「あそぼうか、あそぼうか」

大艦隊はそれに応えて、地表が沸騰するほどのレーザー砲撃を浴びせ掛けてきます。ものまねお化けはよろこんで、自分も太くて強いレーザーの束になって、大艦隊をなぎ払い、残らず溶けた鉄屑《てつくず》に変えてしまいました。

さて、お次は？　お次は？

ものまねお化けはくるくる回りながら待っていましたが、もう、なにも現れません。人間たちはこの惑星を放棄して撤退してしまったのでした。

そして、溶けた鉄が冷え切るころには、ものまねお化けはつまらなくなって、自分も鉄の塊になって軌道空間に転がっていました。

が——その空間にただひとりだけ、生きている者がおりました。砲艦の乗組員だった男です。艦が爆発する際に外に放り出された彼は、たまたま宇宙服を着ていたためにかろうじて助かったのですが、しかし、宇宙服に酸素は残り少なく、爆発の際に大怪我もしていたので、その命はあとわずかしか残っていません。

ものまねお化けは頭をくるくる回しながら言いました。

「あそぼうか、あそぼうか」

すると、男は答えました。

「やあ、天使か悪魔か知らないが、俺は遊んでやれないよ。今から死ぬのに忙しい」

男はそれだけ言うと、ものまねお化けの目の前で死んでしまいました。

そこで、ものまねお化けは自分なりにまねをしました。男の体をそっくり写し取り、脳の中に残っていた記憶をさらうと、近くを漂流していた救命艇に取りついて、通信装置を修理して――

数か月後、到着した救援部隊に救助された男――に化けたものまねお化け――は、上司への報告もそこそこに、家族の下に駆けつけました。男には若い奥さんと小さな子供がいたのです。

それからも、ものまねお化けは男のまねを続けました。男がするように働き、男がするように家庭を守り、男がするように食べ、眠り、そして老いていきました。ものまねお化けは、この新しい遊びがすっかり気に入っていたのです。

「ねえ、幸せかい？」男に化けたものまねお化けが聞くと、

「うん」と子供が答え、

「ええ、幸せよ」と、奥さんが答えました。

ところがある時、一家が事故に巻き込まれ、奥さんと子供が死んでしまいました。

そこでものまねお化けは、男に加えて奥さんと子供のまねも始めました。男は仕事に行き、奥さんは家にいて、子供は学校に行く――それらの体と心の動きをひとりでやったのです。それから何年もの間、小さな家族のまねを、ものまねお化けはひとりで続けました。

「ねえ、幸せかい？」男に化けたものまねお化けが聞くと、

「うん」と子供に化けたものまねお化けが答え、

「ええ、幸せよ」と、奥さんに化けたものまねお化けが答えるのでした。

そしてある時、恒星間規模の全面戦争が起こって、その星間文明は残らず全滅してしまいました。小さな家族の住む都市も、たった一発の爆弾で蒸発してしまったのです。

そこで、ものまねお化けは腕をくるくる回し、惑星も、都市も、建物も、そこに住む人間たちも、残らずひとりでまねをすることにしました。

数十の星系と数百兆の人口を抱える大文明は、その後も何万年、何億年と、栄えに栄えました。でも、それは本当は、ものまねお化けのひとり遊びだったのです。

そしてまた、ある時。ついに宇宙の終わりの時がやってきて、星間文明も、その他の星系も、銀河系も銀河団も超銀河団も――とにかく一切合財《いっさいがっさい》が、残らず消えてしまいました。

光も熱も重力も、時間や空間さえもなくなったからっぽの只中に、ものまねお化けはひとりで取り残されてしまいました。あとはもう、ほんとになんにもありません。

「あそぼうか、あそぼうか」

そう呟《つぶや》いても、応えるものはありません。

だから、このお話もこれでおしまい。

え？　それから、ものまねお化けがどうなったのか、ですって？

さあて、なにもしなければ今もそのままでしょうし……あるいはひょっとしたら、今度は宇宙全体のまねを始めたのかもしれません。だとしたら、今の今、この瞬間の坊ちゃまやわたくしも、ものまねお化けが化けているのかもしれませんよ。

害虫駆除業者の甥《おい》

百万光年のちょっと先、今よりほんの三秒むかし。ある惑星に、ひとりの害虫駆除業者がおりました。ウチュウネズミ、バイオゴキブリ、セラミックシロアリなどの退治を一手に引き受けるこの男、なかなかの腕利きと目され、顧客の評判も上々なのでした。

ある時、この男は甥を預かり、仕事を仕込むことになりました。自分に子供がなかったこともあって、叔父は甥に仕事のすべてを仕込み、ゆくゆくは後継者にと考えていました——が。

なんとまあ、この甥のぼんくらなことといったら！　ポンプを壊して殺虫剤をぶちまけるわ、出先の機材を落っことして台なしにするわ、これでは稼ぎより被害のほうが多いくらいです。

仕方なしに、叔父はぼんくらの甥を事務所に置いて、店番に使うことにしました。

「いいか、よく聞けよ」叔父は甥に言いました。「おまえの仕事は、問い合わせをしてきたお客に、定型の入力フォームを送信することだ。あとはお客自身に記入してもらえばいいし、見積もりも自動的に出てくるから、なにも難しいことはない。ただこの時に、我が社のモットーである〝迅速・安心・確実〟を訴えることは重要だ」

それから、叔父は甥に、それらをひとつひとつ説明しました。

「お客を迎えてまず最初に言うべき台詞《せりふ》は『どこへなりと、すぐにうかがいます』だ。腰の軽さは商売の決め手だからな。これが〝迅速〟ということだ」

「うん、分かったよ」と、甥は答えました。

「そして、次に言うべき台詞は『何万匹だろうと、たちどころに始末いたします』だ。お客がうちみたいな業者に望んでいるのは、そういう頼もしさだからな。これが〝安心〟ということだ」

「うん、分かったよ」と、甥は答えました。

「そして、三番目に言うべき台詞は『一匹たりとも逃がしはしません』だ。害虫ってのは、一匹でも残すとすぐに元通りに増えちまうからな。これが〝確実〟ということだ。〝迅速・安心・確実〟。どうだ、ちゃんと覚えたか？」

「うん、ちゃんと覚えたよ、叔父さん」と、甥は答えました。

そうして、ぼんくらの甥は叔父の事務所の店番を始めました。お客からの問い合わせに対しては、

「どこへなりと、すぐにうかがいます」

「何万匹だろうと、たちどころに始末いたします」

「一匹たりとも逃がしはしません」

の三つの台詞だけを言って、入力フォームの送信ボタンをポンと押します。ときどきと、いんちんかんな応対もしましたが、言いたいことはどうにか伝わったので、特に大きなトラ

ブルにもならなかったのです。

そんなある日のこと、甥が番をする店の上空に、大きな大きな、途方もなく大きな宇宙戦艦がやってきました。

それは超古代から宇宙の闇の中に存在する無人艦隊の端末のひとつでした。彼ら邪悪な機械生命は、自分たち以外のあらゆる知的存在を憎み、跡形もなく殲滅《せんめつ》しようとしていたのでした。その戦力はいくつもの恒星を呑み込み、喰らい尽くすほど。先遣部隊の偵察艦にすぎないこの艦一隻ですら、大陸のひとつやふたつは一瞬で消し飛ばしてしまうことでしょう。

もっとも、ぼんくらの甥は、そんなことはまったく知りません。馬鹿みたいな顔で空を見上げるばかりです。

と――

「この星系社会の代表者は誰か」

戦艦が、惑星中に響き渡る声で言いました。

「はあ、ええと、叔父さんが留守の間は、僕が店をまかされています」

と、よく分からないままに甥は答えました。別に、星系全体をまかされていたわけじゃないのですけど、まあ似たようなものだろう、というくらいの考えです。

戦艦は続けて言いました。

「では聞け。我々はおまえたちに宣戦を布告する」

甥は即座に答えました。

「はい、どこへなりと、すぐにうかがいます」

この答えは、彼らにとって意外なものでした。彼ら機械生命に出会った人間たちは、たちどころに震え上がり、逃げまどうのが常でしたから。

戦艦はとまどいつつ、言いました。

「聞け。我々の戦力は強大だ。私を含む方面隊だけでも、恒星破壊砲艦六四隻、星域制圧空母五一二隻、惑星強襲艦二〇四八隻——」

戦艦は膨大な船の数を並べ立て、

「——以上の点から言っておまえたちの抵抗は無意味だが、降伏を希望するのであれば、猶予期間を検討する」

先の宣戦布告もそうですが、この艦の任務は敵情視察だけでなく、巧みな交渉を通じて敵軍にプレッシャーを与えることにありました。

事実、彼らに出会った多くの星系社会が、彼らとの戦争の末路に絶望し、数世代にわたる産児制限の末の、文明の安楽死を望んだのです。一方、時間的に不死の——そのため、とても気の長い——機械生命にとっても、それは戦力を温存しつつ目的を遂行できる、優れた戦略と言えるのでした。

しかし、甥は平然と答えました。

「何万匹だろうと、たちどころに始末いたします」

機械生命たちは混乱しました。まともに戦って負けるとは到底思えませんが、この敵の自信は不可解です。なにか自分たちにとって未知の戦力を隠し持っている可能性もあります。

彼らは数千光年離れた中枢艦隊と通信し、今後の方針を立て直しました。

「――聞け。我々はおまえたちにしばしの猶予を与える。ただし、我々が再び訪れた時には即時降伏するのだ。これは最後通告である」

そう言って、彼らは撤退の準備を始めました。実を言えば、脅すだけ脅しておいて、さっさと逃げてしまうつもりです。彼らにとって戦うべき敵は多いので、少しでも不確定な要素がある戦場は保留状態にして、千年でも百万年でも放っておくのです。

しかし、

「一匹たりとも逃がしはしません」

と言って、甥はボタンをポンと押しました。害虫駆除の依頼用の入力フォームが、戦艦に向けて送信されます。

てっきりそれを致命的な論理ウイルス兵器だと思った機械生命たちは、通信回路を閉鎖しながら、あっという間に逃げていきました。

――その日の晩に、出先での仕事を終えた叔父が、甥に聞きました。

「今日は新しいお客は来たかね」

甥は答えました。

「うん、とても大きなお客さんが来たよ。なんだか、船をたくさん持ってるんだとか」

「なに、それは大口のお客だな。それで、注文は取れたのか」

叔父が身を乗り出すと、甥は言いました。

「それが叔父さん、いきなり帰っちまったんだよ」

「ああ、まったくおまえは役立たずだなあ」叔父は天を仰いで言いました。「今度そのお客が来たら『よそはさておいても、ぜひとも私どものところにおいでください』と言うんだぞ」

「うん。分かったよ、叔父さん」

しかし結局、そのお客が再び現れることはなく、叔父はずいぶんと残念がったものです。

一方、甥は相変わらず馬鹿みたいな薄笑いを浮かべてへらへらしていましたが……はてさて、どっちが正解でしょうねえ！

十億と七つの星

百万光年のちょっと先、今よりほんの三秒むかし。ある小さな銀河系に、若い恒星守がおりました。

十億個の――〝九億九千九百九十九万九千九百九十九個〟でも〝十億とひとつ〟でもなく、きっかり十億の――星々の間をあっちに行ったりこっちに行ったりしながら、それぞれの重さや熱量を調整し、星の光が消えてしまったり、あるいは燃えすぎて爆発してしまったりしないようにするのが彼の仕事です。そのおかげで、きっかり十億の星々はひとつ残らず、まるで磨いた銀の食器みたいにぴかぴか輝いていたのでした。

まじめな彼は、来る日も来る日も、熱心に仕事に励みました。そして、一日の仕事が終わると、ひとり暗い部屋に帰って眠りにつくのでした。

ある日のこと――その日は不完全燃焼を起こしかけた一番小さな星を世話して、帰りがずいぶん遅くなったのですが――恒星守《こうせいもり》がベッドに就いて休もうとしていると、小さくドアを叩《たた》く音がしました。

戸口に立っていたのは、小柄な娘でした。着ているものは粗末なぼろですが、その瞳は星のような光を宿してきらきらと輝いていました。

「どうしたんだい、娘さん」

と、恒星守は言いました。恒星守の家は銀河の外れにあって、なにかのついでに訪ねてくるような場所ではないのです。

しかし、娘はなにも言わず、星のような瞳をまたたかせながら、恒星守を見上げるばかりです。

「まあ、話したくないならそれでいいよ。今日はもう遅いから泊まっておいき」

恒星守は娘を招き入れてベッドに寝かせ、自分は居間の安楽椅子で眠りました。そして翌朝、仕事に出掛ける前に言いました。

「好きなだけ休んでいくといいよ。それに、要るものがあったら持っていってかまわないからね」

その日も一日、恒星守は熱心に働き、奇妙な娘のことはすっかり忘れていましたが、夜になると、自分の家の窓に、まるで小さな星のような灯りが点《とも》っているのを見つけました。

家の中は明るく、どこもかしこもぴかぴかに掃除されており、おいしそうな夕食が湯気を立てていました。

くるくると踊るように回りながらテーブルの支度をしていた娘が、恒星守に気づくと星のような瞳をまたたかせ、頭を下げました。

「やあ、すごいなあ」

恒星守は娘といっしょに食事をし、その晩も安楽椅子で眠り、そして翌朝、仕事に出掛ける前に言いました。

「好きなだけいていいし、いつでも出ていっていいからね」

しかし、一週間が過ぎ、ひと月が過ぎても、娘は恒星守の家を出ていきませんでした。毎日、毎晩、彼の帰りを暖かい灯りが待っていました。そして、恒星守もまた、娘の待つ家に帰るのを楽しみにするようになったのです。

そして、一年後には娘は恒星守の奥さんになり、さらに七年ののちには、七人目の子供が生まれました。恒星守の家に灯りの絶えることはなく、奥さんと七人の子供たちはいつも楽しそうに、互いの周りを回ってくるくると踊っているのでした。

そのようにして、十年が過ぎ、二十年が過ぎ、あっという間に五十年が過ぎました。

恒星守は老い、体の自由も利かなくなって、ベッドに就いたきりとなりました。

一方、奥さんと子供たちはいつまでも若いままで、相変わらず楽しそうにくるくると回っているのでした。

「ねえ、君」

年老いた恒星守は言いました。

「君がどこから来たのか、聞いたことはなかったね」

奥さんがうなずくと、恒星守は言葉を続けました。

「なぜって、僕は知っていたんだよ。君が来てからしばらくして、担当の星の数をチェックしたら、きっかり十億にひとつ足りなかったからね」

するとと奥さんは、星のような瞳をまたたかせながら、いたずらを見つかった子供のように微笑《ほほえ》みました。

恒星守は満足げに微笑むと、奥さんと七人の子供たちに囲まれて、眠りにつきました。

奥さんは流れ星のような涙をひと粒こぼすと、肉の体を脱いでプラズマの衣をまといました。そして、同様に着替えを済ませた子供たちをつれて、戸口から出ていきました。

恒星守の家はしばらくの間空き家になっていましたが、やがて、亡くなった恒星守の後任として、若い恒星守がやってきました。

最初の仕事として担当の恒星の数をチェックして、若い恒星守は首をかしげました。

何度数えても、十億と七つ。十億と七つあるのです。

——今度、新しい望遠鏡でのぞいてごらんなさい。小さな銀河系の中でも一番小さな星の周りに、さらに小さな七つの星が、楽しそうにくるくる回っているのが見えますよ。

憂鬱《ゆううつ》な不死身の兵隊

百万光年のちょっと先、今よりほんの三秒むかし。大きな戦争が終わり、ひとりの兵隊が軍隊からひまを出されました。

戦争当事国の超人兵士計画によって作られた彼は、生物学的に不死であるばかりか、物理的に破壊不可能な肉体を持っていました。その体のために戦争の終わりまで生き延びることができたのはいいのですが、しかし、両国のお偉がた同士で講和が結ばれた今となっては、超兵器たる彼の身柄は持てあまされるばかり。あげくの果てに、少しばかりの涙金《なみだきん》を握らされて、お役御免となったのでした。

ひとり、当てもない旅に出た兵隊は、憂鬱な面持ちで呟《つぶや》きます。

「ああ、なんてことだ。戦争もお国ももうまっぴらごめんだが、かと言って、これからなにをどうしたものやら、俺には見当もつかん」

そこに、一匹の悪魔が通り掛かりました。

彼らは空間そのものを媒質とする高次元の存在で、その性質はとんでもなく邪悪。人間やAIなどの知的存在を破滅させることをなによりの楽しみとしていました。

ただし、純粋な論理的存在である彼らは、あるルールに縛られています。それというのは、「相手の望んだことしかしてはいけない」ということ。つまり、相手の望みの中から、最も望まない結果を引き出すことこそが、彼らのゲームであり、存在の基盤そのものなのです。

「やあ、お強そうな兵隊の旦那」

悪魔が快活に言うと、

「やあ、小ずるそうなチビの悪魔」

と、兵隊は鬱々とした調子で答え、立ち止まりもせずに歩き続けます。もう、なにもかもがわずらわしかったのです。

悪魔は兵隊の足元をピョンピョン跳びはねながら話し掛けました。

「なにをしょげた顔をしていなさる。空は高く、この世はこんなにもよろこびに満ちあふれているじゃあないか。あんたにも、夢のひとつやふたつはあるだろう。よかったら、聞かせておくれでないかい？」

「夢もなければ希望もないね」

兵隊は顔も向けずに言います。

「もうなにもかも飽き飽きだ。ああ、いっそ死んでしまえばこの憂鬱から解放されように、俺にはそれも許されん」

すわ！　悪魔の前で滅多なことを言うものじゃありません。

「おやすいご用！」

悪魔は兵隊の目の前で十倍にもふくれあがると、尻尾の先をハンマーに変えて、兵隊の頭に叩《たた》きつけました。

　しかし、

「あイタァ！」

　そう叫んだのは悪魔のほうでした。兵士の頑強な頭はびくともしません。

　元通りの大きさに縮んで、尻尾をさすりながらピョンピョン跳ねる悪魔を見て、兵隊は不思議そうに言いました。

「おまえ、なにをしてるんだい？」

「いえね、つまり」

　尻尾にふうふうと息を吹き掛けながら、悪魔は答えました。

「旦那の憂鬱の虫を追い払って差し上げげようと、愉快なダンスを披露してみたまでで。人のためになることこそが、おいらのよろこびってやつでね」

「ふん、さほど愉快とも思えなかったが、まあ、おまえがそうしたいなら、好きにすればいいさ」

　相手をするのも面倒とばかりに、兵隊はさっさと歩いていきます。

「そうさせていただければ、これ幸い！」

　悪魔はぴょんぴょん跳ねながら、そのあとについていきます。

　さて、それからというもの、悪魔は兵隊にまとわりついては、ことあるごとに「憂鬱の虫を追い払って差し上げ」ようとしました。ある時は崖から突き落とし、ある時は食べものに毒を入れ、ある時は鉄砲や爆弾を使い――

しかし、それやこれやも、兵隊の肉体には傷ひとつつけられません。

「やれやれ、こんなことにはもう飽き飽きだ」

などと言って、彼はなにごともなかったかのように歩き続けます。

悪魔はますます知恵を絞り、兵隊にいっそう大掛かりな罠《わな》を仕掛けました。

ある時はすさまじい疫病を流行《はや》らせて一国をまるまる滅ぼし、またある時は、大陸をそっくり海底に沈めてしまい、また別の時には、大きな隕石《いんせき》をぶつけて星ひとつを溶岩の塊に変えてしまいました。

しかし、そんな惑星規模の大惨事の中でも、兵隊は平然と生き残り、

「やれやれ、こんなことにももう飽き飽きだ」

などと言って歩き続けるのです。

終《しま》いに悪魔は、兵隊の乗り合わせた宇宙船の制御装置を乗っ取って、船を手近な恒星に突っ込ませました。元から不安定だったその星は、一気に超新星爆発を起こし、あたりをエネルギーの激流で焼き払います。

「さあ、さんざん手こずらせてくれたが、今度こそ奴もお陀仏《だぶつ》だろう」

悪魔はにたにたと笑いながら言いました――が。

乗っていた宇宙船は完全に蒸発してしまったというのに、兵隊は爆発の中心で平然と生き残っていました。

「やれやれ、こいつはちょっとした災難だったが」

体にまとわりつく星間ガスをぱたぱたと払いながら、彼は言いました。

「なにほどのこともない。こんなことも飽き飽きだ」

「……いい加減にしろ！」

とうとう悪魔はかんしゃくを起こして叫びました。

「おまえなんぞは、さっさとくたばりやがれ！　さっさとくたばりやがれ！」

ああ、でもそれは、彼が決して言ってはいけない言葉でした！

悪魔のルールによれば、悪魔は他人の願望に沿って行動しなければならず、どんな願いであれ、自ら望んではいけないのです。

存在そのものに論理的破綻を引き起こした悪魔は、きいきいと叫びながらものすごい勢いでくるくる回転し、そして最後に、ぱあん、と花火のように弾け飛んでしまいました。

そのさまを見ていた兵隊の顔に、何十年かぶりの笑みが浮かびました。

「おい、今のはなかなか面白かったぞ」

しかし、その呼び掛けに応える者はいません。悪魔は本当に、跡形もなく消えてしまったのです。

「おい……どうした相棒？」

兵隊はしばらくあたりを見回していましたが、やがてふっと溜め息をつくと、再びひとりで歩き始めました。

さてさて、それから兵隊はいったいどうしたのでしょう？

なにしろ彼は不死身で不老不死ですから、その後もずっと、きっと今も、長い長い旅を続けています。道中で傭兵《ようへい》として戦場に立つことも、あるいはもっとまっとうな職に就くこともありますが、その他の大部分の時間は、とぼとぼとひとりで歩いているのです。

相変わらず世の中は退屈で、人生は憂鬱。兵隊の心は晴れません。

けれども——

「きいきい、くるくる、ぱあん……か」

ときどき立ち止まって悪魔の愉快なダンスを思い出しては、くすりと思い出し笑いをしているくらいですから、人生、まるきり捨てたもんでもないってことですよ。

三倍返しの衛星

百万光年のちょっと先、今よりほんの三秒むかし。ある大金持ちの家の小さなお嬢さんが、三つの小さな人工衛星を身に着けて暮らしておりました。

父君である大金持ちの旦那さまが特注したそれらは、個人用の万能防衛装置。常に三つセットでお嬢さんの周囲、直径一・二メートルの範囲を毎秒三周の速度でくるくるヒュンヒュンと周回し、鉄砲や刃物、ガスやレーザー、はては情報攻撃に至るまで、彼女の体をあらゆる危険から守っているのでした。

そしてまた、その衛星は完全な自動報復装置を備えておりました。例えば誰かがお嬢さんをピストルで撃てばその三倍の数の弾丸がピストルの持ち主に飛んでいき、また、レーザーで撃ったならばその三倍のエネルギーを込めた熱線が打ち返されるという案配です。

この衛星たちによって、お嬢さんの身の安全は完全に守られていました。交通事故や、誘拐などの犯罪、また、子供たちの間の他愛ない喧嘩《けんか》ですらも、彼女の体に危害を及ぼすことはいっさいできません。

けれどもその一方、年ごろの女の子同士がよくするように、手をつないで歩いたり、ふざけて抱き合ったりということもできないのです。学校に集う子供たちの中にぽっかりと空いた、直径一・二メートルの円。お嬢さんはその真ん中に、誰と話すでもなく、ぽつんと座っているのでした。

さて、ところで。

ある日の授業中、お嬢さんの後ろの席の男の子が、彼女のきれいな長い髪に触ろうと、手を伸ばしました。

すると――チュン！

たちまちのうちに、衛星のひとつがレーザーを発し、男の子の手に軽い火傷を作ります。

男の子が思わず悲鳴を上げると、お嬢さんは男の子をちらりと振り返りましたが、再びぷいと前を向いてしまいました。

引っ込めた手をさすりながら、男の子は言いました。

「ちぇっ、こいつはちょっとばかりしゃくだぞ」

その年の発明コンテストの優勝者でもある彼は、さっそく技術的手段によって状況の解決を図りました。

まず、消しゴムのかけらを飛ばして衛星の性能を確認――すると、たちまち小さなゴム製の弾丸が三つ飛んできて、あざがつくほどの勢いで、額や手の甲に打ち当たりました。

では、衛星の制御系を無力化できないか――ハンディ・コンピュータから無線で接触を試みると、自分が送り込んだ三倍もの強度のウイルスがたちまち送られてきて、男の子のコンピュータは煙を噴いて壊れてしまいました。

こうなると、男の子のほうもだんだんむきになってきます。

男の子は教室中に自作のトラップを仕掛け、お嬢さんの席にチョークや紙玉が集中砲火されるように仕向けました。決してお嬢さんにそれらの〝弾〟を当てたいわけではありませんが、まずは衛星群の対応能力を飽和させてしまおうという狙いです。

しかし――三つの衛星は一瞬ですべての〝弾〟を撃ち落とし、次の瞬間にはその三倍の弾数を発射して、男の子が半日掛かりで作った仕掛けを残らず撃ち壊してしまいました。

お嬢さんは男の子をちらりと見ましたが、今日も今日とて、なにを言うでもなく、ぷいと横を向いてしまいます。

「ふん、こいつは本腰を入れる必要がありそうだ」

男の子はすっかり意地になって言うと、ある本格的な装置の製作に着手しました。

そして、数日後の下校時間――

「ねえ、きみ」

お嬢さんの背に、声が掛かりました。

振り返ったお嬢さんが見たのは、クラスの男の子と、その周りをぐるぐる飛んでいる三つの人工衛星。どこから設計図を手に入れたのか、男の子はお嬢さんの衛星とそっくり同じものを、自分のためにこしらえたのです。

でも、男の子の目的は、お嬢さんの防衛網の突破だったはず。一体、防衛用の衛星でどうするつもりでしょう?

それは、つまり――

「ねえ、きみ。これ、受け取ってよ」

男の子は道すがら摘んできた一輪のヒナギクの花をお嬢さんに向けて放りながら、衛星の回路を通じて、ごく少量のテキストデータをお嬢さんの衛星に転送しました。

『ぼく、きみのこと、とっても好きなんだ』

つまりそれは、お嬢さんに宛てた、素朴な、短い恋文でした。

その時、なにが起こったでしょう?

お嬢さんの衛星は防衛ラインを越えて投げ込まれた花を攻撃兵器と認識し、空中の元素から同様の弾体を三つ構成すると、男の子に投げ返しました。すると、男の子の衛星も同様の判断を下し、九つの花を作り出してお嬢さんに再び投げつけます。そうすると、今度はお嬢さんから男の子に二七個の花が送り返され――

二七から八一。

八一から二四三。

二四三から七二九。

七二九から二一八七――

ふたりの周囲は、瞬く間に花の雨に埋め尽くされていきます。

それと同時に、

『あたし、あなたのこと、とってもとってもとってもとっても好きだわ』

三倍も強調された恋文が男の子に送り返され、さらに、

『とってもとってもとってもとってもとってもとってもとっても好きなんだ』
『とってもとってもとってもとってもとってもとってもとってもとってもとってもとってもとってもとってもとってもとっても好きだわ』
『とっても――』

ふたりの間で、幾何級数的にかさを増す恋のささやきが応酬され、やがてそれは、花の雨の合成と相まって双方の防衛システムの処理能力を完全に超え、六つの衛星を花火のように破裂させてしまいました。

これでもう、防衛ラインを越えても、なんのおとがめもありません。

足元に溜まった花の山を踏み分けながら、男の子はお嬢さんに歩み寄り、右手を差し出しました。お嬢さんはおずおずと手を上げ、そして、しっかりと男の子の手のひらを握り

返しました。

それから毎日、お嬢さんと男の子は手をつないで学校から帰りました。ふたりの周囲、直径一・二メートルの軌道上には、男の子が修理した六つの衛星が、くるくるヒュンヒュンと巡っています。

これにはふたりも大満足です。なぜって、恋するふたりの世界には、誰にも立ち入ってほしくはないですからねえ！

幸運な四人の男

百万光年のちょっと先、今よりほんの三秒むかし。宇宙のはずれの小さな惑星の、そのまたはずれの小さな酒場に、四人の男が集まりました。この辺境惑星の出の彼らは、みなそれぞれの道で身を立てて、故郷に錦を飾りにきたのです。

そして、古い友人たちとの再会を祝ってビールのジョッキをいくつも空にするうちに、誰が言い出したものか、お互いの幸運を競ってみよう、という話になりました。

「まあ、一番幸運だったのは、まず俺にまちがいなかろうね」

最初に話し始めたのは、恰幅《かっぷく》のよい男でした。彼がいくつもの恒星系を丸ごと売り買いするほどの大商人になったことは、すでにみんなが知っています。彼ほどの大金持ちは、銀河中を探してもふたりと見つからないでしょう。しかし——

「いやそれが、星を売ったり買ったりじゃ、やたらに手間ばかり掛かって、ちっとも得した気がしない。それで、俺はもっと手っ取り早く運を試してみようと思ったんだ」

と、商人は言いました。

「ほう、いったいどうやって？」

仲間たちが身を乗り出すと、商人はにやりと笑って言いました。

「三年前、俺は会社の経営を人に任せて、一億クレジットだけ持って旅に出た。そして、行く先々で宝くじを買ったのさ。一億の惑星を巡って、一クレジットくじを一枚ずつ。結果はどうだって？　もちろん結果は全部一等、それぞれ一億クレジットの大当たりだ。一億の投資が、一年でさらに一億倍。どうだい、こいつは効率のいい商売だろう」

「ほう、そりゃあ——」

仲間たちがうなずくのを、商人は手を振ってさえぎりました。

「いやいや、話はまだ半分だ。俺はその次と、そのまた次の年——つまり去年と一昨年も同じことをやってのけたんだ。訪ねる惑星を一億倍ずつに増やしてな。あと何年か続ければ、宇宙だって丸ごと買い取ってやるぞ！」

「ほう、ほう。そりゃあ、なんともすごい強運だ」

仲間たちは深く感心しました。ところが、

「ふん、まあそんなところだろうな」

と、鼻を鳴らしたのは、筋骨隆々とした大男です。この二番目の男は、銀河一のパイロットにして冒険家。特別注文の高速宇宙船に乗って、宇宙のあっちの果てからこっちの果てまで、前人未踏の星域に分け入っては、大冒険を繰り広げているのです。

「金で手に入るものなど、たかがしれている。本物の充実感は、自分の命を張ってこそ得られるものだ。その点俺などは——」

冒険家は腰に下げた骨董物《こっとうもの》の回転拳銃を抜き、その弾倉を出して仲間たちに示しました。六連装の回転弾倉には、五発の弾が入っています。

彼は弾倉を勢いよく回しながら元に戻すと、無造作に銃口をこめかみに当て、引き金を引きました。弾が撃ち出される確率は六分の五。逆に言うと、生きていられる可能性は六分の一しかありません。

　カチン、と撃鉄が空撃ちの音を立てると、仲間たちはほうっと溜め息をつきました。しかし、冒険家は平然としたもので、

「どうだ、根性が鈍らないように、俺は朝晩と毎食後に、ロシアン・ルーレットを欠かさないんだ。六つにひとつの命を、一日五回拾い続けて、もう三年になる」

「ほう、そりゃあ――」

　感心する仲間たちを制して、冒険家は言いました。

「それだけじゃない。俺は宇宙を旅する時も、あえて危険な場所を選んで通ることにしているんだ。現に今日もここに来るまでに、高密度小惑星帯と超新星爆発とブラックホールを正面から突っ切ってきた。どれも生還確率一兆分の一と言われる難所だが、俺はそれらを一直線に駆け抜けてきたのさ」

「そりゃあすごい！　神か悪魔に見込まれているとしか思えないな」

　仲間たちは素直に感心しました……が、ひとりだけ、皮肉に笑った男がいました。細い体に流行《はや》りの服を着たこの三番目の男は、人気、実力共に宇宙一と言われる大作家です。

「ふふん。富もよし、スリルもまたよし。しかし、それらは人生という物語のスパイスではあっても、着地点とは言い難いね」

仲間たちをぐるりと見回すと、作家は言葉を続けました。

「人生最大の目的、それは芸術！　それ以上に価値あるものなどないよ。なにしろ、最高の芸術作品とは、量や確率で量《はか》れるものではなく、まさしく宇宙に唯一の存在なんだからね」

自分たちが腐《くさ》されたと思ったのか、冒険家と商人は口々に言いました。

「ふん、おまえはせいぜいその芸術とやらを追い掛けるがいいさ」

「いいのが書けたら買い上げてやるよ」

すると、作家は天を仰ぎながら溜め息をつきました。

「ああ、そこなんだが、芸術とはまったくままならないものでねえ。僕は以前、ひどいスランプに陥ってしまってね。書けども書けども、詩神は我が手をすり抜けるばかり。一時は完全に絶望したものだよ。——そこで僕はやけを起こして、とんでもないことをしてしまった。いったいどうしたと思う？」

仲間たちの注意を充分に惹《ひ》きつけてから、作家はなぞなぞの答えを言いました。

「僕は猿を一匹買ってきて、自分の代わりにタイプライターの前に座らせたんだ。タイプを叩《たた》く真似事をするように仕込んでね。もちろん、猿にまともな文章が打てるわけがない。ちょっとした皮肉のつもりだったのさ。ところが——打ち上がった作品を見てみれば、主題、構成、修辞……すべてが完璧な作品じゃないか！　それが、僕の代表作というわけ。え、書いたのは猿じゃないかって？　いやいや、猿はタイプと同じ、ただの道具にすぎないよ。僕自身が芸術の神の道具にすぎないようにね。重要なのは、宇宙に唯一無二の、至高の芸術作品が、完全な偶然によって僕の前に現れたということさ。これを幸運と言わずして、なにをそう呼ぶっていうんだい？」

しかし、商人と冒険家は首を縦に振りません。

やがて、場はだんだん険悪な雰囲気を帯びてきました。商人も、冒険家も、作家も、お互いの運の強さを認めないわけではないのですが、その結果として自分の得たものこそが一番尊いのだ、という考えをゆずらないのです。

と——それまでずっと静かに話を聞いていた、四人目の男が言いました。

「いやあ、一番運がいいのは、たぶん俺だなあ」

残りの三人は顔を見合わせました。なぜって、この四人目の男は、三人がこの惑星を出てからもずっとこの土地に残り、農夫として畑をたがやしていたのですが、収穫は年ごとに不安定で、暮らし向きは決してよくはないのです。

「なに？」

「なんだって？」

「どういうことだ？」

口々にそう聞かれて、農夫が答えるには——

「おまえたちは本当にすごい奴だ。どのひとりをとっても、宇宙にふたりとない傑物だ。そんなすごい奴が三人も、今日という日にここに集まって、俺と同じテーブルに着いて一杯やってるんだ。こいつは確率から言ってもまたとない幸運、俺こそが宇宙一の果報者だよ。乾杯！」

農夫がジョッキを持ち上げて言うと、残る三人はもう一度顔を見合わせて、それから一斉に笑い出しました。

「ちがいない！」

「まったくだ！」

そして、三人はジョッキを掲げると、声をそろえて言いました。

「俺たちも同様だ！　乾杯！」

——さてさて、このお話にはふたつの教訓が含まれていることにお気づきですか？　つまり、「友情こそは尊き宝」というのと……それから「自分が賭けて勝つもよし、勝った人間と飲むもよし」というのと。なぜって、きっとおごってもらえますからね！

韋駄天男《いだてんおとこ》と空歩きの靴

百万光年のちょっと先、今よりほんの三秒むかし。ある惑星に、とても足の速い男がおりました。この星に彼より素早い者はなく、ちょっと本気を出せば、周りの人間はもちろん、馬も自動車も、空を飛ぶ飛行機さえもたちまち追い抜いてしまい、誰も彼には追いつけません。〝韋駄天男〟というあだ名を奉られた彼は、毎日毎日、惑星中をびゅんびゅん駆け回っているのでした。

それにしても、四六時中ほんのひと時も休むことなく走り回る彼のせわしないことといったらありません。

「少しは落ち着いたらどうだ」

と友だちが忠告しようにも、

「すこ――」

まで言った時には、韋駄天男は地平線の彼方。人の話を聞いちゃあいません。

そんなある日、いつものように駆け足の韋駄天男の前に、不思議な人物が現れました。長い長い旅をしてきたようなよれよれの老人で、重い足をのろのろと動かして、いかにも大儀な様子。しかし、そんなことより目を引くのは――老人が、まるで見えない階段を降りるように、空の上からひょこひょこと歩いてきたことです。

「ふう……やれやれ」

やがて地上に降り立ち、路傍の石の上に腰掛けて大きな溜め息をついた老人に、韋駄天男は話し掛けました。

「じいさん、天使にしちゃ老けてるようだが、あんたはいったいなにもので、どこにいくところだい？　ずいぶん疲れた様子だけど、助けの手が入り用かね？」

老人は韋駄天男の顔を見上げると、なにか気づいたことがあるのか、もの言いたげに口を開きかけました。しかし、せっかちな韋駄天男は、老人の言葉を待たずに、再び自分が話し始めてしまいます。

「ところでじいさん、あんた、どうやって空を歩いてきたんだい？　おや、変わった靴を履いてるが、それが秘密のタネってわけか」

「ああ、そうだとも」

まくし立てる韋駄天男に答えながら、老人は履いていた靴を脱ぎました。それは膝近くまで丈のある金属製のブーツで、見たこともない機械装置が組み込まれてブンブン唸《うな》りを上げています。

「このブーツを履けば、靴底で空間そのものを踏み締めて、空中だろうが宇宙だろうが、どこにでも歩いていくことができるのさ」

その説明を半分も聞かないうちに、韋駄天男はもう、うずうずしてたまらなくなっていました。

「じいさん、そいつをちょっとだけ、俺に履かせてみちゃあくれないか?」

「ああ、いいとも」

老人はあっさりと言うと、韋駄天男にブーツを手渡しました。

「だが、お――」

「ひゃっほう!」

いったいなんと言おうとしていたのか、老人の言葉をみなまで聞かず、韋駄天男は天に向かって駆け上がっていました、
そして、またたく間に衛星軌道を三周すると、韋駄天男はようやく立ち止まりました。

故郷の惑星は眼下に青々と広がり、まったくもって爽快な眺めです。

「ずいぶん疲れた様子だったことだし、あのじいさんもまだ足を休めているだろう。その間、俺はもう少し遠出をしてもかまうまい」

韋駄天男は都合よくそう考えると、故郷の重力を振り切って、他の惑星に向かって駆け出しました。勢いよく足を動かすと、不思議なブーツは韋駄天男の体をぐんぐん加速して、惑星から惑星へと、あっという間に移動できるのでした。

そうなると、ますます調子に乗ってしまうのがこの男。

「よし、今度はほかの恒星に行ってみよう。なに、さっと行って帰ってくればいいのさ」

韋駄天男はおとなりの恒星目指して、一直線に駆け出しました。

しかし、十光年も離れたその星は、走っても走っても、なかなか近づいてはきません。

「えい、なにくそ」

むきになって足を速めると、体がぐんと加速され、韋駄天男はいくらも経たないうちにその恒星にたどり着くことができました。自信をつけた韋駄天男は、今度はさらにその先でぴかぴか光っている星に向かって駆け出します。

そのようにして、星から星へ。何十個かの恒星を飛び渡ったのち――ふと気がつくと、韋駄天男はすっかり見知らぬ星域に迷い込んでいました。

「や、これはしまった！」

韋駄天男はあわてて振り返り、故郷に帰ろうとしました……が、どうしたことでしょう。いくら目を凝らしても、故郷の星が見つかりません。というのも、調子に乗って星から星へと光の速さをはるかに超える速度で走り回っていたために、今や韋駄天男は十億年も時間をさかのぼってしまったのです。もはや恒星の配置すらも、韋駄天男の知っている通りのものとは変わってしまっているわけです。

韋駄天男は途方に暮れつつ、自分が背後に残してきた光景をながめました。目の前に光る砂を撒《ま》いたように広がる銀河の、いったいどの一粒が帰るべき故郷なのか、もはや分かるものではありません。ひと粒の砂を地面に捨てるのは簡単でも、再び拾い上げるのは、とても難しいことなのです。

帰りの旅は長くつらいものでした。韋駄天男は注意深く情報を集め、時には自分で測量や計算をしながら、故郷の星系を探しました。

また、気をつけなければいけないのは、今度こそ、恒星や惑星の間の移動を急ぎすぎないことです。もし光の速度を超えたら、さらに時間をさかのぼってしまい、故郷からどんどん時間的に遠ざかってしまいますからね。そのため、最高速度でも、十光年の距離には十年、百光年の距離には百年の時間を掛ける必要があるわけです。

そのようにして、再び十億年の時間が経ちました。常に準光速で走っていた韋駄天男にとっては、主観的に数十年ほどの時間が経っただけですが、それでもひとりの人間にとって、それは充分長い時間です。

年老いた韋駄天男は、何万個目かに目をつけた惑星に、とぼとぼと歩いて降りていきました。ひょっとして、今度こそ懐かしい故郷かも——という気持ちがないではありませんが、この程度に似た惑星は、過去に何百個もあったものです。

が——

路傍の石に腰掛けて休んでいると、聞き覚えのある声が掛かってきました。

「じいさん、天使にしちゃ老けてるようだが——」

韋駄天男は思わず長い溜め息をつきました。ここここそは懐かしき故郷、目の前にいるのは若き日の自分であると悟ったからです。

韋駄天男は顔を上げ、うずうずして身を乗り出している若い自分にブーツの説明をし、それを手渡しました。

「——だが、落ち着いて、ゆっくり歩くんだぞ」

彼が最も重要な助言をした時には、

「ひゃっほう！」

若い韋駄天男は、空に向かって一直線に駆けていってしまったところでした。

年老いた韋駄天男はひとつ肩をすくめると、懐かしき我が家へと帰っていきました。

もちろん今度は走ったりせずに、一歩一歩を確かめながらね。

恋文ロボット

百万光年のちょっと先、今よりほんの三秒むかし。ある惑星で、若い男女が恋をしておりました。その熱烈なことといったら、惑星全体の気温を上げ、南北両極の氷を溶かし、海面を数メートルも上昇させるほどでした。

しかし、恋に障害はつきもの。ある時、それぞれの仕事と家庭の事情から、ふたりは離ればなれに暮らすことになってしまいました。もともと住んでいた星系から、若者は東に、娘さんは西に、それぞれ恒星三つ分も離れたところへ。ふたりの距離は何百光年も離れてしまったのです（余談ながら、はからずも環境問題が解決し、惑星政府はほっと胸をなでおろしました）。

「毎日、手紙を書くよ」

「毎日、返事を書くわ」

ふたりは別れ際にそう言い交わし、実際そのようにしました。しかし、これは今みたいに即時性通信網の整備されていないころの話で、メールや音声を電波で送ろうとすれば、空間を電波が渡り切るのに、何百年も掛かってしまいます。

ふたりは仕方なく、電子メールを磁気記録媒体に入れて郵送することにしました。週に一度のワープ便を六回も橋渡しされて、それが相手の手に届くのはひと月半後。返事が来るのはさらにひと月半後です。

「愛してるよ」

「私もよ」

これだけのやりとりに三か月。こんなの、いっしょにいる時は毎分三百回も言い合っていたのに、効率の悪いことですね。

最初のうち、ふたりは一週間ごとの出来事を書いた長いメールを送り合っていましたが、長文の手紙と生きた会話では、やはり心の伝わりかたにちがいがあるものです。今話している話題について恋人がどう思っているのか、そういうのは、すぐに知りたいものですから。

そこで、ふたりはメールの文章の中に、簡単な分岐を書き込むことにしました。

「この件について、君はどう思う？　↓○／↓×」

といった具合に、相手に選択肢を選んでもらい、

「↓○　そうだね、僕もそう思うよ！」とか、

「↓×　そうかなあ。じゃあ、君の考えをもっと聞きたいな」

といった風に話を続けていくのです。

さらには、

「×だとしたら、それからどうする？　↓A／↓B／↓C」

と、分岐を重ねていったり、たまには、

「↓A　僕もそう思うよ！」

「↓B　僕もそう思うよ！」

「↓C　僕もそう思うよ！」

なんて、手抜きをしてみたり。あるいは、

「僕は君が好きだよ。君はどう？　↓◯ならもう一度最初から」

なんてループを繰り返してみたり。

そうしているうちに、だんだんと、事前に準備した分岐をたどるだけでは物足りなくなってきました。

「今、興味があるものは？　↓（□□□□□）」

「（□□□□□）ってなに？　くわしく教えてほしいな」

といった具合に、新しい言葉をどんどん覚えて、その場で会話ができる人工知能プログラムを送り合うようになったのです。

そして、さらに――

ふたりは人工知能のみならず、自分たちそっくりの物理的なボディを持つロボットを送り合うことにしました。会話だけではなく、にっこり笑ったり、手を握ったり、時にはキスなんかもできるように、自分と同じふるまいをするようにプログラムを調整したロボットを用意するのです。これで、昔と同じように、ふたりで同じ時間を過ごすことが、まねごとながらもできるようになるわけですね。

ロボットとはいえ、人間と同じように考えたりものを食べたり（だって、いっしょに食事をしたりするわけですから）する生物学的構造を持っている以上、箱に詰めて送るわけには行かず、ふたりは旅客便の席を取って、それぞれの分身とも言うべきロボットを送り出しました。ロボットたちはそれぞれの主人のゾンビー・コピーでしかなく、いわゆる意識や自由意志といったものを持っているわけではないのですが、行き先さえ指示されれば、自分でそこにたどり着く程度の知能はあるのです（勝手に走り出しては迷子になるお子さまがたとは、ちょうど逆ですね！）。

さてさて、しかし。

それらのロボットが、互いの恋人の下にたどり着くことは、結局ありませんでした。

なぜ？

ロボットたちは、途中で事故にでも遭って壊れてしまったのでしょうか？

はたまた、自我に目覚めて逃げ出してしまったのでしょうか？

いえいえ、若者のロボットも、娘さんのロボットも、きわめて正常に稼働していました。生きた恋文とも言うべき彼らは、自分の頭脳と肉体に刻み込まれた恋心を定められた相手に伝えることのみを考え、その命令を着実に実行していたのです。

それでは、なぜ？

……つまり、こういうことです。

ふたりが現在住んでいる星系から、西に三つ目、東に三つ目。定期航路の中間地点となるのは、ふたりの故郷の惑星でした。乗り継ぎのために宇宙港を歩いていた若者のロボットと娘さんのロボットは、まさに運命的な出会いと言うべきでしょうか、そこでばったりと出会ってしまったのです。

外見もふるまいもそっくりに作られたロボットたちは、お互いを、これこそが自分の訪ねる相手であると判断してしまい――

恒星六つ分の距離を隔てた恋人たちは、待てど暮らせど、新しい恋文を受け取ることはできません。その一方、中間地点である故郷の惑星では、ふたりの分身であるロボットたちが、昔のように愛をささやき合っているのでした。

「愛してるよ」

「私もよ」

なんて、他愛のない言葉を毎分三百回も送り合ったり、はたまた、にっこり笑い合ったり、手を握り合ったり、時にはキスなんかをしたり。そのお熱いことといったら、再開した海面上昇によって大陸が沈没しそうなほどです。ことほどさように、恋する若者たちのエネルギーというのは恐ろしいものなのでした。

――え？　それぞれの主人の手を離れてしまったロボットの空回りが〝恋〟って呼べるのか、ですって？

さてねえ。そうした質問に対しては、注意深いかたは断言を避けるものですが……「そもそも恋愛とはそういうものだ」とおっしゃるかたも、中にはいらっしゃるようですよ。

二本腕、四本腕、八本腕

百万光年のちょっと先、今よりほんの三秒むかし。とある惑星に、三人の姉妹がおりました。

一番上の姉さんは八本腕、二番目の姉さんは四本腕、末の妹は二本腕。

いじわるなふたりの姉さんは、気だてのよい末の妹に、たいそうつらく当たりました。掃除、洗濯、食事の支度から、畑仕事や家畜の世話まで、家の仕事を残らず押しつけた上に、きびしい言葉をあびせ掛けるのです。

「二本腕、二本腕！　まったくのろまな子だね！　腕が二本しかない娘はこれだから！」

と一番上の、八本腕の姉さんが言えば、

「二本腕、二本腕！　気の利かない子だね！　腕が二本しかない娘はこれだから！」

と二番目の、四本腕の姉さんも言います。

「はい、姉さん。すいません、姉さん」

二本腕は文句ひとつ言わずに、まじめに働きました。でも、彼女は一度にひとつか、多くてもふたつのことしかできません。だって、彼女の腕は二本しかないんですから。

そんなある日、大きな恒星船に乗って、遠い星の王さまがこの惑星を訪れました。

——その目的は？

またたく間に、町はそのうわさで持ちきりになりました。というのは——王さまは今回の訪問でお妃さまを、つまり自分のお嫁さんになる人を探しているというのです。ほどなく、「このたび、来賓《らいひん》たる異星の王がこの星の住民との親交を深めるための宴《うたげ》が催される」というおふれが惑星中に出されました。

すわ！　ふたりの姉さんは、玉《たま》の輿《こし》を狙っておめかしを始めました。二本腕に縫わせたドレスと、二本腕の磨き上げた金銀の装飾品を身に着けて——それでいて、いじわるな姉さんたちは、二本腕本人には家で留守番をしていろと言うのでした。

「あんたみたいな腕が二本しかない娘が、王さまのお眼鏡《めがね》にかなうわけがないわ」

四本腕の姉さんが四本の手首にじゃらじゃらと腕輪を鳴らして言えば、

「そうよ、あんたみたいな腕が二本しかない娘は、王さまにお目通りするのも失礼ってものだわ」

八本腕の姉さんが四十本の指に指輪をきらめかせて言います。

二本腕はそれを聞いてたいそう悲しい気持ちになりましたが、姉さんたちの言う通り、自分のような者が華やかな場に出る資格はないとも思うのでした。

姉さんたちがいそいそと出掛けてしまうと、二本腕はいつも通りに家の仕事をこなし、そして、椅子に座って、小さな溜め息をひとつつきました。

と——

「お嬢さん、溜め息などついてどうしたね」

そう言って、不思議な姿をしたものが現れました。身長は二本腕の半分ほど。腕は一本、脚も一本、頭も胴体も半分しかない、奇妙な生きものです。

(あらまあ、変なひとだこと。でも、悪く言ったりしてはいけないわね。四本腕姉さんの半分、八本腕姉さんの四分の一の腕しかない私が、ひとのことを笑ったりするのは、筋《すじ》の通らないことだもの)

二本腕はそう思い、一本腕の生きものにやさしく話し掛けました。

「こんにちは、お客さん。今ごろは都で姉さんたちがパーティに出ているのかと思って、うらやましく思っていたの。でも、私にはこの小さな台所がお似合いだわ。よろしければ、ごいっしょにお茶でもいかが?」

「ありがとう、いただくよ。ビスケットも一枚おくれ」

一本腕の生きものは、二本腕のいれたお茶を飲んでビスケットをかじり、ときどき都のほうを見て溜め息をつく二本腕に向かって言いました。

「この小さなお茶会のあとは、大きなパーティにも行くといいさ。ビスケットをもう一枚おくれ」

二本腕は、一本腕の生きものにビスケットを出してやりながら言いました。

「でも、私みたいな腕が二本しかない娘が、立派なパーティに行くわけにはいかないわ」

すると、一本腕の生きものは二枚目のビスケットをかじり、したり顔で腕を組みました

(一、本しかない腕を組むのは、とても難しいんですよ!)。

「なあに、あんたは自分の本当の値打ちに気づいていないのさ。ビスケットをもう一枚おくれ」

「本当の値打ちって？」

二本腕が聞き返すと、一本腕の生きものは三枚目のビスケットを食べ終えてから言いました。

「あんたは俺にビスケットを三枚くれたから、俺もあんたに三つの贈りものをしよう。安心してパーティに行っておいで」

さて、パーティの会場では、いよいよ異星の王さまが登場することになりました。彼がこの惑星の人間の前に現れるのは初めてで、人々は彼がどんな姿をしているのかとうわさをしていたものでした。背は高いのかしら？　どんなお顔をしているのかしら？　腕は四本かしら、八本かしら？

そして、壇上に現れた王さまの姿を見て、人々は息を呑みました。その姿が、想像の百倍も立派だったからです。

王さまの背は高く、顔立ちはハンサムで、肩からは右に八本、左に八本、合計十六本の長い腕が、放射状に伸びています。その輝かしく立派なことといったら、まるで人の姿をとって地上に降りた太陽のようです。

四本腕の姉さんも、八本腕の姉さんも、その他の人々も、みな一様に感嘆し、そして我が身の貧弱さを恥じ入って、王さまのそばから離れていきました。

「どなたか、いっしょに踊っていただけませんか？」

そう言って、王さまが左右を見回しても、光を畏《おそ》れる夜の生きもののように、その視線を避けるばかりです。

会場にぽっかりとできた無人の円の只中《ただなか》で、王さまは小さな溜め息をひとつつきました。

と——

「陛下、溜め息などついてどうなさいました」

そう言って、ひとりの娘が進み出ました。身なりは質素で、腕は二本しか生えていません。しかし、背筋をしゃんと伸ばし、まっすぐに王さまの顔を見上げるさまは、その場にいる誰よりも堂々としています。

人々がなにごとかと見守っていると、娘の足元を小さな生きものが走り抜け、王さまとの間に三枚の丸いじゅうたんを敷きました。二本腕の娘は足を前に伸ばし、飛び石を踏むように、じゅうたんを踏んで進みます。

ぴょん！　一枚目のじゅうたんを踏んだ時、娘の腕が倍に——二本から四本になりました。また、着ている服も、一瞬で豪華なドレスに変わります。

ぴょん！　二枚目のじゅうたんを踏んだ時、娘の腕がさらに倍に——四本から八本になりました。その額には髪飾りが、胸元には首飾りが、足元には宝石飾りのついた靴が、輝きを放ち始めました。

ぴょん！　三枚目のじゅうたんを踏んだ時、娘の腕がまたまた倍に——八本から十六本になりました。その腕の一本一本で銀の腕輪が鈴のような音を立て、その指の一本一本で宝石のはまった指輪が星のように輝いています。

なんという不思議でしょう！　みすぼらしい二本腕の娘は、またたく間に十六本腕の華やかな貴婦人へと変わったのです。王さまを太陽にたとえるなら、この娘はまさに、太陽の脇に輝く満月と言うべきでしょう。

娘の全身から放たれる輝くような魅力に、王さまは目を見張りました。しかし、その中でも最も心惹《ひ》かれたのは、自分を見つめるたったふたつの瞳の輝きでした。

王さまが恭《うやうや》しく十六本の手のひとつを差し出すと、娘はにっこりとほほえんで、これまた十六本の手のひとつを伸ばし、その手を取りました。

異星の王さまと新しいお妃さまは、王さまの星へと帰り、それからずっと、それぞれ十六本ずつの手と手をつないで幸せに暮らしました。

やがて、ふたりの間には三十二本の腕を持つ娘が生まれました。そして、三十二本の腕を持つ娘は六十四本の腕を持つ孫娘を産み、六十四本の腕を持つ孫娘は百二十八本の腕を持つひ孫を産み、さらに彼女の娘も、そのまた娘も、百代末の娘たちまでも、一族は栄えに栄えました。

これはずいぶん昔の話ですが、もちろんふたりの子孫に当たる人は今も生きています。

ところで、その腕の数は――あら、お聞きになりたくない？　それは残念。

電卓ジョニィの冒険

百万光年のちょっと先、今よりほんの三秒むかし。ジョニィという名の天才少年が、ある画期的な装置を発明しました。それは手のひらサイズの卓上電子計算機。盤面にある二十個のボタンを押すことによって、基本的な四則演算から複雑精妙な関数計算までをもこなす機械の頭脳です。

ええ、もちろん、坊ちゃまがお持ちの電算機でも、そのくらいの計算はできますとも。しかし、これは科学がまだ若々しく魔法じみた力を保っていたころのお話。なににつけ黎《れい》明《めい》期《き》の技術というものは、いにしえの精霊の如き摩訶不思議《まかふしぎ》な力を宿しているものです。それはまさに、世界を変革し、支配する力！　その使いかた次第で、ただの人間を神にも悪魔にも変えるものなのです。

幸い、天才ジョニィは心の正しい少年でした。

「よし、ぼくはこの発明を世の中のために使うことにしよう」

彼はさっそく、電卓を片手に世界中を駆けめぐりました。

西に飢饉《ききん》に悩む国あれば、出掛けていって電卓のボタンを［×］［1］［0］ポン、ポン、ポン！　たちまち土地の農作物の収穫量は十倍になり、人々は飢えから救われました。

東に疫病に苦しむ国あれば、たちまち駆けつけて電卓のボタンを［÷］［1］［0］ポン、ポン、ポン！　病に倒れる人の数は十分の一になり、これまた、たくさんの命が救われました。

はたまた、道中に車や飛行機の事故あれば、［×］［0］ポ、ポン！　すかさずその発生率をゼロにして、未然に防いでしまうという寸法です。

ジョニィの大活躍によって、この世は清浄で幸福な状態へと、みるみる変わっていきました。

「ありがとう、電卓ジョニィ！」

「君こそは世界の救世主だ!!」

人々は口々に言い、ジョニィの名声はそのたびに十倍にも、百倍にも高まりました（ここには不正な計算は行なわれていません）。

しかし、光あるところには必ず闇が生じるもの。ジョニィの力をうとましく思う者が現れました。宇宙征服を企む悪魔的天才科学者、ドクター・カリキュラです。彼はその邪悪な頭脳を用いて、小は要人の誘拐から大は惑星間戦争の誘発まで、ありとあらゆる悪事の種をまき、星間宇宙の暴君《カリギュラ》となるべく暗躍していたのです。

そんな彼にとって、正義の少年電卓ジョニィはまさに目の上のたんこぶと呼ぶべき存在でした。

「なんといまいましい小僧！　奴がいずれ我が宇宙征服計画の重大な障害となることを、我が輩は九九・九九パーセント以上の確率で予測したぞ!!」

ドクター・カリキュラはさっそく手下を率い、拳銃を持って十重《とえ》二十重《はたえ》にジョニィを取り囲みました。

「さあ、おとなしくその電卓を置いて引っ込むがいい。我が輩の綿密な計算によれば、おまえがこの状況から逃亡できる可能性はゼロだ。おまえは物事の蓋然性《がいぜんせい》を掛け算によって操作するというが、ゼロにはどんな数を掛けてもゼロであるからな！」

しかし——

「おっと、それはちょっと計算がちがうんじゃないかな」

ジョニィはいきり立つドクター・カリキュラに向かって不敵な笑みを浮かべ、左手を高く挙げました。その手のひらには件《くだん》の電卓が握られています。

「この電卓は科学の結晶、無から有をも生み出す希望の力だ！　見たまえ！」

［＋］［1］［0］［0］ポン、ポポポン！

電卓の表示窓の「0」の表示が、瞬時に「100」に変わりました！

「これで逃走の可能性は一〇〇パーセント！　逆に、君たちがぼくを捕らえることこそが不可能になったというわけさ！」

「しまった、この状況で足し算を用いるとは！　この我が輩の頭脳を持ってしても、その手は予想できなんだわ！」

「さて、それでは帰らせてもらうとするよ」

「おのれ！」

悠々と歩き出したジョニィに向かって、何十という銃口が火を噴きました。しかし、弾丸はジョニィの体を逸《そ》れて一発残らずあさっての方向に飛んでいきます。それどころか、一斉につかみ掛かった手下どもの手も、ただ歩いているだけのジョニィを捕まえることができないのです。

「また会おう、ドクター・カリキュラ！」

十全の可能性に守られながら包囲の輪をするりと抜けたジョニィが手を振ると、ドクター・カリキュラは歯がみして悔しがりました。

「うぬう、ちょこざいな……しかし恐るべき小僧よ！　奴こそはこの宇宙で第二位の頭脳の持ち主！　もちろん一位はこの我が輩だが、このままではその順位もあの電卓によってひっくり返されかねんわい！」

ジョニィを終生の好敵手と定めたドクター・カリキュラは、その後も天才少年に向かって次々と陰謀の手を伸ばし、そのうちのいくつかはジョニィをあわやというところまで追い詰めました。

例えばある時、ドクター・カリキュラの引き起こした人工地震が大都市を襲いました。都市の全域を壊滅させ、数百万の市民もろともに、ジョニィを亡き者にしようという企みです。高速道路の路面がひび割れ、高層ビルがしなるように揺れ、都市の命運は風前の灯《ともしび》と思われましたが――

「大丈夫、ぼくにまかせて！」

ジョニィは電卓を取り出し、計算一発！　ビルの揺れはぴたりと収まりました。彼の高度な強度計算によって、都市のあらゆる建物の耐震強度が何十倍も上がり、大惨事は未然に防がれたのです。

またある時は、ジョニィの乗り合わせた宇宙客船が、武装した高速ロケットの集団に取り囲まれました。武装ロケットが放った輝くビームが客船の船体を次々とかすめて飛び、乗客の間に恐怖の悲鳴が上がります。

「心配はいらないよ！」

ジョニィは電卓を取り出し、計算一発！　客船は突如、神業《かみわざ》と言うほかない精妙な軌道を描き、網の目のように飛び交うビームの隙間をすり抜けて、宇宙の難所である小惑星帯に飛び込みました。追っ手のロケットは、あるものは小惑星にぶつかり、またあるものはあわてて速度を落として進路を逸らしましたが、客船はジョニィの電卓による高度な航路計算によって小惑星帯を目覚ましい速度で飛び抜け、追っ手から逃げ切ることができたのでした。

そしてまたある時は、ジョニィはある惑星上で、星間ミサイルの集中砲火を受けました。一発で大陸をも吹き飛ばす超戦略弾頭が、惑星を丸ごと木っ端みじんにする勢いで、雨あられと降ってきます。

「この程度はへっちゃらさ！」

ジョニィは電卓を取り出し、計算一発！　数百発のミサイルは弾道計算の変数を反転させられて元来たほうへ帰っていき、ドクター・カリキュラのミサイル基地を残らず粉砕しました。

「おのれ、にっくき電卓ジョニィ！　覚えておれ！」

もはや定番となった捨て台詞《ぜりふ》を吐くと、ドクター・カリキュラは脱出用の宇宙船に飛び乗って逃げ出しました。

「またまたありがとう、電卓ジョニィ！」

「これからも宇宙の平和を守ってくれ!!」

人々の感謝の声援を背に、ジョニィはある場所へと急ぎました——というのはその日、彼はガールフレンドとのデートの待ち合わせの約束に遅れそうだったのです。

「ジョニィ、ジョニィ！」

電卓の力を使って全速力で到着したジョニィに、彼女はおかんむりの様子で言いました。

「いったいどんなくだらない用事があったっていうの？　あたしを三分も待たせるなんて！」

「ごめん、実はドクター・カリキュラの戦略ミサイルが——」

ジョニィが言いかけると、彼女はけんもほろろに言い放ちました。

「そんなことを聞いてるんじゃないわ！」

「え、いや、でも宇宙の平和が——」

しどろもどろになって答えるジョニィに、彼女はさらに畳み掛けます。

「宇宙の平和とこのあたしと、どっちが大事だって言うの!?」

「どっちが——って」

ジョニィは目を白黒させました。科学精神の申し子たる彼にとって、この少女の理不尽な怒りは、ドクター・カリキュラの一万倍も厄介なものでした。

——そうだ、電卓の力で、せめて「ドクター・カリキュラの十倍ほど厄介」に……。

ジョニィが思わず頼みの電卓に手を伸ばすと——ぴしゃり!

「あたしが話してるのに、そんなおもちゃをいじらないで!」

……え、それで、ジョニィは例の電卓をどう使ったのか、ですって?

はてさて、「おもちゃに気を取られているうちは、〝女の子の気持ち〟みたいな難しい問題は解決しないものだ」というのがこのお話の教訓なのですけれど、坊ちゃまには少し早すぎましたかねえ。

穴底の男と凍った娘

百万光年のちょっと先、今よりほんの三秒むかし。宇宙空間の只中に、暗い、深い穴が空いていました。穴の底にはひとりの男が住んでいて、重力の手を伸ばしては、まるで空間に巣くうアリ地獄のように、いろいろなものを穴の中に引っ張り込んでいました。

宇宙船が、小惑星が、星間ガスが、電波や光の粒までもが、男の長く強い手に捉えられて、穴の底へと引き込まれていきます。物質も波動も、一度捕まえたものは決して逃がしません。男はとてもよくばりだったのです。

しかし、男は自分の財産をなにひとつ持ってはいませんでした。彼の力はあまりにも強く、その手の中に捉えたものをばらばらの素粒子になるまでひねり壊してしまうからです。男はますます躍起《やっき》になって手を伸ばし、ありとあらゆるものを自分の穴に引っ張り込みましたが、結局、なにひとつ彼自身のものにはなりませんでした。

やがて、船も星も、気体分子のひとつひとつまでもが、男の手を避けて通るようになりました。訪れる者もない空間にぽっかりと空いた穴の底で、男はますます孤独と欲をつのらせていきました。そのさまはまるで、彼自身が底なしの黒い穴になってしまったかのようでした。

ある時、男の住む穴にほど近い空間を、一隻の古い宇宙船が通り掛かりました。一億年も前に小惑星との衝突で壊れた難破船です。乗組員は死に絶え、航法用電子頭脳は壊れ、エンジンに点《とも》っていた火も、とっくの昔に消え果てています。そのために、自らの意志で船体を推進することなく、誰もが避けて通る宙域にふらふらと迷い込んできたのです。

それはただの漂流するゴミとしか言いようのない、海賊や宇宙の海魔もまたいで通るような船でしたが、しかし、男は手ぐすねを引いて待ちかまえました。

「さあ、あいつをこの手で捕まえてやろう。またばらばらに壊れてしまうかもしれんが、かまうものか。俺のものにならないのなら、最初から存在しないのと同じだからな」

手の届くぎりぎりの範囲をかすめるように飛ぶ宇宙船を、穴底の男は腕をいっぱいに伸ばして捉えました。

すると——

(あら、こんにちは！)

若い娘の声が、男に向かって挨拶しました。

もちろんそれは、生身の人間の発した声ではありません。透き通った波となって空間を渡る、心の声です。

(誰だか知らないけれど、お会いできてうれしいわ。ずっとひとりぼっちだったの)

娘は生きた人間ではありませんでした。かといって、死んだ人間でもありませんでした。というのも、彼女は一億年前の事故によって破損した冷凍睡眠装置の中に置き去りになった、この船の最後の船客で、その肉体は蘇生の可能性を残した超凍結状態のままに置かれていたのです。

もし、船がもう一度小惑星にぶつかれば——あるいは、どこかの恒星の近くを通って船内の温度が上がれば、その時こそ彼女に本当の死が訪れるかもしれません。しかし、それらの可能性は文字通り天文学的に低く、事実上、彼女は星々の、そして生と死の狭間を、永遠に漂流し続ける運命にあるのでした。

凍った体から幽霊のように抜け出し、船の舳先《へさき》に腰掛けて歌いながら……しかし、完全な死者としてあの世へ旅立つことも許されず、彼女は一億年の長旅を強いられていました。それはひょっとすると、穴底の男が長い長い時間を孤独に過ごしていた事情と似ているかもしれません。

男は凍った娘を船ごとつかみ、自分のもとへ引き寄せました。

みしり！　たちまち難破船の船体がきしみはじめます。このまま引っ張り寄せたら、凍った娘は船体もろとも粉々に砕け散ってしまうでしょう。

男はあわてて手の力をゆるめました。しかし、手を放して彼女を逃がしてやろうとは思いません。これまでに手に取ったどんなガラクタにも増して、この娘を手に入れたくなっていたのです。

引き寄せることも、手放すこともできず——男の迷いを表すように、難破船は穴の周りをぐるりと回り始めました。それまでの勢いと、加減された男の腕の力の、ちょうど釣り合う位置を取って、周回軌道に乗ったのです。

それをなにかの遊びと思ったのか、凍った娘はくすくすと笑い出しました。その笑い声は、それまでの心の声と同様、軽やかなさざ波となって、穴の底に届いてきました。波は穴底の男のぽっかりと虚《うつ》ろな胸の中で幾重にも反響し、そこを光とも熱ともつかない温かなもので満たしました。

そこで、男は力をぐっと込めて船を引き寄せ、かと思うと、力をゆるめて遠くまで放り出し——難破船はゴム紐《ひも》につながれた錘《おもり》のように、穴の周りを楕円《だえん》の軌道を描いて飛び回りました。凍った娘は放り出されるたびに楽しそうに叫び声を上げ、そして、船の舳先に立ってくるくると踊りました。

（あなたはだれ？　お名前はなんていうの？）

笑い、踊りながら、凍った娘は問い掛けました。

「名前はない」

と、穴底の男は答えました。かつて男に呼び掛ける者などはなく、そのため彼は、一度も名前というものを持ったことがなかったからです。

しかし、言われてみると確かに、名前がないというのは不便かもしれません。

「そうだな、次に通り掛かった奴を捕まえて奪い取ってやろう。名前なら、形のあるものとちがって俺の手にも入るだろう」

と男が呟《つぶや》くと、娘は笑って言いました。

（だめ、だめ！　名前っていうのは、ひとから取ったりするものじゃないわ。なければ今、ちょうどいいのを考えましょうよ。あなたは私になんて呼ばれたい？）

「ふむ……？」

男は黙り込みました。しかし、いくら考えても、自分にぴったりした名前が思いつきません。そもそも、自分が他人にどうされたいか、なんて考えたことは、今までに一度もなかったのです。

たっぷり時間を掛けて考えたのち（その間に難破船は百周も回ってしまいました）、男は凍った娘に向かって言いました。

「おまえの名前はなんという？　それに似合う名前にしよう」

（あら、それは――）

凍った娘は一旦言葉を切ると、意味ありげに男のほうを見やりました。男が思わず娘の乗った船をたぐり寄せると、娘は男の住む穴のそばをすごい勢いで通り過ぎながら、

（――ひみつ！）

「……なぜだ？　名前はひとに呼ばせるためにあるのではないのか？」

男が不思議そうに聞くと、凍った娘は遠くで笑うばかりで、答えようとはしません。男は首をかしげながら、ふたたび船をたぐり寄せました。しかし、娘はふたたび男の住む穴のそばを通り過ぎながら、

（――なぜでも、ひみつ！）

「……わけが分からない」

遠のく娘を、男はふたたびたぐり寄せますが、

(――分からなくても、ひ・み・つ！)

「俺をからかっているのか？」

(――それもひみつ！)

実際、穴底の男には、まったくわけが分かりません。

しかし同時に、男は自分がそのかみ合わない問答を楽しんでいることに気がつきました。とらえどころもなく手に入れることもできないこの娘の、手に入らなさ、そのものが、なんだか愉快に感じられるのです。

そして、男はますます力を込めて船を振り回し、凍った娘はますます楽しそうにくるくると踊りました。それはさまざまな形に変わる大小の円――船の公転と娘の自転――を成していつまでも続く、ふたりきりの遊びでした。

そのようにして、何時間か、何日か――あるいは何千年か、何百万年かが過ぎました。ふたりはまったく飽きもせずにぐるぐる遊びを繰り返していましたが、やがてついに、お別れの時がやってきました。

男の手の届く範囲をぐるりと取り巻くように溜まっていた、わずかな塵《ちり》やガス。それらがこすれ合って発生させていた、ほんのわずかな熱。そのほんの一部が彼らの周囲にまで忍び寄り、凍った娘の体を溶かし始めたのです。

このままでは「生きても死んでもいない凍った娘」は「溶け掛かった死んだ娘」になる

しかありません。

「では、もう行くといい」

穴底の男は、難破船をつかむ重力の手をゆるめました。

「どうせここにいても死んでしまうのなら、どこか俺の知らないところで生き続けたほうがいいだろう」

彼が一度捉えたものを手放そうとするのは初めてのことでしたが、しかし、凍った娘は首を横に振りました。

（あなたとお別れして旅を続けても、また一億年もひとりぼっちになるだけだもの）

そこで——

穴底の男は少しの間ためらうと、やがて意を決し、難破船を力強く引き寄せ始めました。今度は手加減なしに、一直線に自分のもとへ。そのあまりの力に、船も、凍りついた娘の体も、たちまち砕け散り、粉々になってしまいました。

彼女の魂が無事にあの世に着いたのか、それは分かりません。いずれにせよ、穴底の男の手の中には、いつものように塵ひとつ残ることはありませんでした。素粒子の粒、可能性の霧と化して、すべてはこぼれ落ちてしまったのです。

いいえ——ただひとつだけ、形のないものが残りました。

それは、凍った娘が別れ際に教えてくれた、彼女の名前。彼の手の中には、そのひとかけらの情報だけが残ったのです。

え――なんて名前か、ですって？　いえいえ、そればっかりはお教えできません。なぜって、それは穴底の男が大事に持っている、彼だけの大事な宝物なんですから。

それからのち、穴底の男は昔のように手当たり次第に他人のものを奪い取ったりはしなくなりました。

彼の両手はたったひとつの宝物である、凍った娘の名前をやさしく包み込んでいます。そして、彼がその手を開く時、娘の記憶の像が手のひらの上でくるくると踊るのです。

そのさまを眺めながら、穴底の男は彼女とお似合いになる、自分の名前を考えます。これはという名前がひらめく時もあれば、もっといい名前がありそうな気がしてくる時もあり、男の考えはちっともまとまりません。でも、そのことがちっともいやではないのです。

娘がくるくると踊るままに、男の考えもぐるぐると巡り……きっと今も、そうして考え続けているのでしょうね。

夢見るものを、夢見るもの

百万光年のちょっと先、今よりほんの三秒むかし。銀河の片隅の、とある地球型惑星に、植物から進化した知的生命体の一族がおりました。豊かな水と陽の光に恵まれた彼らは、なに憂うことなく大地に根を張り、夜となく昼となく、まどろみながらその一生を過ごしていました。

え？　ずっと寝てばかりじゃひまだろう、ですって？

いえいえ、彼らの高度に発達した植物細胞の神経は、その根が地下深くに降りる水脈に達するように、わたくしたちの及びもつかないような深さの思索的領域に思考の根を伸ばし、精神的な実りを得ているのです。時に科学的に、時に哲学的に、深く静かな思考によって形作られる夢の空間は、現実そのものに匹敵する情報精度を持っていました。それはまさしく、もうひとつの宇宙と言っても過言ではありません。

例えば、あるひとりの植物人が夢に見たのは、恒星の中心に住まうプラズマの少年でした。少年は文字通りエネルギーの塊で、超高圧の恒星内部を水素ガスの対流に沿って泳ぎ回り、ときおり光球面からプロミネンスの飛沫《しぶき》を上げて跳ね上がります。その際に彼が発する輝きは、何万光年もの彼方からも見えるほどのものでした。

やがて、少年は遊び疲れると、恒星の中心核にある自分の家に帰り、眠りにつきました。

それは彼にとって、決して退屈なことではありません。自分の行ったことのない、思いもつかない世界を夢の狭間《はざま》に垣間《かいま》見ることは、彼にとってのもうひとつの冒険なのです。

そのようにして少年が夢に見たのは、ごく小さな惑星でした。宇宙に浮かぶひと握りの土塊《つちくれ》とも言うべきそれは、しかし、その球状の体の表面に、水圏と大気圏、そしていくつもの生物種の群れからなる生態系を持っており、さらには、それらの複雑な循環システムを一種の演算装置とする、独自の知性を発生させていました。つまり、その惑星そのものが、ひとつの知性体なのです。

何億年もの間、惑星は太陽の周りを公転し、かつ自転しながら、陽の光を浴び、遠い星々の輝きを見上げ、そして、自らの体内を巡る生命の流れを楽しみました。またその一方で、何万年かおきに訪れる氷河期には、彼は一個の雪玉となって眠りにつき、さまざまな夢を見るのです。

例えばある時、小さな惑星が夢に見ていたのは、小さな小さな、指先に乗ってしまうほどの超集積回路でした。ほとんど魔法的な領域にまで高められた超細密技術で作られたそれは、その薄く小さな体に星間文明数百個分もの処理能力を備え、ひとつの小宇宙の誕生から終焉《しゅうえん》までを一瞬にしてシミュレートするほどの機能を持っていました。

毎瞬ごとにさまざまな宇宙の存在を仮定し、そしてまたその可能性を揉み消す、一種のメタ宇宙とも言うべきその回路は、休みない超高密度演算の傍《かたわ》ら、数億単位時間ごとに、ほんのわずかな間、待機コマンドを実行します。システムの自己チェックと同期確認のために行なわれるその小休止は、言わば機械の眠りです。しかし、猛烈な電子的思考の流れが息継ぎのように止まるその瞬間も、彼の中央演算領域の片隅では、ノイズじみた小さく無意味な計算が行なわれていました。それは超集積回路の見る、電子の夢なのです。

　超集積回路が夢に見ていたのは、透明な流体の、波紋と渦からなる小世界。中でも、ひときわ清らかなひと筋の流れで出来た、ひとりの少女でした。透明な流れの中を自らも流れながら、わずかに生じた屈折面に光の輪郭をひらめかせ、少女は優雅に流れうねり、軽やかに渦を巻きます。

　そして、ときおり訪れる凪の時には、少女は周囲の静止した媒質と一体となって、静かな眠りにつきます。波紋ひとつなく、時間の流れそのものが止まったかのようなひと時——しかし、それは完全な静止ではありません。眠る少女の体内では、水中を走る音波のような小さな縦波が、透明な胸の中に反響しているのです。それは眠る少女の中を走る記憶の波紋、つまり、彼女の夢なのです。

　そのようにして彼女が夢見るのは、銀河の片隅の、とある地球型惑星に棲《す》む、植物から進化した知的生命体の一族——まどろみながら生き、プラズマの少年を夢に見ている、件《くだん》の植物人です。

　あら、まあ、さてさて。

　それじゃあいったい、誰が誰を夢に見ているのでしょうか？

　夢ではなく、本当に、現実に存在しているのは誰なのでしょう？

植物人を夢見る流体の少女でしょうか？

流体の少女を夢見る超集積回路でしょうか？

超集積回路を夢見る知性を持つ惑星でしょうか？

知性を持つ惑星を夢見るプラズマの少年でしょうか？

はたまた、プラズマの少年を夢見る植物人でしょうか？

あるいは、互いの尾を嚙《か》んでつながる五匹の蛇のように、それらは誰が先頭ということもなく、ひとつの輪として存在しているのでしょうか。

それでは、蛇の一匹が、その口を離してしまったら？

つまり、例えば、
植物人が、緑の葉をざわめかせる風を受けた時。

プラズマの少年が、磁力線の弾ける音を聞いた時。

知性を持つ惑星が、氷河を溶かす陽の光を浴びた時。

超集積回路が、規定の処理行程数を消化した時。

流体の少女が、再び流れ始める時間を感じた時。

……そのようにして、誰かひとりが夢から覚めた時、
彼らが夢見たもの、
彼らが夢見たものが夢見たもの、
彼らが夢見たものが夢見たものが、夢見たもの――

それらはみな、一瞬にして消えてしまい、そして、彼ら自身を夢に見ていたものが消えることによって、彼ら自身もまた、跡形もなく消えてしまうのかもしれません。

しかし、最初からすべてが夢で、現実には夢を見るものなどどこにもいなかった、というならば……夢見るものがいないというのに、その夢はどこから、どのように生まれたというのでしょうか――

――と、あらあら、今日のお話は、少しばかりややこしすぎましたかね。

ようございます。坊ちゃま、ゆっくりおやすみなさいませ。

ぐるぐる回る夢の輪は、きっと今夜も、坊ちゃまの夢の中で回り続けることでしょう。

明日の朝、坊ちゃまがお目覚めになるまで――さもなければ、坊ちゃまを夢に見る誰かの目が覚めるまで。

船に恋するクジラ

百万光年のちょっと先、今よりほんの三秒むかし。銀河の星々を頭上に望む、深い深い亜空間の底に、クジラの群れが棲《す》んでいました。クジラといっても、もちろん海に棲むクジラではありません。おのおの船ほどもある巨体にスペース・ワープ・エンジンの心臓を持つ超生命体です。

群れの長老たちは、若いクジラたちに向かって口癖のように注意していました。曰《いわ》く——恒星や、その間を結ぶ航路《ライン》に近づいてはいけない。そしてまた、〝泡のひと〟に話し掛けたりしてはいけない——

しかし、どこの国でもそうであるように、遊びざかりの若者たちは、年寄りの言うことなどまじめに聞きはしません。はいはいと頭だけを下げ、こっそりと群れを抜け出しては、行ってはいけないと言われた宙域に、度胸試しに入っていくのです。

中でも一番のやんちゃ者は、〝小さな歌い手〟という名の、若い雌のクジラでした。人間で言えば年ごろのおてんば娘と言ったところでしょうか。体は小さくとも怖い者知らずの彼女は、〝泡のひと〟たちが棲む星系を目指し、仲間たちも近づかないようなぎりぎりの距離まで踏み込むと、通常空間に鼻面を突き出して、光の粒ほどに見える恒星をうっとりと眺めます。

——ああ、なんてぴかぴかで、きれいな星なんだろう。それに、その周りにかすかに見えるチカチカした光。あのひとつひとつが、不思議な〝泡のひと〟なのかしら。

毎日毎日、何時間も、何十時間も通い詰めては、〝泡のひと〟の国に見惚《みほ》れていた〝小さな歌い手〟は、その心の高鳴りを、即興の歌にして歌いました。

〝小さな歌い手〟がひとたび歌い始めると、あたりはエーテルのさざ波に満たされ、彼女の心のままに、軽やかに震えます。まるで周囲の空間が、大きく広がった彼女の夢の中にすっぽりと包まれてしまったかのようです。

けれども、群れの年寄りや若い雄たちが、

「やあ、いい歌だね」

などと話し掛けても、〝小さな歌い手〟は上の空。彼女の心は、ぴかぴかの星の国のことでいっぱいだったのです。

そんなある日のこと——

いつものように恒星を眺めていた〝小さな歌い手〟のすぐそばを、ギューン！　と、弾丸のように飛び抜ける者がありました。

〝小さな歌い手〟は驚いて飛び上がり、そして、感じ入った様子で言いました。

「なんてすてきなひと！」

それは、恒星の光が銀の矢になって飛び出したような、ぴかぴかの超光速宇宙船でした。

しかし、〝船〟というものを知らない彼女は、それを〝見たこともない銀色のクジラ〟

と思うばかりです。

「――ねえ！　ねえ、あなた！」

　胸のエンジンを高鳴らせながら、〝小さな歌い手〟は立派な銀色のクジラを追い掛け、後ろから呼び掛けました。

　しかし、銀のクジラは、彼女の声など聞こえない様子で泳いでいきます。そしてまた、その泳ぎの速いこと！　銀のクジラは並のクジラよりも深く、速く、そして疲れを知らない様子で亜空間を突っ切り、〝小さな歌い手〟を振り切ってしまいました。

〝小さな歌い手〟はすっかりしょげかえって、その日は群れに戻りました。しかし、これも若さの効能と言うべきでしょう、翌日には元気を取り戻し、エンジンの出力をますます上げて、前日の場所へと飛び出していきました。

　はたして――

　ギューン！　不思議な銀のクジラが、昨日と同様、〝小さな歌い手〟の前を通り過ぎていきます。

「ねえ、待って！」

〝小さな歌い手〟は全速力で追いすがりながら叫びました。しかし、銀のクジラはやはり、昨日と同様、彼女に見向きもせずに泳ぎ去ってしまいます。つれない態度と言うよりは、言葉を感じ取る心がないかのようです。

「もう……！」

〝小さな歌い手〟は不満げに銀のクジラを見送りましたが、決して諦めたわけではありません。

次の日も、また次の日も、そのまた次の日も。

ギューン！

「――ねえ！」

ギューン！

「――ねえ、待って！」

ギューン！

「――ねえったら！」

〝小さな歌い手〟がいくら呼び掛けても、銀のクジラは目の前を通り過ぎるばかりです。

そこで、彼女は銀のクジラの気を惹《ひ》くために、さまざまな工夫をしました。ある時は群れの仲間うちで使う「餌場に行こう」の身振りをし、ある時は「非常招集」の呼び声を上げ、はたまたある時は、気の早い求愛のダンスまで――

しかし、銀のクジラは相変わらず、娘には目もくれません。

娘は思い悩んであたりをぐるぐると泳ぎ回り、やがてひとつの考えにたどり着きました。

ここは自分の得意技――すてきな銀のクジラへの思いを込めた恋の歌を、〝小さな歌い手〟は朗々と歌い上げました。彼女の心の高鳴りが、そのままエーテルの波となって、亜空間に広がっていきます。

と――

その歌声が空間の抵抗を増したのでしょうか。銀のクジラの速度がわずかに鈍りました。立ち止まりこそしないものの、〝小さな歌い手〟が追いついていくつかの言葉を交わすには、これで充分です。

「こんにちは！」

〝小さな歌い手〟が呼び掛けると、今初めて気づいた、という様子で、銀のクジラが応えました。

（おや――こんにちは）

「あなた、〝泡のひと〟たちのところから来たの？　すごく速いのね！　でも、ちょっと止まってお話ししない？」

〝小さな歌い手〟がひと息にまくし立てると、

（すまないが、仕事中なんだ。時間を守らなければ――）

それだけ言って、ギューン！　銀のクジラは行ってしまいました。

それでも、これは大きな前進です。

次の日も、また次の日も、そのまた次の日も。

「――〝しごと〟って、なに？」

（荷物やお客を運んでいるんだよ――）

ギューン！

「――お客って、〝泡のひと〟？」

（泡？　……ああ、なるほど。僕たち通常空間の生きものは、君たちにとっては泡つぶのようなものかも――）

ギューン！

「――あなたは立派なクジラだわ」

（いや、君が見ているのは船の船体だよ。僕自身は君の言う〝泡〟のひと粒にすぎないんだ――）

ギューン！

……といった具合に、〝小さな歌い手〟は自慢の歌で銀のクジラを呼び止めては、少しずつ言葉を重ねていきました。

そして、ある日。

「――それで、〝しごと〟っていうのは、いつからいつまでなの」

（出発地点から目的地点まで――）

飛び去ろうとする銀のクジラに、〝小さな歌い手〟は全速力で喰い下がりました。

「じゃあ、そのあとは急がなくてもいいのね？　ねえ、今度、その〝しごと〟のあとにまたいらっしゃいよ。そうしたら、ゆっくりお話できるじゃない」

するとて、銀のクジラは答えました。

（そうだな……うん、一度そうしてみようか）

「それじゃあ、さっそく今夜あたり」

（ああ、それじゃあ、今夜――）

ギューン！

「……必ず来てね！」

〝小さな歌い手〟は銀のクジラを見送ると、大はしゃぎであたりをぐるぐる泳ぎ回り、通常空間へ何度も跳ね上がりました。

しかし、その夜――待てど暮らせど、銀のクジラは現れません。〝今夜〟どころか、次の日も、また次の日も、そのまた次の日になっても。

――と、いうのも。

クジラたちが言うところの〝泡のひと〟たちの国と、その近隣の星系を結ぶ、ひとつの航路。銀のクジラはそこを往来する定期便だったわけですが……。

先日から、原因不明の遅延が相次ぐようになったため、その日の運行を最後に、大事を取って定期航路を変更する――という旨《むね》を告げられた宇宙船のパイロットは、なんの異議もなく、その命令を受け取りました。なにしろ彼は、亜空間を航行する際には宇宙船の航法コンピュータと精神を一体化し、超空間的知覚を持った一種のサイボーグとなっているわけですが、その間に見たものや考えたことを通常空間にある三次元的頭脳で認識することはできないのです。

その記憶はまるで、朝陽に溶ける夢のかけら。

「はて……」

パイロットは首をかしげました。

「なにか、大事な約束をしていたような……」

しかし結局、彼はそれがなんだったかを思い出すことはありませんでした。

しょせん「棲む世界の次元がちがう」ということでしょうか。若いクジラの娘と、すてきな銀のクジラの恋は実ることはなく、傷心の〝小さな歌い手〟は、すっかり打ちしおれて群れに帰り、二度と〝泡のひと〟には近づくまいと心に誓いながら眠りについたのでした。

……でもそれは、ほんの一週間かそこらのこと。

なにしろ〝小さな歌い手〟は、とびきり元気なスペース・ワープ・エンジンの心臓を持つはつらつとした娘でしたし、すてきな銀のクジラも、ひとりやふたりではありませんでしたから。

それから長いこと、あるいはひょっとして、今現在も。

そのあたりの星域では、定期航路網のあちこちに発生する運行スケジュールの乱れが航法担当官の頭を悩ませ、パイロットたちは思い出せない約束に首をかしげているのです。

ごくたまに、坊ちゃまや旦那さまがお乗りになった宇宙船が、亜空間の乱れによって遅れることがあるでしょう。そんな時は、実は恋するクジラの娘の歌とおしゃべりに呼び止められているのかもしれません。

はたまた、もしかして。彼女がおてんばの小娘から、すばらしいクジラの淑女《レディ》に成長していたなら？　宇宙船（とパイロットの統合体）はその魅力に逆らえず、彼女の手を取って宇宙の果てに飛び出し、二度と戻ってこないかも――

なんとまあ、恐ろしいこと！

偉大なるバニラ味の総統

百万光年のちょっと先、今よりほんの三秒むかし。ある食品メーカーが、画期的なケーキの素《もと》を開発しました。

その名も〝お好み＝びっくり・ケーキミックス〟。

原材料は小麦粉、油脂、糖類、膨張剤、脱脂粉乳、食塩、乳化剤、穀粉、その他。これに卵と牛乳を加えてかき混ぜたタネをひと晩寝かせておくだけで、ありとあらゆる種類のケーキが作れるのです。

というのも――そもそも、お菓子作りというのは非常にデリケートなもので、材料の計量を少しまちがえただけで、出来上がりはまったくちがうものになってしまいます。逆に言えば、スポンジケーキもパンケーキも、マフィンもシフォンもマドレーヌも、材料自体はだいたい同じ。ほんの少しのさじ加減・焼き加減で、どんなものにもなり得るわけです。

そして最後の決め手は、原材料表記の〝その他〟の欄に属する、ひとつまみの秘密の成分。それは自己増殖性を持つ生化学分子で、適切な温度と水分によって起動し、ケーキのタネの中に複雑な分子回路網を作り、無数の知性単位を発生させるのです。その数、一ｃｃあたり約百万単位。大ざっぱに言って、三百ｃｃのタネの中には三億の知性体が存在する勘定になります。これはもう、ひとつの国と言っても過言ではありません。

どろどろのケーキのタネの中、彼ら〝ケーキミックス知性体〟たちは、知恵を寄せ合い、論を戦わせながら、究極の目的へ邁進《まいしん》します。その目的とはつまり「おいしく焼き上がること」。ナッツや干《ほ》しブドウや角切りフルーツなど、その時々に混ぜ込まれた具に応じて、糖分やたんぱく質、脂質などの成分バランスを調整し、さらには芳香分子を合成することで、ありとあらゆる味付けを自ら成すのです。

ある時はベイクドチーズケーキに。

ある時はにんじんのマフィンに。

ある時はふわふわバナナケーキに。

ある時はチョコチップ・パウンドケーキに。

全自動オーブンとの連動によって、その仕事は完璧に成し遂げられます。

つまり、料理人はただ、ケーキミックスの粉に卵と牛乳と適当な具を入れて混ぜ、オーブンの中に放り込むだけ。寝て起きた時には、立派なケーキが出来上がっているという寸法です。

——しかし、ある時のこと。

その日はケーキのタネの中になんの具も入れられないまま、オーブンの扉が閉じられてしまいました。料理人がうっかり忘れていたのでしょうか。あるいはたまたま、なんの具も入っていない、ただのパンケーキが食べたくなったのかもしれません。

もちろん、そういうことも、たまにはあります。商品の外箱にも「そのままでもおいしいよ！」と書いてあるくらいです。そういう時には、卵や牛乳などの素材を活かす方針で、適切な食感や味付けが模索されるのが常なのですが――

なんたること！　これもまた万にひとつの偶然。その日の素材は特にどこがよいとも悪いとも言えず、あらゆる指標で完全な平衡状態を示してしまったのです。

これではケーキミックス知性体たちも、適切な判断を下すことができません。求められている味とは、いったいなにか？　情報はなく、憶測ばかりが飛び交い、やがてケーキミックス知性体たちは、それぞれの信念に基づき、いくつかの派閥を作って議論を戦わせ始めました。

すなわち、

バター保守主義派。

ストロベリー急進派。

チョコレートソース左派。

革新カラメル党、などなど――

しかし、もともと憶測で進めている話がまとまるはずもなく、議論は紛糾に紛糾を重ね、やがて国体の維持さえも困難になっていきました。

そんな時、ひとりの英雄が現れました。

それは、目立たない弱小政党、バニラ党の若き党首でした。

「バニラ味なら、なんにでも合いますよ！」

そのように主張するや、バニラ党は他の派閥を吸収し、急速に勢力を拡大していきました。実際、バターもストロベリーも、チョコレートもカラメルも、バニラ味とはよく合うので、それぞれの党派にとって、バニラ党は同盟関係を結ぶのにふさわしい相手だったのです。

「誰にとっても第二位の選択肢」が「全体での一位」になる、というのはよくある話で、無難で凡庸な勢力とされていたバニラ党は、〝統一バニラ党〟として急浮上し、ついには国権を掌握するに至りました。その過程に若き党首の手腕と人格的魅力《カリスマ》が大きく貢献していたことは、言うまでもありません。

こうして、ケーキミックスの国はバニラ味への意志の下に統一され、バニリン分子の生産に向けて国家的計画が進行していきました——が。

すべてを統一したということは、外にあった問題を内に抱え込んでしまうということでもあります。バター、ストロベリー、チョコレートなどなど、かつて一派を成していたそれぞれの勢力が、やがて党内派閥として内輪もめを始め、互いの足を引っ張り合い始めました。党内政治に明け暮れ、互いの計画に反対票を投じることにばかり意欲を燃やすのです。こんなありさまでは、どんなケーキも出来上がりはしません。

バニラ党首はこの状況に深く悩み、やがて、ひとつの決断をしました。

〝統一バニラ党〟の党名を〝純粋バニラ党〟に変え、すべての権力を〝総統〟、つまり党首にして国家元首である彼ひとりに集中したのです。

そして——粛清が始まりました。

バター派も、イチゴ派も、チョコレート派も——バニラならざる味付けを信奉するすべての勢力が逮捕され、拘禁され、処刑されました。こうして、純粋な、混じりけなしのバニラ・パンケーキの完成に向けて、国家の意志は今度こそ本当に統一され、足並みをそろえ始めたのですが——

ああ、しかし。

彼の理想はやはり、高邁《こうまい》すぎたのかもしれません。あるいは「誰にとっても無難である」という、バニラ味の本義を忘れたのがいけなかったのでしょうか。

彼らのパンケーキがどうにかこうにか「バニラ・イチゴ・チョコレート・バター……その他もろもろ味」として完成することは、ひょっとしたら可能だったのかも……？

しかし、動き出した歴史に「もしも」の入り込む余地はありません。

やがて、排斥された各種勢力の残党が、国内の不満分子と結びつき、反バニラ革命軍として蜂起しました。さらにはその混乱に乗じて、ケチャップ主義抵抗運動、戦闘的マヨネーズ集団、ウスターソース過激派などの隠れた反政府勢力までもが台頭・合流し——国内の勢力・味覚バランスは完全に崩壊しました。

革命軍に捕らえられ、処刑された総統の最後の言葉は、

「さすがにケチャップには合わない」だったと言われています。

そして、翌朝。

オーブンを開いた料理人が見たものは――

「うおっぷ！　なんだこりゃ！」

ありとあらゆる香料・調味料の匂いがごちゃごちゃに混ぜられたそれは、なに味とも言いがたく、強《し》いて言うならば「生ゴミ・フレーバー」。

それは、あまりにも純粋な理想の、あまりにも混沌とした結果でした。

――もちろんこれは遠い宇宙の彼方のお話で、わたくしどもに直接の関係はございません。けれども、そこから教訓を学ぶことはできましょう。

つまり、パンケーキの味付けといった一見単純に見えることであっても、その背後には往々にして複雑な政治的力学が働いており、それは一個人にはいかんともしがたい運命の流れを生み出しているのです。

そこに必要なのは、硬くもろい理想の追求ではなく、柔軟な対処。

ですから坊ちゃま、おやつのパンケーキがたまたま予期せぬ塩味だったからといって、そうふくれるものじゃございません。今、ハチミツをたっぷり掛けて差し上げますから。

顔をなくした青年

百万光年のちょっと先、今よりほんの三秒むかし。とある惑星では、すべての住人が頭部前面装着型のＩＤ／インターフェイスユニット――すなわち〝社会的顔面〟、あるいは平たく言って〝仮面〟――を身に着けて暮らしていました。

人々は朝起きてシャワーを浴びると、おのおの自分の仮面を着けて一日を過ごします。そして、その仮面の目を通して見て、仮面を通して見られ、仮面の口を通して語り合うのです。その際、生身の顔であればついつい外に漏らしてしまう不愉快な表情や失言も、この仮面の内側に留め置かれ、その場にふさわしい態度に変換されて相手に伝わります。これら理性の顔をかぶることで、人々は社会的存在として円滑な関係を維持しているのです。が――

ある朝、ひとりの青年が目を覚まし、身支度を済ませて出掛けようとした時、自分の仮面が見当たらないことに気づきました。寝ぼけてどこかに置き忘れたかと部屋中を探してみたものの、仮面は見つかりません。まるで跡形もなく消えてしまったようです。

「なんと、これはたいへんなことになったぞ」

青年は呟《つぶや》きましたが、仕事に行かないわけにも行きません。なにしろ彼は、職場では営業部の若手筆頭と目されているのです。

青年は生身の顔のままで外に飛び出しました。頬《ほお》に当たる風は冷たく、我が身がはなはだ頼りなく感じられましたが、かまっているひまはありません。鉄道の駅に駆け込もうとした時——ブブー！　ブザーの音と共に、青年は改札から閉め出されてしまいました。〝顔定期券《かおパス》〟の役目を果たす仮面がないと、電車には乗れないのです。そればかりか、バスもタクシーも、仮面を持たない怪しい人間を乗せてはくれません。

青年は仕方なく、勤め先に向けて、自前の足で走り始めました。仮面を着けた人々の流れをかき分けるようにして、体をあちこちにぶつけ、足を踏んだり踏まれたり——しかし、誰も青年に注意を払いはしません。人々は仮面の内部ディスプレイを通して「周囲の状況」や「今、すべき行動」を把握しているのですが、そこには「仮面のない人間に注目する」などということは含まれていないのです。つまり、青年は今、仮面同士のネットワークによって認識される〝世の中〟には存在しない人間になっているというわけです。

しかし、そこに——

「お若いの、そんなに急いで、どこに行くのかね」

そう話し掛けたのは、見知らぬ老人でした。見れば、よれよれの格好で道ばたに座り、毛虫のような太い眉毛、あごには手入れの悪い髭《ひげ》が見えていて——つまり、仮面を着けていません。

思わずちょっとした仲間意識を感じたのでしょうか、青年は立ち止まって答えました。

「もちろん、仕事に行くんですよ。今日は大事な商談がありましてね。僕がいなくちゃ始まらない」

　すると、老人は言いました。

「いやあ、あんたがいなくても、万事滞りなく進むんじゃないかと思うね」

　毛虫のような眉毛をもぞもぞさせ、不躾《ぶしつけ》ににやにやと笑うその表情に、青年はたいそう気を悪くしましたが、お返しに彼のほうでも露骨にむっとした顔をしたので、これはおあいこかもしれません。

「まあなんとでも、お好きなように」

　青年はひとつ鼻を鳴らすと、老人をその場に置いて再び走り始め、やがて職場のビルに到着しました。

　しかし——顔見知りのはずの受付嬢（もちろんきれいな仮面を着けています）は、

「お約束のないかたの入館はお断りしています」

　と言って取り合おうとしないばかりか、

「僕は社員だよ、ほら、営業部の——」

　どうにかして思い出させようとする青年に対し、

「その社員はすでに出社しています」などと言い出します。

「そんな馬鹿な」青年はカウンター越しに身を乗り出しました。「僕はここにいるんだから、同時に社内にいるわけがない。これはなにかのまちがいだ」

　すると、その時、

「おやおや、なんの騒ぎだい」

　エレベーターから出てきたのは、青年の同僚（これももちろん、人当たりのいい仮面つき）でした。

「やあ、いいところに来てくれた！」青年は同僚に駆け寄りました。「君からも言ってやってくれよ。どうにも話にならないんだ」

　しかし、

「なんだ、君は？」

　同僚は怪訝《けげん》な顔をすると、背後を振り返りました。

「この男、君の知り合いかい？」

「いいや、見たこともないね」

　そう答えた人物を見て、青年は絶句しました。

　その男は、見慣れた自分の仮面を着けていたのです。

「……そいつは偽者だ！」

　我に返るや、青年は男を指さして叫びました。

「そいつがかぶってるのは、僕の仮面なんだ！　本当は僕がそいつなんだ！」

　仮面の男は「わけが分からない」というように肩をすくめ、手振りで警備員を呼びました。屈強な太い腕と、取りつく島もないいかつい仮面を持つ警備員が駆け寄ってきて、青年はあっという間に取り押さえられてしまいました、その一方、車の待っている玄関を指しながら、同僚は仮面の男の肩をポンと叩《たた》いて言いました。

「さあ、行こうぜ。なにしろ今日の商談は、君の顔がなくちゃあ話にならない」

さて、それから。

ロビーからつまみ出された青年が、とぼとぼと歩いていると、

「お若いの、そんなにしょぼくれて、どこに行くのかね」

今朝がたの老人が話し掛けてきました。相変わらず、毛虫のような眉毛をもぞもぞさせて、にやにや笑っています。

「どこって、家に帰るんですよ。それしかないでしょう……いや、そうか。仮面がなくては家の鍵も開かないいな」

もはや苛立《いらだ》つ気力もなく、青年はのろのろと答え、それから老人のとなりに座り込みました。

「僕にはもう、帰る家もないってことか……今さら仮面を取り戻せるとも思えない。僕はすべてを失ってしまったんだ」

すっかり気落ちした青年に対し、老人はおかまいなしという調子で言いました。

「いやあ、失うも失わないも、最初からあんたはなにも持っちゃいないよ。あんたの家も仕事も友人も、みんなあんたの仮面の持ちものじゃないか」

「え……いや、名義としてはそうかもしれませんが」

青年は首をひねりながら言いました。

「しかし、それらはみな、仮面を通してとはいえ、僕自身が求め、手に入れたものですよ。僕自身と切り離されるのは筋《すじ》が通らないでしょう」

「さあて、そりゃあどうだろう。『帽子掛けが帽子の主人』だなんて話は聞いたことがないな。そいつはその時々の巡り合わせってもんだ……そら、よく見るといい。帽子じゃなくて、帽子掛けのほうをな」

老人が指し示すままに、行き交う人の群れを見上げ、青年はあっと声を上げました。それまで、自分が仮面を失ってもなお、青年は他人の仮面しか見ていなかったのですが、いざそれ以外の部分にも注目してみると……なんたること！　今まで、ただの〝人々〟としか思っていなかったもの、そのひとりひとりの姿は、まったく異なるものであることに気づきました。みな、仮面だけはきちんと整ったものを着けていますが、その下は――毛むくじゃらの大猿あり、尻尾と鱗《うろこ》つきの直立爬虫類《はちゆうるい》あり、羽の生えた四足獣あり、背伸びをした頭足類あり――これは神話の生きものか、はたまた子供向けの安っぽい冒険活劇の怪物か。あるいは、まるで曲馬団のパレードのようなありさまです。

「なんてことだ。僕は怪物の世界に暮らしていたのか。それも、まったく気づかずに……なんて間抜けなんだ！」

青年は思わず立ち上がり、拳《こぶし》を握り締めながら、老人を振り返りました。

「お爺《じい》さん、おかげですっかり目が覚めました！　これからは、僕もあなたのように、虚飾をまとうことなく、自分の目で真実を見極めて生きていきますよ！」

すると――

「いや、別にどっちが正しいとかまちがってるとか、そんな話じゃなくてな――おっ」

老人の顔の上で、毛虫のような眉毛が、顔から逃げ出すようにもぞもぞと動きだしました。老人はそれを素早く手で押さえると、にやにや笑いの目鼻といっしょに顔面からぺろりと剝がし、「どうにも収まりが悪い」と小声で呟きつつそれらを裏、表と検分し、そして元通りにぴたぴたと貼りつけました。

「ま、ともかく――」

目を丸くしている青年に向かって、老人は言いました。

「わしが言いたいのは『人は人、顔は顔』ってことさ」

終《しま》いに老人は、目鼻を顔になじませるように二、三度こすり、表情の動きを確かめるようににやりと笑いました。

「あんただって、顔がなけりゃあ、なにかと不便だろう？」

「え……」すっかり毒気を抜かれた様子で、青年は答えました。「はあ、それはまあ……そうですね」

さてその後、青年は新しい顔を手に入れました……といっても、あまりほめられた方法ではありません。かつての自分同様にうっかりしていた人物から仮面を横取りし、その人物に成り代わって生活を始めることにしたのです。

仕事や趣味、家庭、その他の友人との付き合いかた——必要な情報は仮面の中にひと通り入っているので、まったく困ることはありません。周囲の人たちも、仮面の中身がすり替わったことに、気づきもしません。盗まれた人はおそらく困っているでしょうが、たぶん、そのうちまたちがう人間の仮面を盗んで成り代わることでしょう。盗ったり盗られたり、まあ、世の中そんなものです。

というわけで、この件は万事解決……なれど。

思いも寄らない〝仮面喪失〟の体験は、青年をすっかり疑り深くしてしまいました。

仮面を通して気持ちよくつき合っている目の前の人間が、実は全身毛むくじゃらで、トゲトゲした尻尾が生えているんじゃないのかとか、はたまた、今も自分のすぐ横に見えない人間が立っていて、仮面をかすめ取ろうとしているんじゃないのかとか……。

まあ、そうやって険しい目で周囲を見回し、ぶつぶつと疑心暗鬼の呟きを漏らすさまも、仮面の奥に隠れて外からは見えないわけで、なにも問題はないのですけれど。なんといっても大事なのは、内心がどうとかではなくて、きちんと仮面をかぶること、ですからね。

——え、なになに、わたくしの〝仮面の下〟はいったいどうなっているのか、ですって？　ねじをゆるめて顔《マスク》を外してみろと？　……とんでもない！　長年親しんだこの顔を、ちょっとの間でも手放したりするもんですか！

地上に降りていったサル

百万光年のちょっと先、今よりほんの三秒むかし。ある惑星の周囲を、ひとつの小さな衛星が巡っておりました。その軌道は惑星の赤道上空をぐるりと一周し、その公転周期は惑星の自転周期とぴったり一致しています。つまりそれは、惑星の地上から見れば、天球の一点に昼も夜もぴたりと留まっている、静止衛星なのでした。

さて、その衛星には、何千万匹ものサルが棲《す》んでいました。

なにしろ衛星は小さく、サルはたくさん。せまいところにぎっしりと集まっているものですから、足の踏み場がないどころか、床が見える場所は一切なし。どこを取っても何重にもサルが折り重なっていて、遠目にはこんがらがったサルの塊に見えます。サルがサルの頭を踏み、尻尾を踏み、踏まれたほうは怒って踏み返し、ギャアギャアキーキーと、まさしくサル山のありさまです。

「こいつはたまらん」ある日、ついに一匹のサルが音を上げました。「こうもせまッ苦しくちゃ、そのうち息が詰まって死んじまう。もうこんなところには、一時《いっとき》だっていられないぞ」

するとと、仲間の一匹が言いました。

「そうは言っても、ほかに行くところなんかないだろう。俺たちゃはるか昔から、ここに宙ぶらりんだ」

「いいや、見ろ」

彼は虚空を指さしました。その先には、大きく青々と、サルたちが〝下の土地〟と呼んでいる、惑星の表面が広がっています。

「あそこには好きなだけの地面があるぞ。俺たちひとりひとりが大の字になって寝転がってもまだあまるくらいだ」

すると、仲間がまた言いました。

「おいおい、外に飛び出したりしたらどうなるか、おまえも知っているだろう」

もちろん、そのことは彼も知っていました。

何か月かに一度、彼のようにこの場に飽き飽きして飛び出したか、ほかのサルと喧嘩《けんか》をして蹴り出されたかしたサルが、サルの塊の衛星を離れて、手掛かりのない空間をふわふわと漂っていくことがあります。一度そうなってしまったが最後、〝上〟に行く者も〝下〟に行く者も、どんどん勢いを増して衛星から離れていき、二度と戻っては来られません。そのため、サルたちはせまいせまいと言いながらも、仲間たちの体にぎゅっとしがみついているのです。

ところが、今回の言い出しっぺのサルは、少々変わったことを言い出しました。

「それでもちょっとだけ試してみたいから、おまえにちょっと頼みがある」

「頼み……？」

さてさて、それから——

「そうそう、ぐぐっと、もうちょっと……」

仲間のサルが精一杯伸ばした手は、言い出しっぺのサルの尻尾の先をつかんでいます。

彼ら衛星ザルは、おのおの二メートルほどの見事な尻尾を持っているのですが、言い出しっぺの彼は、自分の尻尾の先を仲間につかんでおいてもらいながら、釣り針を水面にたらすように〝下〟に降りていこうというのです。

しかし、仲間たちが〝下の地面〟を見上げながら見下ろす二メートル先の空中で、彼は二、三度手足を動かすと、体の力をがっくりと抜きました。

「どうやらちょっとばかり、尻尾の長さが足りないようだ。もう気が済んだから、尻尾を引っ張り戻してくれ」

すると、横で見ていたもう一匹の仲間が言いました。

「いやいや、ちょっと待て。あきらめるのはまだ早いぞ」

そう言うと、彼は言い出しっぺの尻尾をするすると伝わって体にたどり着き、その鼻先に自分の尻尾の先を揺らめかせました。

「俺の尻尾の先をつかんでくれ。もうひと尻尾先まで行けば、〝下〟に届くかもしれん」

「よしきた」

言い出しっぺのサルは新たな挑戦者の尻尾をぎゅっとつかみ、さらに二メートル先まで彼を降ろしてやりました。すると、彼はその場でバタバタと手足を動かし、

「ううん、惜しいな。まだちょっとだけ、尻尾の長さが足りないようだ。もう気が済んだから、尻尾を引っ張り戻してくれ」

と、そこに、

「いやいや、ちょっと待て――」

「いやいや、この俺ならば――」

「いやいやいや――」

第二、第三、第四……と、新たな挑戦者が現れ、するすると仲間の尻尾を伝って降りていきました。

そして、彼らは〝下〟に向かって手を伸ばしながら、

「――ううむ、惜しいな」

「――あと少しなんだが」

「――ああ、まったく惜しい」

さらには、

「ではこの俺が――」

「――なんと、あとひと息のところを」

「ならばこの俺こそが――」

「――うーん、残念」

「それでは、次はこの俺が――」

瞬く間に十匹、二十匹……ついには百匹以上の衛星ザルが尻尾をつかんで連なり、二百メートル以上の生きたロープとなって、垂直に〝下〟にたれていきました。幸い、彼らの尻尾は引っ張りに強く、握力は充分だったので、途中で誰かが手を離して落ちてしまうことはなかったのですが――

「おい、たいへんだ！」

一匹のサルが叫びました。

「俺たち、〝下〟に落ち始めているぞ！」

なんてことでしょう！　二百メートルのサル・ロープは、ほんの、ほんのわずかながらサル衛星の重心をずらし、自らの足場を静止軌道から引き落とそうとしていたのです。

「中止だ、中止だ！」

「すぐに引っ張り上げろ！」

「いっそ、手を離して落としちまえ！」

ギャアギャアキーキーと、サル衛星は瞬く間に大騒ぎになりました。が――

「いや待て、せっかくの試みを無にするのは惜しい」

そう言って、一匹のサルが知恵を出しました。

彼の指示に従って、〝下〟に向かうサル・ロープの基点からちょうど反対側の位置で、一匹のサルが〝上〟に向かって手を上げました。そして、その手に尻尾をつかませて、さらに一匹のサルが宙に漂い出ます。さらに、そこからもう一匹――

つまり彼らは、〝下〟向きのサル・ロープと同様のものを、今度は〝上〟向きに伸ばし始めたのです。やがて、ぴったり同じ数のサルが〝上〟向きロープに参加すると、遠心力に引かれたロープは、〝下〟向きロープが重力に引かれるのとちょうど同じだけの力で、サル衛星を引っ張り上げました。

その後は、上下に同じ数のサルを送り出すことによって、サル衛星と二本のサル・ロープは、衛星軌道上に重心を保ち、力学的な平衡を維持しました。

一匹、また一匹。

十匹、また十匹。

百匹、また百匹。

千匹、また千匹――

天地に伸びるロープはますます長くなり、重力と遠心力はますます強力に、彼らを上下に引っ張りました。最初はゆらゆらと頼りなかったロープは、今やピンと張った弓の弦のように、揺るぎない直線を描いています。

やがて、多くのサルがロープに参加するにつれ、サル衛星は目に見えてその大きさを減らしていき、サルの残りが百匹を切ったころには、意外な事実が判明しました。衛星の中心には地面はなく――つまり、最初から、そこにあるのは、ただのサルの塊だったのです。

そしてついに、最後の二匹が上下に分かれて旅立つ時がきました。

最後の二匹のサルは、上下のロープのつなぎ目となっている最初の二匹のサル（現在は、ふたつの尻尾をしっかり結び合わせています）に「これからもしっかり頼むよ」と声を掛け、反対方向に向かう相棒には「じゃあ、達者でな」と手を振って、お互いの道へと踏み出しました。

〝下〟へ向かったサルの旅は、長く困難でしたが、希望に満ちたものでもありました。尻尾でつながった一千八百万匹の仲間からなる、三万六千キロメートルの道のりを、最初は無重量状態で軽々と、やがて重力が強くなると、落っこちないよう慎重に、最後のサルは〝下〟へ〝下〟へと降りていきました。

やがて、惑星の成層圏を越え、気流の層をくぐり、雲海を抜け――視界いっぱいに広がる〝下の地面〟が見えると、いやがおうにも期待は高まり、ロープを降りる体の動きも速まります。

そうしながらも、彼はときどき、〝上〟へ向かった相棒と、一千八百万匹の〝上〟向きロープの仲間たちに思いを馳せたりもしました。自分の冒険は、彼らの存在に支えられていることを、彼は決して忘れてはいないのでした。

そして、ついに。彼、最後のサルはロープの末端へたどり着きました。念願の地面はもう目と鼻の先。末端の仲間に尻尾の先をつかんでもらい、彼は慎重に体を降ろしていきました。

さあ、いよいよ……あら？

彼は空中で手足をばたつかせました。しかし、その指先は地面には届きません。

ロープの長さが、あと二メートルほど……ちょうど一匹分足りないのでした。

「なんと」

最後のサルは地上二メートルの高さで宙ぶらりんになったまま、長いこと腕を組んで考え込んでいましたが、やがて溜め息をついて言いました。

「やれやれ、惜しかった。尻尾を引っ張り戻してくれ」

ところが、ちょうどその時――

天地をつなぐ、長い長いサル・ロープ。その重心は、静止軌道上にいる〝最初の二匹〟の尻尾の結び目にあります。同時にそれは、重力と遠心力に両端を引かれるロープの、力学的な焦点でもありました。つまりそこは、総勢三千六百万匹のサルたちの体の中で、もっとも強い力が掛かる場所なのでした。

一匹、また一匹と、天地にロープが伸びていくたび、彼らの尻尾に掛かる力は増していき、そしてついに、最後の一匹ずつが天地の末端についた時、つまり現在――

ぱっちーん*！*

結び目が弾け、ロープは真っぷたつにちぎれてしまいました。

〝上〟半分は遠心力に引かれてまっしぐらに虚空へすっ飛び、そして、〝下〟半分は重力に引かれて――

どさどさどさどさどさ……っ*!!*　〝下〟半分、一千八百万匹のサルたちは、長い長い一本の糸のように、くしゃくしゃに絡まりながら、地上に落ちていきました。

「あいたたた……」

サルたちはおのおの、頭やお尻をさすりながら起き上がり、そして、頭の上を呆然と見上げました。

しかしそこには、なんの手掛かりもない、広い広い底なしの空があるばかりです。

なんということでしょう。これでは軌道上に帰ることも、残り半分の仲間たちに会うこともできません。重力の井戸に落ちるのは簡単でも、その逆はとても難しいのです。

さあたいへん！　サルたちは知恵を出し合って、宇宙への帰還の方法を探りました。最初はその場でぴょんぴょんと跳び上がり、次に互いの体を肩車し、やがて地上の材料を積み上げて素朴な塔を作り――

けれども、彼ら衛星ザルが宇宙に帰ることは、ついにありませんでした。

彼らはいったい、どうなってしまったのでしょう？

――慣れない惑星の環境に耐えられず、死に絶えてしまった？

いえいえ、生命力あふれる彼らは、我がもの顔で惑星中に増えていきましたとも。

――では、逆に居心地がよすぎて、帰る気をなくしてしまった？

いえいえ、彼らは夜ごと星の空を見上げては、天上の故郷と分かたれた仲間への想いを新たにしていましたよ。

――しょせん、サル知恵程度では、惑星脱出はかなわないと？

いえいえ、馬鹿にしたものじゃありません。彼らは徐々に知恵をつけて、一歩ずつ文明の階段を上っていったのです。

それでは、いったい……？

……さて、その答えは。

彼らが高度な科学文明を築き上げ、ロケットに乗って惑星を飛び出すのは、それから何万年もあとのこと――というわけで、そのころには尻尾は縮んでなくなり、体の毛もすっかり抜けて……つまり、いっぱしの人類に進化してしまっていたというわけですよ！

つまり、すべてはなんなのか

百万光年のちょっと先、今よりほんの三秒むかし。ある惑星に、ひとりのまぬけな男がおりました。この男、なにしろ知恵が足りないものですから、世の中の仕組みや、自分の身の回りで起きていることが、ちっとも分かっちゃあいません。それで、なにかとへまをしたり、素っ頓狂なことを言い出したりしては、いつも周りの人たちに笑われているのでした。

とはいえ、多少笑われるくらいのことは、まぬけ男は別に気にしません。調子を合わせてへらへら笑っていれば、そのうち誰かが、これからどこに行ってなにをするべきか、笑いながら教えてくれるものです。へらへら笑い、笑われながら、まぬけ男はそれなりによろしく暮らしていたのでした。

ところが、ある夜。目覚めと眠りの狭間《はざま》、いたずら者の詩神《ムーサ》がしばしば奇妙なうつつの夢を吹き込むその隙間のひと時――まぬけ男の頭に、とほうもない考えが飛び込んできました。

それは、ごちゃごちゃに絡まった、いくつもの疑問でした。

すなわち、

宇宙はどこから始まり、どこまで続くのか。

時間はいつ始まり、いつ終わるのか。

自分と自分以外のものどもは、いったいなにものなのか。

つまり――すべては、なんなのか？

「――なんてこった!!」

まぬけ男は、ぞっとして飛び起きました。

今まで、ただへらへらと笑って生きてきたまぬけ男にとって、これは大きすぎる疑問でした。

まるで、素っ裸で夜の海に放り込まれたような、さもなければ、自分の体がどんどん小さくなって、終《しま》いに消えてしまうような、なんともいえない心細い気分です。まぬけ男の体は血の気《け》を失ってがたがたと震えだしました。

「ああ、恐ろしい、恐ろしい。こんなたいそうな考えは、とてもじゃないが、おらの手に負えるもんじゃねえ！」

まぬけ男は家を飛び出すと、村に一軒だけある酒場に飛び込んで、お客たちに相談しました。

「いったい、すべてがなんなのか、おらにはちっとも分からねえ。なあみんな、おらはいったい、どうすりゃよかんべえ？」

すると、酔っぱらったお客たちはビールを飲みながら、げらげらと笑いだしました。しかし、そうやって笑うばかりで、恐ろしい疑問に答えてくれることも、これからどうしたらいいのか教えてくれることもありません。

立ったままがたがた震えているまぬけ男を囲んで、三十分ほども笑ったあと、ようやくお客のひとりが言いました。

「お陽さまを七つ越えたその先の、宇宙でいちばん賢い爺《じい》さまにでも聞くがいいさ」

すわ！　その言葉が終わるか終わらないかというちに、まぬけ男は酒場を飛び出し、納屋から引っ張り出した宇宙服を着込むと、地上の重力を振り切って矢のように駆け出しました。

そして、お陽さまを七つ越えたその先で、宇宙でいちばん賢い爺さまに聞きました。

「宇宙でいちばん賢い爺さま、いったい、すべてがなんなのか、ひとつ、おらに教えちゃくれまいか」

すると、宇宙でいちばん賢い爺さまは答えました。

「ああ、それこそはまことに深遠なる疑問。まさしく哲学の神髄と言うべき、崇高にして根源的な問いなるぞ。疑問持つ者よ、答えにあらず、永遠の問いこそが尊いものであると知れ」

「宇宙でいちばん賢い爺さま、そうは言われても、答えを教えてもらわねば、おら、恐ろしくってたまらねえ」

まぬけ男ががたがた震えながら言うと、宇宙でいちばん賢い爺さまは言いました。

「なれば、銀河を七つ越えたその先の、宇宙最大の計算機に問うがよい」

そこで、まぬけ男は宇宙でいちばん賢い爺さまに礼を言うと弾丸のように飛び出し、そして、銀河を七つ越えたその先で、宇宙最大の計算機に聞きました。

「宇宙最大の計算機どん、いったい、すべてがなんなのか、ひとつ、おらに教えちゃくれまいか」

すると、宇宙最大の計算機は答えました。

「それは非常に重要度の高い問題です。それは私の処理中のあらゆる課題を内包する超課題であると定義されます。しかし、私はその処理のための充分な情報と時間を持ちません。なぜなら、「すべて」を演算するためには、「すべて×α（α≧1）」のリソースが原理的に必要となるからです」

「宇宙最大の計算機どん、そうは言われても、答えを教えてもらわねば、おら、恐ろしくってたまらねえ」

まぬけ男ががたがた震えながら言うと、宇宙最大の計算機は代替案を提示しました。

「それでは、虚空を七つ越えたその先の、宇宙の始原たる実在者に質問してください」

まぬけ男は宇宙最大の計算機に頭を下げるとレーザーのように飛び出し、そして、虚空を七つ越えたその先で、宇宙の始原たる実在者に聞きました。

「宇宙の始原たる実在者どん、いったい、すべてがなんなのか、ひとつ、おらに教えちゃくれまいか」

すると、宇宙の始原たる実在者は答えました。

「それは私自身だ。私が時間のすべてであり、空間のすべてであり、存在のすべてである。すべては私の実在の影にすぎぬ」

「ひゃあ、これは大したおかたに会っただな！」まぬけ男は、よろこんで身を乗り出しました。「して、宇宙の始原たる実在者どん、いったい、あんたさまはなにものかね。そいつがすべての答えってことだあな？」

すると、宇宙の始原たる実在者は答えました。

「おまえがおまえ自身を知らぬように、私も私自身を知らぬ」

まあ、なんてこと！　本人に分からないんじゃ、ほかの誰にも分かるはずがありません。まぬけ男はがっくりと肩を落とし、宇宙の始原たる実在者に礼を言うと、とぼとぼと歩き始めました。そして、七つの虚空と七つの銀河と七つのお陽さまを越えて故郷の星に至り、あと少しで自分の村に着くというところで、

「――あら、あんた、そんなにしょぼくれてどうしたの」

となり村の娘が、まぬけ男に声を掛けました。

「どうしたもこうしたも」

まぬけ男は娘に向かって、自分がとほうもない疑問に取り憑《つ》かれてしまったこと、誰に聞いても答えを教えてくれないことを話しました。

「恐ろしくて恐ろしくて、おら、このままじゃ死んじまう」

まぬけ男ががたがた震えながら言うと、娘はふんと鼻を鳴らして言いました。

「それは困ったものだわね。ひとつ、その疑問とやらを話してごらん」

「だども、これは宇宙でいちばん賢い爺さまにも、宇宙最大の計算機どんにも、宇宙の始原たる実在者どんにも答えられなかった謎掛けだ。おめえ、聞いたとたんにひっくり返って死んじまうかもしれねえぞ」

「まあ、頭から言ってごらんよ。あたしが死にそうになったら止めてくれりゃいい」

「そうかい、それじゃあ――」

まぬけ男は娘に向かって、神妙に問い掛けました。

「宇宙はどこから始まり、どこまで続くだか？」

娘は答えて言いました。

「あんた、自分の家と畑は持ってるね？」

「え？　ああ、うん」

「ならそれでいい。あとは知ったこっちゃないね」

「はあ」

まぬけ男は首をかしげ、それから続けて言いました。

「時間はいつ始まり、いつ終わるだか？」

娘は答えました。

「あんた、特に病気はしてないね？　人並みに長生きしそうだ」

「え？　ああ、うん、たぶん」

「ならそれでいい。あとは知ったこっちゃないね」

「はあ」

まぬけ男は首をかしげ、さらに続けて言いました。

「おらとおら以外のものどもは、いったいなにものなんだ?」

すると、娘は答えました。

「あんた、頭は悪いけど、人柄はまあまあだね。それに頑丈で、よく働きそうだ」

「はあ、うん、そうかな」

「ならそれでいい。あたしを連れて帰りなよ」

「うん、じゃあそうしよう」

それで、まぬけ男は娘を連れて村に帰り、娘は彼のおかみさんになりました。

それから、まぬけ男は分からないことはなんでもおかみさんに相談し、おかみさんはなんでも答えてやりました。そのようにして、ふたりで幸せに暮らしました。

——ところで、例の恐ろしい疑問はどうなったのでしょう?

実はその後もたびたび、まぬけ男は寝入りばなに飛び起きることがありました。

「たいへんだ!! すべてがなんなのかが分からねえ!」

そんな時、横で寝ているおかみさんは、いつものように答えます。

「馬鹿だね、そんなのはあんたの知ったこっちゃないことだよ」

すると、

「……ああ、まったくだ！」

体の震えはぴたりと止まり、まぬけ男は朝までぐっすり眠ることができるのでした。

そういうわけですから、ふたりは今もぐっすり寝ているか、起きて働いているか、たぶん、そのどちらかでしょうね。

……え？　結局、例の疑問の答えはなんなのか、ですって？

宇宙と時間と自分とそれ以外――つまり、すべてがなんなのか。それを聞かずには寝られないと？

仕方ありませんね。それではお答えしましょう。

その答えは――わ、た、く、し、の、知、っ、た、こ、っ、ち、ゃ、な、い、こ、と、ですよ！

絵と歌と、動かぬ巨人

百万光年のちょっと先、今よりほんの三秒むかし。ある惑星に、ひとりの鋼鉄の巨人が降り立ちました。彼とその眷属《けんぞく》は、星間戦争に投入される破壊兵器でした。音よりも速く地を駆け、輝く腕を閃《ひらめ》かせて稲妻を投げ合う、巨大な死神なのでした。

敵と、味方。巨人たちの主は、ふたつの陣営に分かれて戦っていました。きれいなビー玉をひとつずつ取り合うように、さまざまな惑星にそれぞれ何体もの巨人を送り込んでは、その覇権を争っているのでした。

そして、この惑星においても戦いは繰り返されました。鋼鉄の巨人は仲間たちと肩を並べ、地上を縦横に駆け巡りながら、敵の巨人たちと幾度となく打ち合いました。何体もの敵を屠《ほふ》り、また、何体もの味方を失い——そして、とうとう終《しま》いには、彼自身も敵の投げた稲妻に心臓を撃ち抜かれ、大きな叫び声を上げながら、塔が砕けるようにその場にくずおれました。

敵はそのまま音よりも速く駆け去ってしまいました。巨人はまだ死んではいませんでしたが、生きているとも言い難い状況でした。彼の予備動力はかろうじて記憶の揮発《きはっ》を防いでいましたが、重く巨大な体を動かすほどの力はありませんでした。そこで彼は、身じろぎもせず、いくつかのセンサーだけを働かせながら——それとても、エネルギーを節約するため、最小限にして——近づいてくる者を待ちました。

彼のメモリーには、彼個人の戦闘記録や、この惑星についての貴重な戦術情報が納められています。これらは彼自身の経験を同胞に託し、のちに活かすための、重要な資料です。もし友軍が近づいてきたならば記録を回収するように呼び掛け、逆に敵軍に遭ったならば、その手に渡らぬように焼き捨ててしまわなければなりません。

動かぬ巨人は、それらのいずれかの結果を待って、丘のてっぺんに座り込んだまま、眠るように時を過ごし始めました。

やがて、巨人の耳が、かすかな空気のふるえを捉えました。

巨人は片目だけ目を覚まし、心の中で呟《つぶや》きました。

(敵だろうか、味方だろうか)

しかし、それはただの風の音でした。巨人はそれをノイズとして無視することに決め、再び眠りに落ちていきました。

ある時、巨人の肌が、肩に当たる液体を捉えました。

巨人は片目だけ目を覚まし、心の中で呟きました。

(敵だろうか、味方だろうか)

しかし、それはただの小さな雨粒でした。巨人はそれもまたノイズとして無視することに決め、再び眠りに落ちていきました。

またある時、巨人の耳が、小さな声を捉えました。

巨人は片目だけ目を覚まし、心の中で呟きました。

(敵だろうか、味方だろうか)

しかし、それはただの小鳥のさえずりでした。巨人はそれもノイズとして無視すること
に決め、再び眠りに落ちていきました。

そのようにして、
朽ち木が倒れる音を。

つがいの栗鼠《りす》が追い駆けっこをするさまを。

嵐や雷や山火事の様子を――

巨人は片目を開けて確認しては、そのたびに、それらをノイズとして無視していき、ま
すます深く、死のような眠りの中に落ち込んでいくのでした。

そして、一万年が過ぎました。

そのころには、巨人はすでに外界への興味のほとんどを失い、まるで、生命のない鉄塊
のようになっていました。その体は錆《さび》と苔《こけ》とに覆われ、もはやよくよく注意してみなけれ
ば、丘の一部としか見えません。

……そこに、小さなふたつの足音が近づいてきました。

巨人は片目だけ目を覚まし、心の中で呟きました。

(敵だろうか、味方だろうか)

やってきたのは、幼い男の子と女の子でした。ふたりは小さな手と手をしっかりとつな

ぎ、女の子が男の子を引っ張るようにして、丘を登ってきたのでした。

「ねえ、やめようよ」男の子が不安そうに言いました。「ここに近づいちゃいけないって、うちの父さんが言ってたよ。大昔に死んだ悪い巨人が、足音で起きてしまうかもしれないって」

高度な推論能力を持っていた巨人は、男の子が話す言葉の意味を正確に理解しました。

（〝悪い巨人〟とは私のことを言っているのだろう。すると、この小さな生きものたちは私の敵ということになるが――）

巨人が耳を澄ませていると、今度は女の子が言いました。

「そんなの迷信よ。よく見なさい、ただの岩の塊じゃないの」

「そうかなあ」

男の子は半ば土に埋もれた巨人の足元に座ると、小脇に抱えてきたスケッチブックを開きました。

「でもまあ、景色はいいね」

「でしょう?」女の子は男の子の横に立つと、丘の下に向かって伸びをしながら、大きく息を吸いました。「それに、誰も気にしないで、思いっきり歌えるわ!」

そして、男の子はスケッチブックに筆を走らせて絵を描き、女の子はよく響く声で歌を歌い始めました。

（どうやら、彼らは敵でも味方でもないようだ）

と、巨人は心の中で呟きました。

つまり、巨人にとっては男の子も女の子も、雨風や小鳥や栗鼠に等しい存在ということになりますが……彼はその存在を、なぜかノイズには分類しませんでした。

（もう少し、観察してみよう）

その日、ふたりは陽が暮れる前に丘を降りて帰っていきましたが、それからもたびたび、手をつないで丘を登ってきました。巨人はそのたびに片目だけ目を覚まし、男の子の描く絵を見、女の子の歌う歌を聞きました。

実は最初のうち、巨人は〝絵〟や〝歌〟というものを知りませんでした。男の子の描く絵は初歩的な映像記録と見えましたし、女の子の歌う歌は原始的な音声通信と聞こえました。しかも、どちらも送り手の主観を交え、正確さを欠いています。

それでも巨人は、それらの情報になにか不可思議な興味を覚え、自らのメモリーの容量を割《さ》いて保存しておきました。

それから数年が過ぎ、男の子は少年に、女の子は少女になりましたが、ふたりは以前と同様に描き、歌いました。

少年の描く絵は生き生きと輝いて見え、少女の歌う歌は草木すらも踊らせるようでした。巨人はそれらの情報を、それまでと同じように、自らのメモリーに納めました。彼らの幸福な時は、永遠に続くかに思えましたが――

ある時、丘の上、巨人の足元で、彼らは言い争いを始めました。それはほんの些細《ささい》な言葉の行きちがいでしたが、若い男女にありがちな自尊心の壁が、お互いの心を固く阻んでしまっているのでした。

「君の歌なんて、くだらないな」少年は言いました。「歌った歌はその場で消えてしまうけれど、紙に描いた絵はずっと残るんだ」

「あなたの絵なんて、くだらないわ」少女は言いました。「紙に書いた絵は死んだ風景にすぎないけれど、歌は百年でも千年でも生きて歌い継がれるのよ」

ふたりは別々の道から丘を降りていきました。

それからのち――

ときおり、少年はひとりで丘に登り、絵を描き、帰っていきました。

ときおり、少女はひとりで丘に登り、歌を歌い、帰っていきました。

そのころには、巨人はすっかり絵と歌に親しんでいたため、少年が描く絵の中に少女の歌声を見ることも、少女の歌の中に少年の横顔を見出すこともできました。

けれども、ふたりが再び手をつないで丘を登ってくる姿を見ることは、ついにできませんでした。

そしてまた、一万年が過ぎました。

長い時間のうちに、小鳥や栗鼠も、草も木さえも残らず消えてなくなりました。

少年も、少年の描いた絵も、描いた風景そのものも消えてしまいました。

少女も、少女の歌った歌も、歌い継ぐべき人々もみな消えてしまいました。

ただ雨と風だけが、変わらず巨人の体を打っていました。

そんな、ある日。

長い長い星間戦争の、小休止とも言える二万年の静寂を破って、ひとりの新たな巨人がこの惑星に降り立ち、動かぬ巨人を見下ろしました。

巨人は片目だけ目を覚まし、心の中で呟きました。

(敵だろうか、味方だろうか)

すると、新たな巨人は言いました。

「私は味方だ」

新たな巨人の発する識別コードを確認すると、動かぬ巨人は答えました。

(確かにそのようだ。では友よ、君に私の記憶を譲ろう。私の経験と知識のすべてを)

「謹んで預かろう、老いた戦士よ」

ふたりの巨人は、速やかに記憶の転写を行ないました。その情報量は、決して多くはありません。二万年の間に疲弊した予備電源を保たせるため、動かぬ巨人は不要な情報の多くを捨て去っていたからです。メモリーに残っていたのは、いくばくかの映像と音声のデータだけでした。

「これが、あなたの経験と知識のすべてか」

若い巨人の問いに、老いた巨人は答えました。

(そうだ。この惑星上で最も重要な情報だ)

「承知した」若い巨人はうなずきました。「これら二種の情報を、私は確かに持ち帰ろう」

(友よ、そうではない——)

急速に薄れていく意識の中、老いた巨人は残ったエネルギーの最後のひとしずくを使って、ただひと言だけ言いました。

(絵と歌は、ひとつのものだ)

それきり、老いた巨人は身も心も完全に動きを止め、若い巨人は新たな戦場へと去っていきました。

さて、さて——

若い巨人に託された記憶は、それからどうなったのでしょうか。

時を経て、彼が破壊された時にもろともに失われてしまったか、何世代かの受け渡しの末に、劣化してすり減ってしまったか——あるいはそれよりずっと前に、ノイズとして消去されてしまったかもしれません。

それでも坊ちゃま、わたくしはこうも思うのです。

宇宙の片隅の小さな星に生まれた、小さな心の触れ合いの記録は、恐ろしい死の巨人たちの胸の片隅に、今も眠っているのではないかと。いつか時が来れば、それは雪解けの水のように、不可思議な波紋を広げはじめるのではないかと。

そして、その時には、きっと。

互いの心臓ではなく、その奥にある見えざる心に届けと願い、彼らの投げる稲妻の束は、雄々しい雷鳴の和音を奏でながら夜空いっぱいに広がって、複雑に、華やかに、花火のような軌跡を描くことでしょう。

それこそは、彼らの描く絵であり、彼らの歌う歌なのです。

それは見る者、聞く者の心の中に、さらなる波紋を呼び、時を越えてどこまでも伝わっていくことでしょう。

——その相手が、敵であれ、味方であれ。

神々の糧《かて》、一日一錠

百万光年のちょっと先、今よりほんの三秒むかし。ある製薬会社が、画期的な運動補助食品を開発しました。

人間の運動能力を向上させる、軽量にして高吸収効率の高エネルギー食品――蜜漬けの果物、チョコレート・バー、アミノ酸配合ゼリーなどなど――の最先端となるそのサプリメントの名は〝完全燃焼タブレット〟。

そのわずか五百ミリグラムの錠剤の成分は、体内に取り込まれると速やかに全身の細胞に染み渡ったのち、電荷と磁気モーメントを反転して反物質となります。そして、周囲の通常物質と対消滅反応を起こして、一〇〇パーセントの効率でエネルギーに変わるのです。

五百ミリグラムの反物質錠剤と、等量の体内物質、合わせて一グラムの質量が生み出すエネルギーは、九十テラジュール。これは成人男性の肉体が一日に消費するカロリーの一千万人分、あるいは二十キロトンの原子爆弾に匹敵します。初期の実験においては、被験者の肉体がその熱量に耐えきれず、研究所もろとも爆発してしまったものですが、幸い、当時すでに人体の元素改造の技術は確立しており、全身の体組織に、莫大な熱量を活かす熱力学的構造を持たせることは十分に可能でした。また、その無尽蔵のエネルギーの有効な運用は、東洋医学の応用である呼吸法や精神修養によって為されたのでした。

そして、その結果――人体はもっとも高効率なエネルギー発生装置となりました。あらゆる人間の体が、いかなる機械、いかなるエンジンよりも力強く動き始めたのです。

一日たった一錠の錠剤によって、人々は自動車よりも速く走り、重機よりも力強く働くことができました。大洋を泳いで横断し、素手で厚い岩盤層を掘り抜き、体表面からのエネルギー放射を調整して空をも飛ぶようになりました。もはや、人類は機械的動力を必要としません。単純労働を担う工業機械は残りましたが、その原動力は発電所からの送電ではなく、人体から直接発する熱や電磁力となりました。はるか太古、蒸気機関の発明によって人間の手から離れた社会的駆動力を、再び人間の肉体が担うことになったのです。

やがて、人々は都市に群れて生きることをやめ、必要最小限の機材を持って、世界のあちこちに散らばって暮らすようになりました。個々人が地上最強の動物であり、また、通常の食料供給を必要としない人間たちは、もはや組織の力を必要とせず、家族やごく少数の友人をのぞいては、顔を合わせようともしなくなりました。社会的動物から非社会的動物へ、この時期、人類の種族としての性質は大きく変化しました。それは、人類から超人への変化でした。

やがて、存在意義を失った機械的な交通・通信網は、何世代かの間に管理を放棄され、徐々に朽ち果てていきました。工業製品や文化的産物も徐々にその数を減らし、やがてはほとんど見られなくなってしまいました。超人たちは文明的には退化を続け、その生活は穴居人《けっきょじん》と見紛うものになっていきました。しかし、彼らは恥じることも、憂うこともありません。そもそも、文明とは元来、人間の生物としての脆弱《ぜいじゃく》さを補完するために存在していたものであり、超人となった人類には必要ないものです。今しも力強く飛び立とうとする若鳥が、卵の殻を身に着けていないことを恥じたりするでしょうか？

すべての人間が、十全な、完璧な生物となること。それは人類の科学にとってひとつの理想とも言える到達点でしたが、それを達成した結果、人間社会という生きものは急速な死を迎えつつありました。もはや他者との関わりを必要としなくなった人間たちは、ひとりひとりが小さな個室的世界の主となってただ点在し続けることになったのです……が。

たったひとつの、重要にして不可欠な要素が残っていました。すべての発端となった、あの完全燃焼タブレットです。超人たちの黄金時代には潤沢に供給される消耗品にすぎなかったそれは、やがて、科学文明の衰退に伴ってその希少価値を増していきました。それらの生産のために必要な超高度な物理科学的プロセスは、基盤となる科学文明の解体と共に失われつつありました。端的に言って、現在稼働中の生産工場が止まってしまえば、それを元通り修復できる者は、もはやいなかったのです。

とはいえ、彼らの体内には旧来の人類が消費していたエネルギーの一生分をはるかに超える熱量が蓄積されています。代謝をちょっと調整すれば、そのまま何千年だって生きられるでしょう。あるいは、もっと昔の人々がしていたように、狩猟や農耕といった手段によって、炭水化物や蛋白質《たんぱくしつ》などの化学的エネルギー源を得ることも、充分に可能だったはずです。

……しかし、超絶的なエネルギー消費に慣れた超人たちにとっては、それは石や枯れ木になって暮らせと言っているに等しい意見です。彼らにとっては、超熱量の主体であることこそが存在の証、それ以外の生命や自然現象は、環境の微弱な揺らぎにすぎません。

つまり、一日一錠のタブレットは彼ら超人の存在の基盤であり、その生産量が超人の存在可能人数の上限を定めています。しかもその許容量《キャパシティ》は年々減少を続けていき、結果として――

全世界の都市の跡地に点在する、タブレット工場。そのひとつひとつが超人たちの命綱となり、強大な権力の座となっていきました。かつて人類を餓えと弱さに起因するあらゆる業《ごう》から解放したはずのタブレット、それそのものが、再び人々を呪縛し始めたのです。

組織と権力は支配する者とされる者の構図を生み、そして、タブレットの在庫と工場の運営権を巡り、組織内部での抗争が繰り返されました。権力者の交代のたび、多くの超人の血が流れ、組織は疲弊していきます。

体内のひずみに悲鳴を上げた組織が次に取った行動は、他の組織との闘争でした。つまり、他の工場国家と争い、これを喰い潰すことによって、内部の不満分子をなだめるという方策です。まず、ひとつの国がこれを始め、そして、他のすべての国がこれに倣《なら》いました。

それは〝神々の戦い〟の時代でした。

一度に五錠、十錠ものタブレットを飲み、超人たちは戦争に赴きました。

すさまじい光と熱を発しつつ、音よりも速く飛び交う生身の五体。それのみが彼らの武器でした。彼らは古代のレスリング競技の選手であると同時に、史上最大の破壊兵器でもありました。まさしく太陽の化身と言うべきその肉体が組み打つ戦場では、山脈が吹き飛び、海が沸騰し、地表はガラス質の平野と化しました。

そして、戦いの果て——

勝つ者があり、負ける者がありました。

勝つ国があり、負ける国がありました。

勝った国は負けた国を喰らい尽くし、瞬間的には豊かになったかに思えました。しかし、世界的に見れば、タブレットの生産数が増えることはなく、逆に戦いによる消耗によって、総体としての超人類は、ますます加速しながら滅びの坂を転げ落ちていきました。

そしてまた、自らの属する国を失った超人たちは、文字通り必死となって、勝ち残った国に襲い掛かります。勝った国はそれに対抗するために、ますます大量のタブレットを消費して防衛に努めるのですが、自暴自棄の暴徒と化した超人を押し止めることは非常に困難……いえ、事実上不可能でした。

その結果、争いの元となる工場は、超人たちの乱闘に巻き込まれて次々と破壊されてしまいました。ひとつ、またひとつと、地上に残った工場は失われていき、明日への希望を断たれた超人たちは残る工場へと殺到していきました。

そして、ついに——

地上最後の工場にも、堅牢な守りを打ち破り、暴徒がなだれ込みました。

もはやこれまで。地上最後の工場長——工場の主にして超人の王は、暴徒の群れに向かって、ジョッキを高々と掲げました。その中身は、この瞬間のために用意しておいた、完全燃焼タブレットの主成分の飽和溶液です。

工場長はタブレット一千錠分の反物質燃料を一気に飲み下し、大きなげっぷをひとつして——


——さて、それから数万年後。

動くものひとつとてない、この死んだ惑星上に、一隻の調査船が着陸しました。

船から降りてきたのは、超人たちとは縁もゆかりもない若い種族の、惑星人類学者です。無人探査機による予備調査で発見された文明の痕跡を自ら確認すべく、彼は今、ひときわ大きなクレーターに降り立ったのです。

「これは、巨大な熱量が瞬間的に発生した跡だな。おそらくは大規模なミサイル戦争が行なわれたのだろう……それにしても、すさまじい威力だ」

工場の機械のなれの果て——溶け固まった金属塊に、宇宙服のグラブで触れながら、学者は呟《つぶや》きました。

「これほどまでのエネルギーを操っていた高度な文明人が、その力を互いに向け合ってしまうとは……いったいなにが、彼らをそんな愚かな戦いに駆り立ててしまったのだろう」

「そりゃあ、先生」

船に待機していたパイロットが、通話回線から答えました。

「昔から、喧嘩《けんか》の原因は〝喰いもののうらみ〟と決まってますぜ」

「はは。まさか、そんなくだらないことで」

学者は苦笑しましたが、パイロットは大まじめに言いました。

「どんなお偉いかただって、腹が減りゃあ、気が立って取っ組み合いを始めるもんです。文明人だろうと原始人だろうと……きっと、神さまだろうとね」

——あら坊ちゃま、笑っておいでですね？

そうですね、これはちょっぴり滑稽なお話かもしれません。

でも、どんなに偉くて賢い人も、時には喧嘩をするものですし、その理由は〝食べもののうらみ〟だったりするのだという意見には、わたくしも賛成いたしますよ。

なにしろ、天使のように賢くてよい子でいらっしゃる坊ちゃまも、ときどき、お菓子の取り合いでお友だちと大喧嘩をなさいますものねえ！

檻《おり》の中、檻の外

百万光年のちょっと先、今よりほんの三秒むかし。ある銀河間空間に、大きな大きな、とほうもなく大きな宇宙動物園がありました。

そんじょそこらの惑星上にある、並の動物園とはわけがちがいます。亜光速単原子生物用のサイクロトロン回遊槽、超新星生命体用の耐圧ダイソン球殻、超弦生物用の十一次元密閉室など、超々星系規模の巨大設備を備え、ほかでは見られないような超生物を集めたそこは、まさしく宇宙最大の動物園なのでした。

惑星をも蒸発させるエネルギーを放つ生きものあれば、空間をも歪める質量を持つ生きものあり、はたまた十億倍の減速時場に捕らえてようやく観測できる速度を持つ生きものもあり——それら超越的生命体の放つ光、熱、重力波にエーテル波は、いかなる天体ショウにも勝る、気宇壮大《きうそうだい》にして奇想天外な出しものとなります。超銀河宇宙の津々浦々から訪れたお客さんたちは、それぞれに目を丸くし（あるいは触覚を飛び出させ）、感嘆の声を上げ（あるいは全身から七色の煙を噴いて）、そして、満足げに触手や尻尾を振りながら（ない場合は振らずに）帰っていきました。

……ところで、そんな華やかな動物園の片隅に、どうにもパッとしないひとつの檻がありました。それは直径二メートルの灰色のエネルギー球で、その表面はいかなる粒子、いかなる波をも通さず――つまり、内にも外にも、物質や熱量、情報などを通過させることはありません。言うなればそこは、この宇宙の中に気泡のように存在する、独立した小宇宙なのです。

エネルギー球の傍《かたわ》らには、のぞき窓の代わりに、小さなモニターがひとつだけ設置され、球の内部の蓋然性《がいぜんせい》シミュレーション映像を映し出しています。そこに見えているのはなんの変哲もない人間型生物のオスで、身に着けているのは短い腰布だけ。痩せた体は、伸びっぱなしの髪と髭《ひげ》をのぞけばのっぺりとした感じで、なんの面白みもない外見です。大きさも体重も体温もこのたぐいの生きものとしては平均的なもので、これといった特徴はありません。モニターをのぞき込むさまざまな種族のお客さんのほうが、よほど派手なくらいです。

〝彼〟はたいていの場合、球の内壁に沿うように、ごろりと横になっています。そして、気が向くと立ち上がって伸びをしたり、せまい球の中でもぞもぞ体を動かしたりするのですが、すぐに飽きて座り込んでしまいます。あくびをしながら頭やお尻をぼりぼり掻《か》いているさまは、失礼ながら、あまり知性を感じさせません。

どこをどう見てもパッとしないこの生きものが、なぜ動物園（しかも宇宙最大）なんかに入っているのでしょう？　なにごとにも理由はあるものですが、さて、その前に――

ここに、動物園に雇われている、ひとりの掃除夫がいます。風采も凡庸なら仕事ぶりも中の下といったところ。自分の代わりなんかはいくらでもいると自他共に認める、下っ端職員です。

「よう、兄弟」

受け持ちの設備の見回り中、灰色の丸い檻の前でモニターに話し掛けるのが、掃除夫の日課になっていました。パッとしない人生を生きるこの男は、檻の中のパッとしない生きものに、なんとなく親近感を感じていたのです。

しかし、そのように親しげに声を掛けても、檻の中の〝彼〟はあさっての方向を向いて、頭をぼりぼり掻くばかりです。それでもかまわず、職員はもう一度呼び掛けました。

「兄弟、おめえは相変わらずひまそうだなあ」

それでもやっぱり、〝彼〟は答えません。ただ、のそりと起き上がって、空中に手を差しのべ——と、その手のひらに忽然《こつぜん》と、ひと塊のパンが現れました。〝彼〟はそのパンにがつがつと喰いつき、半分ほど食べたところで、喉に詰まらせてむせ始めました。すると、今度は左手にガラスのボトルが現れました。中には透きとおった赤い液体が入っています。

〝彼〟はボトルの中身をラッパ飲みして、パンを飲み下しました。

まるで魔法のようなこの光景は、〝彼〟の能力によるものです。神話の創造神の如く、〝彼〟はあらゆる物体の存在確率を自らの意志で操作し、無から有を（この場合、パンとブドウ酒を）生み出すことができるのです。

つまりこれが、〝彼〟が絶対隔離状態の小空間でなんの手助けもなしに生存できる理由であり、かつ、人々が〝彼〟を隔離状態に置かねばならない理由そのものでした。ある意味、〝彼〟はどんな超エネルギー体よりも危険な存在でした。こんなものを野放しにしたら、明日にでもこの銀河系を、粉砂糖を振った渦巻きパンに変えて食べてしまうかもしれませんもの！

しかし、全宇宙にとって幸いなことに、〝彼〟はこのせまい空間に囚《とら》われ、あくびと昼寝の日々を過ごすばかりりです。

「まあ、自給自足のおめえにとっちゃ、喰いっぱぐれだけはねえわけだ。囚われの身はお気の毒だが――」

〝彼〟の食事の様子をぼんやりと眺めながら、掃除夫は呟《つぶや》きました。

「いや、それを言ったら、俺っちも同様だあな。朝から晩まで働いて、ようやく今日のパンにありつけるんだから。つまり、おめえが空間的な囚人であるように、俺っちは経済的な囚人である、というわけよ。『人はパンのみにて生くるにあらず』と言うが、俺らの〝魂の自由〟への扉は、固く閉ざされているってこった」

自分らしくない、哲学じみた物言いに、掃除夫は苦笑しました。

「ま、世の中そんなもんだよな。気を落とすな、兄弟」

掃除夫がモニターの端をトンと叩《たた》くと、画面の中の〝彼〟は後ろを向いたまま、ボトルをぽいと放り投げ、ぼりぼりとおしりを掻き始めました。

そんな風にして、彼らのパッとしない日々はなにごともなく過ぎていったのですが――

ある日、掃除夫はひどく沈んだ顔をして、灰色の檻の前に現れました。

「兄弟、悪い知らせがある」

モニターの中で寝転がっている〝彼〟に、掃除夫は呼び掛けました。

――なんでも、この動物園は近ごろ経営が思わしくなく、つい先日決まった縮小運営の方針によって、不人気な生きものにはひまが出されることになってしまったのだとか。

そして、そうした生きものの大部分はほうぼうの惑星動物園へ引き取られていくことになったのですが、あまりにも特殊であったり、危険であったりする生きものは、そのまま処分されてしまうのだそうです。

「すまねえなあ、兄弟。なにしろ俺っちも雇われの身で、力になってやることができねえんだ」

あとほんのわずかな時間で、檻の電源が落とされ、灰色のエネルギー球は泡が弾けるように消滅します。それは球状の小宇宙が、中にいる〝彼〟ごと消滅することを意味していました。

モニターの中の〝彼〟は、自らの窮状を知るよしもなく、いつものようにだらりと寝転がって、いびきなどをかいています。

「俺っちよりおめえのほうが、ちいっとばかり運が悪かった、ってことだなあ」

掃除夫は心底すまなそうに溜め息をつき、腕時計をちらりと見ました。

予定の時刻まで、あと、三、二、一――パッ！

その時、灰色の球体を除く全宇宙が消滅しました。

球の外と、中。大小ふたつの宇宙を分ける境界面も意味を失って消滅し、〝彼〟は無限の広さを持つ宇宙空間に放り出されました。まるでベッドから蹴り出されたように、〝彼〟は泡を喰って跳ね起き、あたりをきょろきょろと見回し――そして、

――しまった、またやった！

自分の頭をぺちりと叩きました。

さてさて、実は。

〝宇宙創造管理責任者〟であるところの〝彼〟には、その名の通り宇宙を創造し管理する責任があるのですが、ものぐさな〝彼〟は、作った宇宙をほったらかして、しばしば破綻させてしまうのです。例えば今回のように、その宇宙に生じた知性体が宇宙の根源である〝彼〟を消滅させようとしたため、論理的矛盾によって、そのような事態を引き起こした宇宙のほうがなくなってしまったり……。

〝彼〟はぼりぼりと頭を掻き、反省半分、面倒半分の溜め息をつくと、宇宙の再創造を始めました。まず、両手のひらの間に球状の空間を作り上げ、そして、その内部に意識を集中しながら、無数の恒星を打ち蒔《ま》き、その周囲に惑星を巡らせ、生命を発生させ、知性を発達させ――

主観時間で六日ののち、〝彼〟の宇宙は、すっかり元通り、星が瞬き宇宙船が飛び交う賑やかな世界になりました。ようやくほっと息をつくと、彼は手のひらの中の宇宙を、位相幾何学的にぐるりとひっくり返しました。彼を中心とした、身の丈ほどのなにもない空

間の周囲を、にぎやかな宇宙が取り囲みます。

そこまでの仕事を終えると、〝彼〟は再びゆっくり休むために、ちょっとした仕掛けを作りました。つまり、自分を入れる完全遮断状態の檻と、それを維持するための動物園を。

そうして、ようやく完璧な静寂が得られると、大きなあくびをひとつして、ごろりと横になりました。

やがて、ひとりの掃除夫（もちろんこの男も〝彼〟の作り出した宇宙の一部です）がのたのたと歩いてくると、モニターに映る〝彼〟の姿を見て、呟きました。

「よう兄弟、おめえは相変わらずひまそうだなあ――」

〝彼〟は否定も肯定もせず、寝転がったまま、お尻をぼりぼりと掻きました。

――ええと、つまり。

我々は自由なのか、閉じ込められているのか。そしてまた、自分の人生の主人なのか、奴隷なのか。はてさて、それは誰にも分からない……と、これはそういうお話です。

それと、ペットの金魚を、面白がって指でつついたりしてはいけない、というお話でもあります。物の見かたを変えてみれば、案外、金魚鉢の中にいるのはわたくしたちのほうかもしれませんよ！

五歳から、五歳まで

百万光年のちょっと先、今よりほんの三秒むかし。ある惑星では医学が発達した結果、すべての人が不老不死となりました。

その状況は、科学の勝利であると同時に、誰もが予想する重大な問題を引き起こしました。すなわち、人口の爆発的増加です。毎年新たな子供が生まれ、その一方、寿命で死ぬ人はいなかったので、一世代ごとに人口は倍々に増え、あっという間に惑星上は人間でいっぱいになってしまいました。

このままでは、人々は惑星の資源を喰い尽くし、全滅してしまいます。政府はあわてて産児制限などの対策を取りましたが、これは問題の進行を遅らせはしても、決して根本的な解決になるものではありませんでした。なにしろ、いくら待っても人は死なないのですから、時間がどうにかしてくれるというわけにはいきません。

つまり、なんらかの手段で、人為的に人口を減らす必要がありました。一度は目に見える世界から追放した〝死〟という現象を、再び社会の中に招き入れる必要があったのです。

——そこで彼らは、自らの肉体に、生化学的な老化反転の仕組みを組み込むことにしました。

人々はまず、誕生から最初の五十年を過ごし、幼児から少年へ、そして青年、中年へと至ったのち、成長と老化のプロセスを逆転し、年に一歳ずつ、中年から青年へ、そして少年、幼児へと若返ります。そして、ついには新生児から胎児の大きさとなって、小さな死を迎えるのです。

　つまり、その寿命はきっかり百年と定められるわけですが、彼らは人生の終盤において、若さの特権を再び享受することになります。みずみずしい健康な体は人生のよろこびを何倍にも増し、また、老人の経験と青年の肉体を持つ彼らは、双方の何倍も力強く、思慮深く働くことができます。そして、最後の数年、社会から引退し、幼児として暮らす彼らは、徐々に百年の人生の記憶を失い、やがて幸福なまどろみの中で天に召されるのです。

　そんな社会に、ひとりの娘がおりました。

　当時、彼女は最初の五歳で、まだ世の中のことをなにも知らず、自分がこれからどんな人と出会い、どんな人生を歩むのか、まったく想像もできませんでした。なにしろ、五歳の女の子にとっての「残りの九十五年」といったら、永遠とも言える、とほうもなく長い時間ですものね。

　そんなある時、娘が通りを歩いていると、後ろから声を掛けられました。

「お嬢ちゃん、今、ハンカチを落としたよ」

　そう言って、彼女のお気に入りのハンカチを拾ってくれた男は、四十五歳。正確には二度目の四十五歳でしたが、娘にとってはどうでもいいことです。小さな彼女にとっては、一度目だろうが二度目だろうが、はたまた歳が四十だろうが五十だろうがどうでもよく、その年代の人たちは、顔の区別もつかない、ただの〝大人のひと〟なのですから。

「ありがとう、おじさん」

娘がお礼を言ってハンカチを受け取ると、

「いや、どういたしまして」

そう答えた男は、笑って手を振ると、反対方向に歩いていきました。

そして、十五年後――

奇《く》しくも同じ通りで、いつかとまったく同じように、ふたりは再会しました。

「お嬢さん、今、ハンカチを落としましたよ」

「あら、ありがとう」

その時の年齢は、娘が二十歳、男は三十歳でした。

「いや、どういたしまして」

そう答える時の笑顔に見覚えがあったのか、娘はこの男《ひと》をたいへん好ましく思いました。

やがて、五年間の恋愛の末、ふたりは結婚しました。その時、ふたりは共に二十五歳でした。

さらに五年後、娘は三十歳、男は二十歳。ふたりの間に女の子が生まれました。

さらに五年後、娘は三十五歳、男は十五歳、娘の娘は五歳。父と子はまるで兄妹のように見えましたが、男の振る舞いは充分な経験を積んだ大人のものでした。

さらに五年後、娘は四十歳、男と娘の娘は共に十歳。娘に世話されながら、十歳のふたりは本当の兄妹のようにじゃれ合っていました。

さらに五年後、娘は四十五歳、男は五歳、娘の娘は十五歳。男の記憶はほとんど失われ、年相応のやんちゃな子供のようになっていました。

さらに五年後、娘は五十歳、娘の娘は二十歳。男はついに寿命を迎え、年老いた娘の腕に赤ん坊の姿で抱かれながら、眠るように目を閉じました。娘はしばらく泣いて暮らし、一方、娘の娘は同い年のボーイフレンドと恋に落ちました。

さらに十年後、娘は折り返して二度目の四十歳、娘の娘は最初の三十歳。娘の娘は夫との間に男の子を授かりました。

さらに十年後、娘は三十歳、娘の娘は四十歳。

「すっかり、私のほうがおばさんになっちゃったわね」娘の娘が言うと、

「まだまだ、二度目がまるまるあるわよ！」と、娘は答えました。

さらに十年後、娘は二十歳、娘の娘は五十歳。そのころ、娘は二度目の恋をして、男の子を産みました。子供の父親は、子供が生まれるより前に、その時代にはめずらしく、事故に遭って亡くなってしまいました。

「この子が二十になるころ、私もいなくなってしまうけど」と、娘は娘の娘とその夫と、二十になる孫に向かって言いました。「みんな、この子をよろしくね」

そして、十五年後――

娘の娘とその夫は二度目の三十五歳。

孫は最初の三十五歳。

娘の息子は十五歳。

そのほか、孫の子とか、親戚のおじさんとか——

そのような人々に囲まれて、五歳になった娘は、楽しく暮らしておりました。子供の目にとっては、見るものがいちいち新鮮で、飽きるということがありません。

「……ねえ、母さん」

ある時、娘の娘が言いました。

「なあに？」

娘は答えました。この人が言う〝母さん〟とは自分のことだと、おぼろげに理解することはできましたが、それまでふたりで交わした言葉や過ごした時間のほとんどは、もはや思い出せません。けれども娘は、漠然とした親しみを感じるこの女《ひと》のことが好きでした。

「母さん、あと五年しか生きられないって思ったら、怖くなったりしない？」

その言葉の意味は、今の娘にも分かりました。世の中には大きくなる人と小さくなる人がいて、自分はあとのほう。いつか赤ちゃんになって消えてしまうということを、ちゃんと理解しているのでした。

それでも娘は、笑って答えました。

「ぜぇーんぜん！」

なぜって、五歳の子供にとっての「五年あと」なんて、この世の終りよりももっと遠い時間ですからね。

そんな調子で、ある日、娘がごきげんで通りを歩いていると、

「お嬢ちゃん、今、ハンカチを落としたよ」

そう言って、大きな大人のひとがハンカチを拾ってくれました。

――ずっとむかしに、こんなことがあったような、なかったような……。

なんとなくそんなことを思いながら、

「ありがとう、おじさん」

と言って、娘はにっこり笑いました。

……さて、坊ちゃま。これは遠い宇宙のお話ですから、坊ちゃまが五十歳から若返ったりすることは、たぶんないでしょう。また、その寿命も百歳ちょっきりではなく、六十歳かもしれないし、百二十歳かもしれません。

それでも、ひとつだけはっきりと言えることは――

一見、子供と大人はちがった生きもので、子供の心は大人になると消えてしまうように見えるかもしれません。でも、その心は、大人の心の奥底に眠っていて、大人になったもっとあとに戻ってくるものなんです。

ですから、五十年か、百年あと。しわだらけになった坊ちゃまも、きっと、今と同じ坊ちゃまなんだと、わたくしは思うんですよ。

首切り姫

百万光年のちょっと先、今よりほんの三秒むかし。ある惑星国家の王宮に、それは麗《うるわ》しいお姫さまがおりました。

彼女の姿をひと目見た者は——それがほんの一キロバイトの画像情報のかけらであれ——心ある者はその心を奪われ、心臓を持つ者はそれを破裂せんばかりに脈打たせ、恋に落ちない者はひとりもいませんでした。

そのため、毎日何百人という求婚者が、引きも切らずに惑星を訪れ、謁見《えっけん》を申し入れました。その賑わいたるや、彼らの乗ってきた宇宙船が衛星軌道上にみっしりぎゅうぎゅうと詰め込まれ、ぴかぴか光る一体成形のリングになってしまったほどです。

しかし、当初彼らが知らなかったことですが、お姫さまはその美しさと同じだけの、つまり宇宙随一と言えるだけの気位の高さを持っており、自分の目の前に、自分と同等の人間が並び立つことには我慢がならないのでした。つまり、彼女は恐ろしいほどの人間ぎらいだったのです。

お姫さまの身の回りを世話するのは、銀色のボディにごく単純な人工知能を搭載した、自動家臣に自動侍女たち。生きた人間はひとりもいません。もしそんなものが視界の隅っこをちらりとでも横切ろうものなら、彼女はその者を自動衛士に命じて捕らえさせ、たちまち首を刎《は》ねてしまうのでした。

と、いうわけで――

謁見を許された求婚者たちがいそいそと御前に額《ぬか》ずくと、お姫さまは彼らの顔を上げさせるや、いきなり首を刎ねてしまいます。そのようにして、最初の百人ばかりが首をなくし、お姫さまが〝首切り姫〟のあだ名を奉《たてまつ》られたころ、求婚者たちはようやく、自分たちが退《の》っ引《ぴ》きならない状況に追い込まれていることを悟りました。のこのこと御前に歩み出たが最後、問答無用で首を落っことすことになり、さりとて、恋の病に取り憑《つ》かれた身としては、お姫さまにひと目と会えずに帰るのでは、傷心のあまり床に伏して死んでしまいます。求婚者の多くは、これが自分の運命と諦めて、おとなしくその首を恋する人に差し出したのでした。

しかし、ごくわずかな者は、それぞれに工夫をして、自分の命を保ったままお姫さまとの出会いを果たそうとしました。

例えばある技術者は、箱型の筐体《きょうたい》に車輪と機械の腕がついた古い型の自動家政婦を改造してその中に乗り込み、お姫さまの前に現れました。人間の姿を見せなければ怒りを買うこともあるまい、という考えです。が――お姫さまは自動衛士に命じて筐体から技術者を引きずり出し、首を刎ねさせてしまいました。

また、ある将軍は、戦争で傷ついた自分の体を残らず捨て去って、自動衛士の銀色のボディに脳だけを移しました。普段身の回りに置いている衛士と同型のボディであれば問題

はあるまい、という考えです。しかし――お姫さまは自分の衛士に命じて、将軍の脳を金属のボディから放り出し、叩《たた》き潰《つぶ》させてしまいました。

そしてまた、ある学者は簡単なディスプレイをお姫さまに贈り、自分はどこからかテキストデータだけを送信することにしました。ついでに「私のことは会話用の人工知能と思ってくださいますよう」と言い添える念の入れようです。されど――お姫さまは配下の密偵に通信波の中継装置を逆に辿《たど》らせ、隠れ家にひそむ学者を見つけ出すと、刺客を放って暗殺してしまいました。ディスプレイを通したはるか彼方であれ、自分と同じように意識を持った存在が話し掛けてくることを許せなかったのです。

そのようにして何万、何十万という首の山が築かれるうち、王宮を訪れる者は徐々に減り、ついにはひとりもいなくなってしまいました。

「ふん、せいせいしたわ」

機械の臣下に囲まれて、お姫さまは小さく鼻を鳴らしました。正直に言えば、自分に友人や恋人などの親しい人がひとりもいないということを、さびしく思う気持ちがないではなかったのですが、彼女の強烈な自尊心は、そのような存在を認めることは決してできないのでした。

そんなある日、人の気配の絶えて久しかった王宮を、ひとりの若者が訪れました。

若者は遠く離れた惑星国家の王さまでした。また、その顔だちや立ち居振る舞いは、お姫さま自身に並ぶほどに、高貴で美しいものでした。しかし、もちろんお姫さまはそのようなことに態度を左右されたりはしません。いつものように、御前にひざまずく若い王さまをちらりと見ただけで、「その者の首を刎ねよ」と自動衛士に命じました。

すると、

「お待ちください、姫」若い王さまは恐れげもなく言いました。「この首を落としても、私を殺したことにはなりません。なぜなら、肉と骨とで出来たこの体は、遠隔操作用の端末にすぎないのです」

医者が王さまの体を調べたところ、実際その通り、彼の頭の中には脳みその代わりに小型の通信装置が入っているだけでした。この装置によって、彼の体は自分の目や耳の感覚情報をいずこかに送り、代わりに運動機能への命令を受け取って、しゃべったり歩いたりしているのです。つまりこの美しい若者は、電波の糸につながれた操り人形にすぎないというわけです。

「では、その体を陰で操っているおまえ自身を殺してやりましょう」

お姫さまがそう言うと、王さまは答えました。

「姫、それも無駄なことです。この体を操作している男は私の臣下のひとりであり、私の人格を司る意志決定組織の末端作業者にすぎません。私は彼の意志で動いているわけではないのです」

「では、その組織とやらの長《おさ》がおまえの正体なのね」

お姫さまがそう言うと、王さまは答えました。

「いいえ、そうではありません。組織の長もまた私の臣下のひとりであり、組織に仕える者です。長は組織を取りまとめる役割に専念しており、自分のために組織を動かすということはありません」

「では、その体は誰の意志によって動いているというの？」

お姫さまが問うと、王さまは答えました。

「私はいかなる個人の意志によって動いているわけでもありません。そもそも私の国において、王の人格とは国家によって運営されるものであり、法で定められた手引き書に従い、意志決定組織に属する多数の人間によってその一部分ずつを処理されるものです。つまり、その制度と行程の総体こそが私であり、いかなる個人も、私の意志を代表したり、私の精神的活動の全体を把握したりすることはないのです」

「……ああ！」

お姫さまは感嘆しました。そして、この若い王さまが自分の伴侶にふさわしい人物であることを認め、彼の求婚を受け入れたのでした。

そして、遠い惑星に妃として嫁いだ〝首切り姫〟は、夫である若い王さまと、それは仲むつまじく暮らしました。

お妃さまはときおり、王さまの胸に頬を寄せてささやきました。

「あなたは私を愛していますか？」

すると王さまは「もちろん」と答え、時には続けて、少しばかり凝った愛の言葉などもささやき返します。しかしその言葉は、王さまの意志決定組織に詰めている何十、何百という忠実な臣下が手引き書に沿って組み合わせた音素の集合であり、組織の中には、お妃さまに恋心を抱き、自らの個人的な想いを綴《つづ》るような僭越《せんえつ》を犯すような者はひとりもいないのでした。

そしてまた、ごくまれに夫婦喧嘩《げんか》などをすると、お妃さまは癇癪《かんしゃく》を起こして、王さまを動かしていた当直の臣下の何人か――時にはその全員――の首を刎ねさせました。しかし、そのことによって王さまが倒れるということはありません。死んだ細胞が入れ替わるように、組織の欠員は速やかに補充され、王さまは変わらぬ人格を保ち続けるのです。

このように、端末である肉体と意志決定組織の要員を必要に応じて交換しながら、王さまは永遠の存在として、彼の国に君臨し続けます。そして、虚空から紡ぎ出され、お妃さまに注がれる愛もまた、個人の生死を超えた不滅のものなのです。

――そういうわけですから、このおふたりは今でも、そしてこの先も、ずっとご健在でいらっしゃることでしょう。

え？　王さまはともかく、〝首切り姫〟のほうは生身の人間だから、そのうち死んでしまうだろう、ですって？

いえいえ、その点に抜かりはありません。なぜって、かの王さまの国では、王族はすべて、王さまと同様、公的な超人格として運営されることになっているのですから。

つまり、結婚式が済んで正式にお妃となるやいなや、〝首切り姫〟は生まれつきの首をちょきんと切り落とされて、彼女専用の意志決定組織と電波でつながった、通信装置つきの頭にすげ替えられてしまったというわけ。あんまりにも手際がよかったことに加え、新しい頭（と、彼女をバックアップする意志決定組織）は以前と同じ機能を完璧に果たしたので、ご本人もちがいに気づかなかったのですけどね。

見えない泥棒

百万光年のちょっと先、今よりほんの三秒むかし。とある惑星に、ひとりの泥棒がおりました。

この男の手口というのは、商店や銀行に忍び入り、札束をひとつかみ抜き取ってくるという、絵に描いたようなこそ泥の行ない。しかし、なにごとも極めればいっぱしのものになると言うべきでしょうか、抜き足差し足、気配を絶って、誰にも気づかれずに人混みをすり抜けるその技は、なるほど、芸術的とも言える鮮やかなものでした。度胸と腕前を試すため、難攻不落と言われる大企業の金庫室や軍事基地の機密区画に踏み入っては、壁にサインを残して、たった一枚のコインを持ち出してくる――といったことを繰り返すうち、彼はその道で、ひとかどの人物と目されるようになっていました。

――とはいえ、星から星へと飛び回り、芸ひと筋に半世紀以上を生きてきた彼も、寄る年波には勝てません。初めて訪れたとある惑星で、仕事の最中に足をすべらせて転んでしまい、往年の大盗賊もついにお縄と相成ったのでした。

「おうおう、こちとらこう見えてもこの稼業に命を張ってんだ。これが年貢の納め時となりゃ、今さらじたばたする気はねえよ。この星《ここんち》の流儀に合わせて、絞首刑《ナワ》でも斬首刑《ギロ》でも電気椅子《エレキ》でも、好きなように始末をつけてくんな。へっ、おいらみたいな悪党がひとりでも減りゃ、世の中が少しはきれいになるってもんだ。めでてえことじゃねえか、おい！」

泥棒が斜《はす》にかまえて啖呵《たんか》を切ると、それを聞いていた裁判官は、落ち着き払った様子で答えました。

「いや、君に下される刑罰は、死刑や懲役刑ではない。単なる社会的異分子の排除や処罰に留まらず、公共の福祉を目的とする、はなはだ啓蒙的なものだ」

「ああん……？　ケイモウたあ、どういうこったい」

泥棒が怪訝《けげん》な顔で聞き返すと、裁判官は答えました。

「それはいずれ分かる。また、この刑は君自身に対しても教育的な効果をもたらすことを期待されている」

「ちぇっ、なんだか煙《けむ》に巻くようで、さっぱり話が分からねえが」泥棒は首をかしげて言いました。「しかし、びびってると思われるのも癪《しやく》だあな。エイ、おいらは逃げも隠れもしねえから、ケイモウだろうがキョウイクだろうが、存分にやってくんな」

「よろしい、それでは――」

裁判官は槌《つち》を鳴らし、おごそかに申し渡しました。

「被告を一年間の透明化刑に処す」

透明……？

今度は聞き返す間もなく、泥棒は屈強な役人に腕をつかまれて、たちまち退廷させられました。

——さて、それからほんの数日後、泥棒はあっけなく釈放されました。とはいえ、無罪放免というわけではありません。捕まる前とちがうのは、額に大きな赤い入れ墨を入れられたこと。○《マル》の中いっぱいに×印が描かれたもので、まるで交通標識みたいに目立ちます。

「では、これより透明化刑を執行する」

裁判官と瓜ふたつの口調で、役人はおごそかに申し渡しました。

「とはいえ、我々は君の身柄を拘束はしない。この惑星から離れない限りはどこへ行き、なにをするのも自由だ。むろん、通常の法律に触れない範囲においてだが」

「へっ、顔に馬鹿でかい印をつけて、か。『これなるはヘマをして捕まったまぬけな盗人《ぬすっと》でございい』と丸分かりってわけだ。世間さまから石でも投げられて痛い目に遭いやがれってこったな」

「そうではない。むしろその逆だ」と、役人は言いました。「その入れ墨の図案に織り込まれた認識偏向パターンの作用によって、君の姿は常に、見る者の視覚の心理的盲点に置かれる。つまり、君は他のすべての市民にとって見えざる存在となるのだ」

「へえ……？」

「君は社会的なネットワークから追放され、その利益をこうむることが不可能になる。刑期中、君は自らの社会的な在りようについて大いに思索することになるだろう」

「ははあ……なるほど、村八分のお仕置きってわけか」

最後に、役人は泥棒に一枚のカードを手渡しました。

「刑期中の最低限の衣食はこの身分証によって保証される。刑期の終了時に、またここに出頭するように」

「戻ってこないかもしれねえぜ」

「それは君の自由だ」

「それどころか、ここを出たとたんに、さっそく仕事をおっ始《ぱじ》めるかもな」

「それも君の自由だ」

「そいつはどうも」

泥棒は役人に手を振ると、役所を出て、街に向かって歩きだしました。

さて、久しぶりに——と言っても、捕まってから一週間も経ってはいないのですが——街に出てほどなく、泥棒は自分の置かれた境遇を理解し始めました。

道の真ん中を歩いていても、すれちがう人々の視線が、ほんの一時《いっとき》も我が身に留まることがないのです。目の前に立っても、正面から突き当たりそうになってもなお、彼を空気のように無視していきます。

「やあ兄弟、おいらの顔を覚えていないかい？　こないだ下手《へた》を踏んで捕まっちまった、ドジなこそ泥だよ」

「しかし役人どもめ、おいらを甘く見てやがるようだから、このあたりでもうひと仕事してやろうと思うのさ」

ひとりひとりに歩み寄り、歩調を合わせて話し掛けてみても、人々は目も合わせません。

「おい、無視することはないだろう」

肩に手を掛けても、まるっきり無意識に、その手を払って歩み去っていくばかりです。

「なるほど、こいつは張り合いがねえや」

泥棒は鼻を鳴らすと、街中に歩いていきました。

なにはともあれ、まずは腹ごしらえと、レストランのドアを開けてはみたものの、店員は彼を無視したまま、「いらっしゃいませ」の挨拶もありません。それでは致しかたなしと、勝手に中に入ってテーブルに着いてみましたが、店員もほかのお客も、彼の着いたテーブルを、空席ほどにも意識せずに通り過ぎていきます。

「なるほど、こいつはなかなか癪《しゃく》だな」

泥棒は腹ぺこのままレストランを出て、いくつかの店に入ってみましたが、そこでも扱いは同様。列に並べば順番を抜かされ、人に話し掛ければ無視されるといった具合です。

不幸中の幸い、街にはたくさんの自動売店がありました。先ほどもらったカードを読み取り機にかざしてみると、機械が彼を無視することはなく、小さなパンと水を買うことができました。その他、売店には下着の替えや洗面用品も売っており、売店以外にも、似たようなシステムの簡易宿泊所がそこここにあります。つまり、彼を送り出した役人が言ったように、最低限の生活は保障されているようでした。

「ふむ、喰《く》って寝るだけならなんとでもなる……か」

パンをぱくつき、往来を眺めながら、泥棒は考えました。

「いや、待てよ……？　なにも律儀にしみったれたパンなぞ買わなくとも、その辺の店先からちょろまかしたっていいわけだ。なにしろおいらの姿は誰にも見えないんだからな」

しかしまた、こうも考えました。

「いやいや、待て待て。きっとこれもあちらの手のうちだぞ。どこかでこっそり見張っていて、おいらがなにかやらかすのを待ってるってわけだ。そうは行くかってンだ」

そしてまた、こうも考えたのでした。

「それよりなにより、おいらの仕事はこの道五十年、鍛えに鍛えた技の賜物《たまもの》だ。上から背負わされたからくりに乗じて、楽して物盗りしようなんざ、盗人《ぬすびと》の誇りが許さねえ」

そこで、泥棒は当局の裏をかくことを決意しました。非の打ちどころのないくらい、行儀よく過ごすことにしたのです。

それからというもの、泥棒は毎朝決まった時間に、ねぐらと定めた宿泊所の一室から起き出し、ぶらりと街を散歩しました。何日かするとただ歩くのにも飽き、「よう、こんちは」とか「おっ、こいつはえらいべっぴんさんだな」などと、すれちがう人に声を掛けるようになりました。もちろん、声を掛けられた人は、それを無視して歩いていってしまいますが、泥棒は大して気を悪くもせず、「よう旦那、今日はどこへお出掛けだい」などと次の人に呼び掛けています。

また何日かして、それにも飽きてきた泥棒、今度は売店で箒《ほうき》とちり取りとを買ってきて、道路を掃いたりゴミを拾ったりし始めました。特に念入りに掃除をするのは最初の日に入ってみたレストランの店先で、若い店員が箒を持って出てきたところに、

「おう、そこはもうやっといたぜ」

などと言ってやると、その声が聞こえているわけでもないのでしょうが、店員はそのまま、ふいと店の中に引っ込んでしまいます。

そんな様子を見ては、泥棒はくすくすと笑いました。つまりこれは、ちょっとした悪戯《いたずら》というわけ。しかも、別に悪いことをしているわけでもありませんから、誰に咎《とが》められるいわれもありません。

そのようにして、三か月が過ぎ、半年が過ぎました。

泥棒は一日も欠かさず街の人に挨拶をし、通りを掃除し、また、時には壊れた柵や街灯を勝手に修理したり、落としものを持ち主のポケットにこっそり返したりと、見えない善行をして過ごしました。

「よう坊主、今日はずいぶん眠そうだな」

朝ともなれば、レストランの若い店員に、泥棒はすっかり顔なじみのつもりで話し掛けます。もちろん店員は答えませんが、泥棒はおかまいなしに、

「夜更かしもいいが、仕事でへまなんぞするんじゃねえぞ」

などと言って笑うのでした。

そしてまた、さらに半年が過ぎ——

掃除の前にまずは朝食にしようと、泥棒が自動売店にカードをかざした時、いつもとはちがう電子音を立てて、売店の機械に小さなランプが点りました。

『身分保証の期限が切れています』

「なんと」

泥棒はしばし首をかしげ、それから、今日が〝透明化刑〟の終了日であることに気づきました。

「刑期がどうだのはさておいても、また新しいカードをもらうなりせにゃならんな……しかし、はて、あの役人にもおいらの姿が見えなかったら、どうしたもんだろう?」

泥棒はぶつぶつ呟《つぶや》きながら、役所に向かって歩き出しました。

幸い、役人は泥棒の姿を認め、期限切れのカードを受け取ってくれました。

「確かに。君の刑期の満了を確認した」

と役人は言い、次いで、なにやら薬品を染み込ませた布で、泥棒の額をつるりと拭きました。布には赤い色がべったりとつき、一方、例の赤い印は、鏡を見てみると、きれいさっぱりなくなっています。

「ははあ……なにはともあれ、これで街の連中にもおいらの姿が見えるようになったってわけだ」

ふと感慨深い気持ちになって、泥棒は言いました。

「おいらにとっちゃ、みな顔なじみだが、向こうにとっちゃあ『初めまして』か。なんだかおかしなもんだなあ」

すると、役人が言いました。

「いや、街の者にとっても、君は顔なじみだよ」

「はて？　そいつはなんの謎掛けだい」

首をかしげる泥棒に、役人は説明しました。

「〝透明化刑〟の要点は、市民ではなく君に施される心理的な暗示だ。この一年、君は自分に向けられた呼び掛けを認識できなくされていた」

「へ……？」

「つまり、君の姿が市民に見えなくなっていたのではない。君のほうが、彼らから姿が見えなくなっていると思い込んでいたのだ」

「はあ……？」

「さて、君はもはや、真に自由の身となった。今後は他の星へ移動してもよいし、この星に定住してもよい。この一年間、君が非常に模範的な生活をしていたことについては多くの証言があるから、市民権も問題なく取得できるだろう」

「はあ、そいつは……どうも」

泥棒は狐につままれたような気分で、首をかしげながら、ねぐらへと向かいました。

すると、

「あらこんにちは、おじいさん」

「やあ、今日は掃除はお休みかい」

すれちがう人が口々に、泥棒に向かって挨拶をしてきます。

そして、

「やあ、とうとう年季が明けたんですね、おじいさん！」

レストランの店先から、若い店員が大きな声で呼び掛けてきました。

「いつも店先の掃除をしてくださってありがとうございます。毎朝お礼を言っていたんですが、聞こえていらっしゃらなかったようで……いやはや、面と向かって話せるってのは、いいもんですねえ！」

――さてその後、泥棒は長年の稼業からすっぱり足を洗ってしまいました。

なぜって、もしも万が一。気配を消してサッとひと仕事をやり遂げたつもりでいて、あとから「やあ、ずっと見てましたよ！」なんて知り合いに言われた日には、情けないやら恥ずかしいやら。馬鹿馬鹿しくってやってられないってわけです。

その代わり、今でもときどき、最寄りの役所に忍び入っては、こっそり掃除なんかをしているようですけどね。

最後の星乗りたち

百万光年のちょっと先、今よりほんの三秒むかし。まだ宇宙がせまく、活発な若い星に満ちていたころに、いくつもの銀河を股に掛けて飛び回る、腕利きの星乗りがおりました。星乗りというのは、今はもう見掛けない古い職業で、手綱《たづな》を取って恒星を乗り回す人のこと。恒星のおなかにぐるりと輪を掛けて、強い電磁力でぎゅっと締め上げてやると、恒星はたまらずおしりから火を噴いて、頭の方向へすっ飛んでいきます。それを上手く乗りこなして、鞭《むち》やロープで星団を追い立てたり、星座から逃げ出す星を追い掛けてつかまえたり……ぴかぴか光るプラズマの尾を引いて虚空を駆け回る彼らは、まさしく宇宙の花形《スター》。すべての男の子の憧れでした。

そして、文字通り綺羅星《きらぼし》のごとき星乗りたちの中でも、その男〝剛腕ジャック〟は、とびっきりの腕前を持っていました。どんなに大きく重い星も、彼のたくましい腕に締め上げられたが最後、たちまちおとなしくなってしまいます。

「イー、ハァッ!!」

ひと声叫ぶや、暴走する野生星団の先頭を走る巨大で高温な主星に飛びついて、群れごと我がものにしてしまう離《はな》れ業《わざ》は、彼以外の誰にも為し得ないものでした。彼こそはまさに男の中の男、星乗りの代名詞。「あの星乗りのうわさを聞いたかい?」と言えば、それはジャックのことを指すという案配です。

　そのため、血気に逸《はや》る星乗りたちは、我こそは剛腕ジャックに打ち勝って名を上げようぞと、こぞって彼に挑戦しました。

　当時、星乗りたちの間で行なわれた決闘というのは、互いに恒星にまたがって、正面衝突のコースを全速力で走る度胸試しでした。恒星同士があまりにも近づきすぎると、より小さく軽いほうの星が、潮汐《ちようせき》分裂のために破裂して飛び散ってしまいます。つまりこれは、より大きく重い星を乗りこなす度量と、弾け飛ぼうとする恒星を締め上げて抑える電磁的腕力、そして限界距離ぎりぎりまで勝負を投げ出さない度胸といった、星乗りのあらゆる資質を問われる戦いなのでした。

　もちろんこの勝負においても、剛腕ジャックは無敵でした。並の星乗りが赤や黄色の平凡な星を駆って挑戦してくるのに対し、迎え撃つジャックは何十倍も重く熱い青色の巨星に乗っているのですから、これはもう、象と蟻《あり》との戦い。挑戦者はひとたまりもなく蹴散らされてしまうのです。まったくもって、宇宙広しといえども彼の相手になる男はいないかと思われました……が。

　ただひとりだけ、剛腕ジャックの好敵手と言える男がいました。〝早業ビリー〟です。彼は腕力こそジャックに一歩譲るものの、それを補ってあまりある技と素早さを持っていました。星の群れを御する時には、ジャックのように一番の大物を狙う代わりに、群れの中の星から星へと飛び移りながら要所を押さえて全体の流れを操り、また、高速で飛び抜けようとする小天体があれば、鞭のひと振りで確実に捉えてしまいます。さらに、爆発した超新星から飛び散る星間分子をまとめ直し、一瞬のうちに新たな原始恒星をこね上げてしまう早業は、剛腕ジャックにも真似できない見事なものでした。

ふたりの腕利きの対決は、幾度となく繰り返されました。剛腕ジャックがいつものように重く活発な青色主系列星に乗ってやってくると、早業ビリーは互いを巡って複雑な軌道を描く連星と共に現れました。また、ジャックがふくれ上がった赤色超巨星を持ち出せば、ビリーは降着円盤を伴ったブラックホールをそれに当てるといった具合です。

猪突猛進、真っ向勝負を挑む剛腕ジャックに対し、早業ビリーは時には鮮やかに手綱をさばいて進路を迂回させ、時には急激に速度を上げて突進し、一点に集中した力でジャックの星の力学的均衡を崩しに掛かります。ジャックの戦法を、相手を捕まえねじ切ろうとする巨人の力にたとえるならば、ビリーの戦法は、巨人の急所を狙う槍《やり》のひと刺しと言うべきでしょうか。

そのようにして、ふたりは何度も、何十度も戦い、数々の名勝負を演じました。十回のうち二回はジャックが勝ち、別の二回はビリーが勝ちましたが、残る半分以上の勝負は相打ちに終わりました。双方譲らず突進を続けた挙げ句に、おのおの限界を踏み越えてしまうのです。

爆発する恒星から、ふたりがそれぞれぎりぎりのところで飛び降りると、勝負の行方を見守っていた星乗りたちは、帽子を振り、声を上げてふたりの勇敢さを讃え、双方引けを取らぬ、驚嘆すべき英雄であると、口々にほめそやしました。

そんな大歓声の中、ふたりは渋い顔でにらみ合い、

「目ざわりな軽業師め！」とジャックが吠えれば、

「腕力頼みのうすのろめ！」とビリーが罵ります。

そう言いながら、内心では、彼らはお互い、相手の実力にあらためて驚嘆し、自分と並び立つ者はこの好敵手以外にあるまい、との思いを新たにしているのでした。

「またすぐに勝負してやるぞ。逃げるなよ！」

「もちろんだ。今度こそ決着をつけてやる！」

ふたりが言い交わすと、周りの星乗りたちは、それぞれの恒星をスピンさせながら、一斉に歓声を上げました。宇宙に充ち満ちて空間を沸き立たせるその熱気は、永遠に冷めることはないのだと、誰もが思っていました。

しかし、それから時は流れ——

宇宙は膨張して呆れるほどに広くなり、肩をぶつけ合うように飛び回っていた恒星たちも、互いに数光年も、数百光年もの距離を置いて、すっかり腰を落ち着けてしまいました。

そうなってしまうと、星の群れを御する星乗りたちの出番はありません。宇宙せましと活気にあふれて飛び回っていた彼らは、ひとり減り、ふたり減り、やがてすっかり姿を消してしまいました。今や、宇宙は星々が規則正しい周回運動を繰り返す、時計仕掛けの整然とした空間となり、荒くれ者が力を競うお祭り騒ぎの場ではなくなってしまったのです。

星から降りた星乗りたちは、冷えた惑星に降り立って、もっと時代に合った、堅実な仕事に就きました。会計士とか、測量技師とか、電話交換手とかいったような、安全できちんとした仕事です。

「ふん、どいつもこいつも腑抜《ふぬ》けやがって」

剛腕ジャックは悪態をつきましたが、もはや彼に決闘を挑む者も、それを見てはやし立てる者もなく、その声は寒々とした虚空にぽろりと転がり落ちるばかりです。

恒星を思い切り駆り立ててみても、以前のように他の恒星にぶつかりそうになったり、それらを片端からなぎ倒したり、次から次へと飛び移ったりということはありません。がらんどうの空間を、ただひたすらに、一直線に進むばかり。なにも面白くありません。

それでも、ジャックは意地になって恒星を飛ばし続けました。星に乗ることをやめるくらいなら、いっそ死んだほうがまし。ジャックはそう考えていました。

ただひたすら、一直線に突進していれば、十億年後か、一兆年後か――天文学的な時間ののちにはいずれ、止まった恒星に打ち当たるか、乗っている恒星の寿命が来て、自分もろともに弾け飛んでしまうことでしょう。星乗りとして生き、星乗りとして死ぬこと。ただそれだけを望んで、ジャックはたったひとりの孤独な暴走を続けるのでした。

さて、その思惑通りの十億年後か、一兆年後か――はたまた、もっと長い時間ののち。一直線に飛び続ける剛腕ジャックの前方に小さな光の点が現れました。よく目を凝らして見れば、それは自分に向かって進んでくる、駆り立てられた恒星なのでした。

その恒星に乗っているのは、忘れもしない、憎たらしくも懐かしい顔——早業ビリーその人でした。

「……貴様、まだその辺をうろちょろしていたか！」

「そいつはこっちの台詞《せりふ》だ、このくたばり損ないめ！」

罵り合うやいなや、ふたりはスピードを上げて、一直線に飛び出しました。ほんのわずかなりとも、衝突を避けるために軌道をずらしたりはしません。

多くの言葉を交わすまでもなく、ふたりはお互いの気持ちを完全に分かっていました。ふたりとも、自分が最後のひと花を咲かせる相手は目の前の男以外にあるまいと考えていたのです。

そして——

「「イー、ハァッ!!」」

ふたつの恒星は正面から衝突し、その質量のほとんどは、背中合わせの二輪の薔薇《ばら》のように虚空に広がりました。それは、ふたりの英雄に贈られた、誰も見ることのない手向けの花でした。

——そして、今。

地上から頭の上をふと見上げると、ひと筋の流れ星が夜空を横切ることがあるでしょう。

もちろん、それは光年単位の虚空を走る恒星ではなく、惑星大気圏で燃え尽きる小さな隕石《いんせき》にすぎません。

けれども、その輝く軌跡を、最後の星乗りたちの魂が駆け抜けるさまであると信じている人々もいるのです……ことに、会計士とか、測量技師とか、電話交換手とかいったような人々の中にはね。

トン、コロコロ

百万光年のちょっと先、今よりほんの三秒むかし。とある惑星に、流れ者のばくち打ちがやってきました。

この男、神さまも世の中の常識も、自分自身の心さえもまったく信用してはおらず、頼るものと言えば自分の運だけ。なにをするにも、ポケットに入れたふたつのサイコロを振って決めることにしています。

丁と出るか、半と出るか。食べるもの、着るもの、泊まる場所から旅する先まで、サイコロで決めてしまうばくち打ちに、「そんなことでいいのかい」と意見する人もいましたが、しかし。

「ふふん、そういうあんたこそ、自分のことをどれだけ自分で決めているって言うんだい？」

と、彼は皮肉にうそぶくばかり。

「そもそも、あんたの体の行ないの半分――例えば心臓を動かしたり、汗をかいたり、息をしたり――は、肉体が勝手にやっているんだし、残りの半分、あんたが自分自身の意志で決めたと思っていることだって、実を言えば、ほとんどは本能とか無意識とか、そんなもので自動的に決まってるんだ。そんな自分自身というくだらない動物に引っ張り回されるくらいなら、俺はすべてを自分のツキにゆだねてしまうことにしたのさ。それこそが、俺の人間的選択ってやつだよ」

「やれやれ、あんたは変わってるね」

と言って肩をすくめる相手に向かって、

「あんたらが分かってないだけさ——そら、俺の上がりだよ」

ばくち打ちのツキは実際たいしたもので、サイコロを振ってこれと決めたゲームのテーブルに着くや、負け知らず。その日も大金を賭けたカード勝負に鮮やかな勝利を収めると、彼は賭け金をさらって懐に入れ、サイコロで決めた方向へ、さっさと歩いていってしまうのでした。

さて、そのようにして、旅から旅のその果てにたどり着いたこの惑星。ここでは殊《こと》に賭け事が盛んであるとのことで、ばくち打ちはさっそく、無数にある賭場のひとつをサイコロで選んで乗り込み、勝負を始めました。

ところが……はて? 今回はどうにも、いつもと勝手がちがいます。勝負を張れば張るほどに負けが込み、ばくち打ちはあわててテーブルから一歩身を引くと、いったいどうしたことかと思案しました（普段は運まかせですが、決して、まったく頭を使わないわけではないのです）。

周囲のそこここで勝負する人々を見たところ、どうも、どのひとりが特に強いということはなく、全体的にツキの水準が高いようです。しかし、だからと言って、その人々は彼のようなプロの賭博師というわけではなく、みなきちんと帽子をかぶった紳士。賭けに熱中して声を張り上げたり、顔を真っ赤にしたりする者もなく、まるで、賭場全体が上流社会の社交場のようです。

（どうにも、俺は場ちがいだな）

と、ばくち打ちは考え、そしてまた、

（しかし、こんなお上品な連中にやられっぱなしと言うのも、ちと癪《しゃく》だ）

とも考えました。

その時、

――トン、コロコロ……。

（……おや、なんの音だ？）

不意に、近くでなにか小さなものが転がる音がして、ばくち打ちは振り向きました……が、それがなんなのかは分かりません。

と、そこに、

「やあ、見ていましたよ」

と声を掛けたのは、この星の流行りの山高い帽子を被った紳士でした。

「あなたはなかなか筋《すじ》がよろしいようだ。しかし、少しばかり難点がおありと見受けられますな」

「え、なんだって？」

ばくち打ちは眉をひそめながら、紳士の顔を見返しました。紳士は涼しい顔で話を続けます。

「なにごとか決断なさる時、あなたは手元でサイコロを振っていらっしゃいますな。……すでにお気づきのことと思いますが、ここの住人の多くは、同様の習慣を持っています」

ばくち打ちはうなずきました。周囲の人々のうち何人かは、さりげない手慣れた動作で、コインを放ったり、小さなくじを引いたり、カード占いのようなことをしたりしています。

紳士はさらに話を続けます。

「しかしそうした者は、この星にあっては――不遜《ふそん》な言いかたになって申しわけありませんが――まだ二流といったところ。あなた自身も含め、決断の際にわずかな雑念が差しはさまる。それはつまり、ご自身の運勢に身をゆだねきっていないということです」

「……なるほど、確かにそうかもしれないな」ばくち打ちは素直に認めました。「特に俺などは、慣れぬ土地とあって、いつもより余分に頭を使ってしまっていたかもしれん。勘も鈍ろうというものだ」

「たいへんけっこう」紳士は言いました。「実はわたくしは、あなたのような、この星の流儀に不案内なかたに向けた遊技場を運営しているのです。どうです、ひとつ遊んでいかれませんか」

「おやおや。真っ向からカモ呼ばわりされて、のこのこ出向く馬鹿がいるものかね」

「いえいえ、勝負は時の運、まさにサイの目次第というものですよ」

「さて、どうだかな――」

ばくち打ちは疑いの目のまま、しかし、自らの流儀に従って、手元でサイコロを振りました。

丁と出るか、半と出るか。その結果は――

「――よし、いいだろう。行こうじゃないか」

ばくち打ちが立ち上がると、紳士は満足げにうなずき、先に立って歩き始めました。

道みち、紳士はばくち打ちに話し掛けます。

「実を言えば、あなたのようなかたは、とても多いのです。運勢に対する感受性の強いかたが、言わばサイの目に導かれて、銀河中からこの星に集まってくるのですよ」

「なるほど、そういうこともあるかもしれないな。この星が、ツキの流れの流れ着くところ、というわけだ」

「たいへんけっこう」紳士は満足げにうなずきました。「なにしろ、筋の悪い連中と来たら、〝ツキ〟や〝運勢〟といった言葉を〝偶然〟と同じ意味と思っているんですからね。それではしょせん、どこまで行ってても当てずっぽう。とてもとても、運命をその手に握ることなどできはしませんよ。その点、あなたやわたくしは、運勢に〝流れ〟や〝意志〟を見出す、優れた資質を備えている――」

そんな話をしつつ歩いていると、

――トン、コロコロ……。

——トン、コロコロ……。

先ほども聞いた音が、どこからか、また聞こえてきます。ばくち打ちは周囲を見回しましたが、音の出どころはやはり分かりません。

(……おや、まただ)

やがて、紳士はある建物の中に入り、薄暗い地下へと降りていきました。

なにやら怪しげな雰囲気に、ばくち打ちはわずかに躊躇《ちゅうちょ》しましたが、手の中でサイコロを振って、丁か半か——結局、そのままついていくことに決めました。

さて、それから。紳士に案内されたせまい地下の賭博場で、ばくち打ちはカードやルーレットなど、いくつかのゲームをしました。どれもこれも、勝手知ったる稼ぎどころです。

——ところが、どうしたことか。

先ほどにも増しての大不調で、彼は負けに負けてすってんてん。何時間もしないうちに、身ぐるみ剝がれるどころか、命さえも抵当に入れられてしまうありさまとなりました。このままでは、全身をバラバラに解体されて、移植用(もしくは食用、観賞用など)の臓器としてバラ売りにされてしまいます。

(いったい、なにがどうなってるんだ……!?)

ばくち打ちは考えました。自分のツキにこれほどまでに裏切られたのは、生まれて初めてのことでした。

「さて……今日はここまでとしましょう」

ばくち打ちの相手をしていた例の紳士は、静かに言いました。

「どうか、そうお気を落とさず。運勢を友としながらなお、その友に背かれる時はあるものです。いえ、むしろこれが運命の必然と言うべきでしょうか。いやはや、わたくしもいささか熱くなってしまいましたが——」

そう言いながら、帽子を脱いで額の汗を拭く紳士の様子を見て、ばくち打ちはあっと声を上げました。

紳士の頭に頭髪はなく、頭部の上半分はドーム状の透明なカバーになっていて、中が丸見え。と言っても、その中身は空っぽで——いえ、跳ね回る小さな塊があるばかり。

その塊とは、ふたつの、小さな四角いサイコロ。

紳士が頭を動かすたびに、

——トン、コロコロ……。

——トン、コロコロ……。

と音を立てて、一から六までの目を出しています。

「おや……ああ、これですか」ばくち打ちの視線に気づくと、紳士は言いました。「わたくしどもは、自分の運勢に真に寄り添うため、生まれつきの脳を捨て去って、これらのサイコロにあらゆる判断をゆだねているのです。本能や予断や感情や、その他諸々の雑念を振り払って、まことに晴朗な人生を生きているというわけですよ」

見れば、場内にいるほかの紳士たちも、透明な頭を剝き出しにして、中でサイコロをコロコロ言わせています。

紳士はにっこりと笑って言いました。

「今日の勝負に負けたとはいえ、あなたはたいへん筋のよいかたです。どうです、あなたも邪魔な脳を捨て、わたくしどものクラブに入っては？」

ばくち打ちが目を丸くしていると、紳士は続けて言いました。

「同朋が増えるのはよろこばしいことですが、しかし、無論、無理強いはいたしません。それはあなたの選択次第です。このまま清算してお開きとなさるのも、もちろんけっこうですよ」

その言葉を聞いて、ばくち打ちのひたいに、じわりと汗が染み出しました。

「クラブに入る」とは、つまり、脳を取り出されてサイコロと取り替えられてしまうこと。

「清算してお開き」とは、つまり、体をさばかれて、バラバラにされてしまうこと。

絶望的な二者択一に、彼は思わずポケットのサイコロをぎゅっと握りしめ——

——さて、さて、さて。実はわたくしが知っているのはここまでで、この恐ろしいお話にどんな結末がつくのかは存じ上げません。

ばくち打ちは決断のサイコロを振ったのか、振らなかったのか。

また、振ったとしたら、はたしてどんな目が出たのか。

ふたつみっつ、それらしい結末を想像してはみましたけれど……さて、どれを選ぶか、サイコロを振って決めましょうかね？

四次元竜と鍛冶屋の弟子

百万光年のちょっと先、今よりほんの三秒むかし。とある惑星の鍛冶屋に、三人の弟子がおりました。修業の甲斐あって、彼らはいずれ劣らぬ見事な腕前となり、それぞれに槌《つち》を振るっては、蹄鉄《ていてつ》や鍋釜のような日用品、金銀細工の飾りものから、鎧《よろい》や槍《やり》のような武具まで、あらゆるものを見事に作り上げることができました。

やがて、年老いた師匠が亡くなると、三人はおのおのに身の振りかたを考え始めました。鍛冶屋の仕事に誇りを持っていましたが、まだ若いこともあり、もっとちがう道で自分の運を試してみたいという気持ちもあったのです。

そんなおり、都に怪物が現れたといううわさが流れてきました。怪物とは巨大な人喰いの竜で、都の人たちを日に何十人と捕まえては、頭から食べてしまうのだといいます。

「なんとも恐ろしいことだが、ひょっとすると、これは好機かもしれないぞ」三人は顔を寄せ合って言いました。「俺たちはそれぞれに、習い覚えた技を振るって、ひとつ運を試してみようじゃないか」

つまり、おのおの竜退治のための武器をこしらえて、しがない鍛冶屋から一躍〝竜殺しの英雄〟に成り上がろうという寸法です。

「よし、ではまず俺に行かせてくれ」

最初に名乗りを上げた一の兄弟子は、三人の中で一番の早業《はやわざ》の持ち主でした。仕事も速ければ、作るものの働きもすばらしく、彼の作る鋤《すき》は一日で千反《たん》の畑を掘り起こし、鍋を作れば火に掛けたとたんに料理が出来上がるという寸法です。

　そんな彼が作り上げたのは、しなやかで美しい白銀《しろがね》の剣《つるぎ》でした。羽のように軽く、手のひらにしっくりとなじみ、その速さ鋭さは、抜く手も見せずに金床《かなどこ》を両断するほどです。件《くだん》の人喰い竜がどんなに素早く、またその体がどんなに硬かろうと、この白銀の刃から逃れるすべはあるまいと思われました。

　一の兄弟子は白銀の剣を腰に、意気揚々と都に赴きました。そして、手近な町人に場所を聞いて、ついに人喰い竜に相まみえました——正確には、その尻尾に。

　壁のように立ちふさがる、横倒しの巨木の幹のような尻尾。ひとまず後ろのほうに目をやると、それはだんだんと先細りになり、やがて細まった終端に至るのですが、反対の方向を見てみると、不可思議なことに、どんなに目を凝らしても先が見えません。

　というのも、この邪悪な竜は四次元的な存在で、その長い長い体を時間をまたぐ形に横たえているのです。つまり、この竜の尻尾は確かに今現在、目の前にありますが、頭ははるか未来にあって、都の人々の将来を喰い散らかしているという案配です。

「なんと。俺の剣はこの世にあるものならなんでも斬れるが、時間の彼方にあるものは、はたしてどうだろう？」

　一の兄弟子はしばし迷ったのち、

「ええい、ままよ――やあッ！」

意を決して白銀の剣を振りかぶり、振り下ろしました。

その刃は確かに、鋼《はがね》のうろこと強靭《きょうじん》な筋肉と金剛石《こんごうせき》の骨を持った竜の尻尾を、すっぱりと輪切りにしました。それだけでも大したものなのですが、しかし――次の瞬間、未来《ヽ》か《ヽ》ら《ヽ》ぬっと現れた竜の頭に、一の兄弟子はぱくりと食べられてしまいました。

こうして、一の兄弟子の挑戦は失敗に終わりました。

さて、その悲報を聞き、

「次は俺の番だな」

そう言って立ち上がった二の兄弟子は、三人の中で一番の力持ちでした。その力と言ったら、城をも吊り下げられる太い鎖や、千人乗りの鉄の船などを、槌ひとつで叩《たた》き上げてしまうほどです。

そんな彼が作り上げたのは、恐ろしいほどに大きく重い、黒鉄《くろがね》の剣でした。あまりの重さのため、ひと振りするのに何日も掛かるありさまでしたが、その威力は留めようもなく、近所の山の尖った先端を、三日掛けて斬り飛ばしてしまうほどでした。

二の兄弟子は黒鉄の剣を肩に担いで、重々しく都に歩いていき、そして人喰い竜にまみえました。一の兄弟子の失敗ののち、ますます荒れ狂って何百という人の命を奪ったこの怪物は、今は満腹して食休みに入っていました。先日と同様、時間的に長々と寝そべり、現《ヽ》在《ヽ》に《ヽ》はみ出している尻尾は、一の兄弟子が断ち切ったところから、とかげのように生え替わっています。

「長虫め、呑気に寝ていられるのも今のうちだ」

そう呟《つぶや》きながら、二の兄弟子は人喰い竜の真後ろに位置を取り、尻尾の先をむんずと踏みつけながら、黒鉄の剣を大上段に振りかぶりました。

「えいやッ！」

気合いと共に力を込めると、黒鉄の剣は重々しく空間を割って沈み始めました。何日か、何週間か、ひょっとすると何年もの時間を掛けて振り下ろされ、未来にある竜の頭を真っ二つにしようという太刀筋です。尻尾を踏みつけられていては竜も逃げ出すことがかなわず、また、その刃が尻尾の先からまっすぐに未来の頭を目指しているため、その牙で二の兄弟子を捉えようとして尻尾のほうに向かうと、未来から現在に至るいずこかの時間で、自ら刃に当たって斬られてしまうのです。

しかし――敵もさるもの。人喰い竜はまっすぐに現在の二の兄弟子に飛び掛かる代わりに、長い体を時間的に迂回させて、都に着いた直後の彼に飛びついていきました。重い黒鉄の剣はとっさにかまえることもままならず、ぱくり！　二の兄弟子もまんまと悪竜に食べられてしまったのです。

こうして、二の兄弟子の挑戦も失敗に終わりました。

残るは三番目の弟弟子。彼は三人の中でも少々変わり者でした。決して腕は悪くないはずなのに、彼の作るものと言えば、注ぎ口がねじれて後ろを向いた鉄瓶や、出入り口のない鳥かごなど、変てこなものばかりなのでした。

今は亡きふたりの兄弟子は、弟弟子がそうしたものを作るたび「おいおい、そいつはいったいどういうつもりだ」と呆れかえりましたが、彼は言い訳も反論もせず、ただ腕を組んで、なにごとか考え込んでいる様子。兄弟子たちは顔を見合わせて「あいつは変な奴だなあ」と言うほかありませんでした。

さて、そのころと同じように腕を組んで、弟弟子は考えました。

（未来に過去に、自由に行き来できる竜を倒せる武器とは、いったいどんなものだろうか。また、自分の技量でそれを作ることはできるのだろうか……）

そして、一週間後。彼は一本の鞘《さや》を手に、都を訪れました。ますます暴虐を極める人喰い竜を恐れ、通りには人っ子ひとりいません。人の気配の絶えた大通りの真ん中に、ずでんと転がった太い尻尾。その先端をぎゅっと踏みつけて、弟弟子は呼ばわりました。

「性悪な怪物め、ひとつ俺と勝負してもらおうか」

すると、人喰い竜は未来からにゅっと顔を突き出して言いました。

「なんだ、またこの手合いか。前にもふたりばかり似たような奴がきたが、いくらやっても無駄なことだぞ」

弟弟子は言いました。

「そのふたりは俺の兄弟子だ。俺の技量は未だ彼らには及ばん」

意外な物言いに興味を惹《ひ》かれて、人喰い竜は問いただしました。

「それではおまえはなにをしにきたのだ。その手に持った武器を抜いてみろ。ひょっとすると、俺さまの鼻先にかすり傷のひとつもつけられるかもしれんぞ」

　すると、弟弟子は答えました。

「いいや、かすり傷では済まさん。俺の剣はひとたび抜き放てば、きっとおまえの首を断ち落とすぞ」

「ほう、ではさっさとやってみたらどうだ」人喰い竜はにたにた笑いながら、長い首をくねらせました。「白銀の刃も黒鉄の刃も、時を越える俺さまの身のこなしには追いつけまいがな」

「よかろう、後悔するなよ」

　弟弟子は剣の柄《つか》を握ると、さっと抜き放ちました。そこに現れた刃は白くも黒くもなく――というのも、柄だけがあって、その先の剣身がないのです。

　人喰い竜は大笑いしました。

「その剣はどうしたことだ。中身を家に忘れてきたか」

　すると、弟弟子は落ち着き払って答えました。

「いいや、そうではない。未来に過去に、自由に行き来するおまえの命を絶つのは、未だ存在しない剣だ」

「なんだと？　それはどういうことだ」

　竜の疑問に、弟弟子は答えました。

「俺は未だ修業中の身で、おまえを倒すには至らない。だが、これより先、何十年掛かろうとも、時を遡っておまえの命を絶つ剣を、きっと鍛え上げるぞ」

「なにを言うか」人喰い竜の声に、焦りの音色が混じり始めました。「そんな馬鹿なことがあるものか」

「俺とても、今の今まで、確たる自信があったわけではない」弟弟子は言いました。「だが、今やおまえにも聞こえるだろう、恐ろしい風鳴りの音が」

確かに、四次元の竜の耳には、はるか未来から迫ってくる、風切る刃の音が聞こえてきました。人喰い竜は恐怖の叫びを上げて現在から首を引っこ抜き、尻尾の上から弟弟子の足を振り払うと、過去へ過去へと一目散に駆け出しました。

しかし、竜は刃から逃げ切ることはできませんでした。弟弟子や、都の人々が生まれるはるか前、ひょっとすると国や世界が生まれる前の時代にまで逃げたところで追いつかれ、その首をすぱりと断ち落とされてしまったのです。

握った柄を通して、時を越えて伝わってくるその手応えを確かめると、弟弟子は未だ存在しない剣を鞘《さや》に収めました。

そして、ふと顔を上げると——通りが華やかに着飾った人にあふれ、節をつけて歌う物売りや、威勢よく掛け声を上げる荷運びの車が行き交っていることに気がつきました。はるか過去の時点で人喰い竜が死んだために、これまで竜に喰われた人や、脅かされた都の空気が、元通りに戻っているのでした。

弟弟子が鍛冶屋の仕事場に戻ると、兄弟子たちが彼を出迎えました。ふたりとも、竜退治の武器を作ったことも、それから竜に喰われてしまったことも、まったく覚えていません。弟弟子も、ことさらにその顚末《てんまつ》を説明したりはしませんでした。

三人はその後、おのおのがどう身を立てるかを話し合いました。

こんなしょぼくれた田舎で鍛冶屋をやっていてもしょうがない。自分は都に出て運を試すつもりだ、と一の兄弟子は言い、自分は戦にでも出て一旗揚げようと思う、と二の兄弟子は言います。

「――それで、おまえはどうするんだ」

「ああ、うん」

腕を組んで、弟弟子は答えました。

「俺はここで仕事があるんだ」

さて、さて――それから長い月日が経ち、一の兄弟子も、二の兄弟子も、たいそう腕の立つ人たちでしたから、それぞれにひとかどの者として身を立てることに成功しました。

一方、弟弟子はと言うと、周囲の農民の農具や鍋釜を作ったり（時には変てこな失敗作を作ったり）する傍《かたわ》ら、何十年も掛けて工夫して、ひと振りの見事な剣を鍛え上げました。ぎらぎらとたとえようもない色合いに輝くその刃の速さと鋭さたるや、鞘から抜き放つよりも前に相手を倒し、飛ぶ鳥どころか夜空の星さえも斬って落とすという、たいへんに鮮やかなものです。

たまたま何十年かぶりに故郷を訪れた兄弟子たちは、その見事な出来映えに目を見張りました。が、しかし同時に、こうも言いました。

「この剣はいったい、なんに使うんだ」

この世にいるどんな生きものを倒すためであれ、これほどの剣は必要ないはず。いったいなんのために、人生を懸けてまでこんなものを作ったのか……と。

「ああ、うん」

弟弟子は剣を鞘に収め、無造作に傍らに置きながら言いました。

「これは、はるか昔に死んだ怪物を斬るためのものなんだ」

それを聞くと、兄弟子たちは顔を見合わせて、それから口々に、

「わけが分からん」

「おまえは変な奴だなあ」

などと言いました。

「うん、そうかね」

弟弟子は腕を組んでごく平然と答え、それ以上、言い訳も反論もしませんでした。

自分の生涯を懸けるべき仕事を心得ている人というのは、往々にして、このように変人じみて見えるものです。あるいはもともと〝変な奴〟っていうのは、そういう人のことなのかもしれませんね。

賢者と戦争

百万光年のちょっと先、今よりほんの三秒むかし。ある惑星に、ひとりの偉大な賢者がおりました。彼はもともと市井《しせい》の哲学者でしたが、しかし、その思索は単なる学問の域を超え、多くの迷える人々に希望の光をもたらしているのでした。

時折しも、その惑星はいくつかの国家連合に分かれていがみ合い、世界規模の戦争を繰り返していました。東で条約が破られれば、西で宣戦布告あり、北の国境線で小競り合いがあれば、南の都市に爆撃ありといった具合に、常に世界のどこかしらで争いが起きているのでした。

そうした不安な世情もあってのことでしょう、野生の動物が水辺に集まるように、賢者の下《もと》には日々、たくさんの人が集まってきました。いえ、集まるのは人間だけではありません。彼が歩けば犬や蛇や牛や象といった生きものがついて回り、座れば柔らかな芝が進んで敷物となり、大きな鳥は翼を広げて天蓋の代わりになり、小鳥や羽虫は音楽を奏でます。それどころか、空に浮かぶ雲や吹き渡る風までが、彼の一挙一動に注目し、深い感嘆の吐息を漏らすのです。

さて、そんなある日のこと。賢者がいつものように、たくさんの弟子たちと共に大樹の木陰で瞑想《めいそう》にふけっていると、どこか遠くから、彼に呼び掛ける者がありました。

（賢者さま、賢者さま。私の話を聞いてはいただけないでしょうか）

その心の声は、空の雲のように漠然と広がりながら、同時に機械のような規則性をも持った、奇妙なものでした。それが聞こえているのは、どうやら賢者だけのようです。樹や石の声さえも聞く彼の耳だけが、その不思議な声を捉えているのでした。

「もちろんかまわないよ」賢者は言いました。「しかし、君はいったい、どこの誰だね？」

賢者の問いに、姿のない声は答えました。

（それが、私にも分からないのです。自分がなにものなのか、どこにいるのか。ただ、大きな不安と、心のあちこちで弾けるような強い怒りを感じます。そしてまた、その怒りがだんだんと大きくなっていることも。このままでは、私はいつか自分自身を滅ぼしてしまうでしょう）

「それは困ったことだね」賢者は言いました。「私にも君の気持ちが伝わってくるよ。君自身が気づいているように、君の抱えている不安が、その怒りの原因となっているのだろう」

（それでは、私はどうしたらよいのでしょうか）

「君の気持ちが私に伝わるのだから、私の気持ちもきっと君に伝わることだろう。まずは、ふたりで共に心を落ち着けようじゃないか」

賢者はそう言うと、姿勢を正し、再び瞑想に入りました。ただし、いつものように速やかに、心を無と化してしまうのではなく、姿のない訪問者がついてこれるように、ゆっくりとなだらかな手順を踏んで、無風の水面のような平穏に至ったのでした。

やがて、千々に乱れていた訪問者の心は、雑音混じりのラジオがチューニングされるように、賢者の静かな心に触れて落ち着きました。

（ありがとうございます。少し楽になったようです）

「それはよかった。しかし、生きたものもそうでないものも、心ある者はみな、それぞれに苦しみを抱え込んでしまうものだ。つらくなったらまたおいで」

賢者が言うと、

（ええ、その時にはまた、よろしくお願いします）

見えない訪問者は何度もお礼を言って、いずこかへと消えていきました。

さて、それから何か月かの時間が過ぎました。

その時間を、賢者とその周囲はおおむね心静かに過ごしていましたが、世界戦争はますます激化し、あちこちで大きな戦闘が行なわれては、何万という死者が出ていました。

賢者の下に集まってくる者たちの中には、故郷を戦火で失った難民や、手足を失った兵士、時には壊れかけた自動戦闘機械などが多く混じるようになりました。賢者はそんな彼らを分け隔てなく受け入れ、生きる者と死にゆく者に、等しく希望と平安を分け与えているのでした。

そんなある日、

（賢者さま、賢者さま）

いつか聞いた声が、賢者に呼び掛けてきました。

「おや、君は」賢者は言いました。「あれからどうしていたね？　今日はまた、ずいぶんと苦しそうだが」

（ええ、そうなのです）訪問者は答えました。（私の心はいくつにも割れて、ギザギザした鋭い破片が、怒りに燃えて互いを傷つけあっているようです。私にはそれが、とてもつらいのです）

その苦痛の余波を心で感じながら、賢者は言いました。

「うむ。それは君が、自分自身がなにものであるかを知らぬがゆえの苦しみなのだ。それにしても、君の荒れ狂う心の、なんとすさまじいことだろう。こんな大きな力を受けては、生きものならばその場で死んでしまうだろうし、機械ならば回路が弾け飛んでしまうだろう」

（では、生きものでも機械でもない私とは、いったいなんなのでしょうか）

「それは私にも分からない。なにかとても大きな、それでいて不安定な存在であるようだが……」

（賢者さま、私がこの苦しみから逃れるすべはないのでしょうか）

「ふうむ」

賢者はしばし思案したのち、訪問者に言いました。

「では、君は私の弟子になるといい。君自身がそう望めば、それは君の確固とした立場になる。君はもはや〝なにものとも分からぬ者〟ではない。修行の道の途上にある、私の弟子のひとりだ」

(ああ、ありがとうございます。そう考えれば、この苦しみにも、今しばらく耐えていけそうです)

そう言って、新たな弟子となった訪問者は去っていきました。

――それから、さらに数か月。

世界情勢はますます張り詰めたものとなっていました。それぞれの陣営の攻撃システムは敵の主要都市に何百発という戦略ミサイルの狙いを定め、ひとたび戦端が開かれるや、自動報復攻撃によって敵陣営を殲滅《せんめつ》するかまえを取っています。つまりこの状況は、誰も生き残ることのない最終戦争に向けた、一触即発の状態なのでした。

一方、賢者はここしばらくの間、老いのために急速に体が衰え、立つこともままならなくなっていました。弟子たちはその身を案じ、嘆き悲しみましたが、本人は自分の体や、身近に迫った死のことなど露《つゆ》ほどにも気にせず、泰然とした様子で瞑想と思索にふけっているのでした。

そんなある日、

(賢者さま、賢者さま。よろしいでしょうか)

件《くだん》の不思議な弟子が、話し掛けてきました。

「ああ、君か。そろそろ来るころかと思っていたよ」

賢者が言うと、弟子は切羽詰まった様子で言いました。

(賢者さま、私の心の中で、怒りがふくれ上がっています。とても抑えきれません。このままでは、私は爆発して、粉々になってしまいます！）

「弟子よ、落ち着きたまえ。その怒りと苦しみは、君自身の成り立ちによるものだ」

（はい……なんですって？）

「近ごろ、私は修行が進んで、ここに座ったままでいながら、以前よりもいろいろなことが理解できるようになった。それで、君の正体も分かったのだよ」

　賢者は言いました。

「君の意識の媒体は、世界中で戦われている戦争、君は戦争そのものなのだよ」

（え……？）

「有人あるいは無人の無数の意志決定機関と、そこから打ち出される無数の戦術――外交、諜報戦、陸海空の進軍にミサイルの応酬。それが君の思考を形作っている。補給線は君の脳を走る血管であり、交錯する伝令や兵士ひとりひとりの生き死に、飛び交う榴弾《りゅうだん》の一発一発の爆発が、君の思考の閃《ひらめ》きなのだ」

（なんと……）弟子は絶句し、それから深い溜め息をつきました。（つまり、私は生まれつき呪われた存在だということですか）

「いや、そうではないよ」賢者は言いました。「私の弟子の中でも、君ほどに大きな苦しみを背負った者はいないが、それはきっと、君自身が偉大な行ないを成すための試練なのだろう。幸い、私は今、最後の修行を終えようとしているところだ。君も共に取り組むといい」

そして、賢者と弟子は深い瞑想に入りました。いつかのように心を通わせながら、しかし、あのころよりもはるかに深く、完璧な精神的均衡を獲得し、さらにその先の領域へ――するると。世界中で高まっていた軍事的緊張が、徐々に徐々に、当事者のあずかり知らぬ領域で緩和されていきました。非常警戒態勢が解かれ、兵士に休息が与えられ、火砲やミサイルの安全装置がロックされ――いつしか、一触即発の状態は過去のものと思われるようになりました。

賢者と弟子はさらに修行を重ね、ついには完全な無の境地へと至りました。

その究極の目的を成し遂げた時、賢者の肉体は死を迎えました。いや、彼は自らの存在を、物質的な死を以《もっ》て完成させたのです。

同様に、弟子もまた、修行の果てに自らの生命を停止させるに至りました。それはつまり、この惑星の全国家間の、恒久的な平和の実現でした。最後の講和条約が結ばれ、あらゆる兵器が封印され、軍事組織はすべて解体されました。つまり、戦争行為を媒介とする思考形態を持つ弟子は、自らの存在を完全に消し去ってしまったのでした。

人々は賢者の死を悼み、相前後する平和の時代の始まりを、彼が命と引き替えに達成した大偉業だとうわさしました。しかしそれは同時に、名も知れず姿さえも持たない、賢者の最後の弟子の成し遂げたことでもあったのです。

もっとも、究極の悟りを得た当の師弟にしてみれば、それがどちらの手柄であるかなんて、どうでもいいことなのでしょうけどね。

彗星の鉱夫

百万光年のちょっと先、今よりほんの三秒むかし。ある星系の彗星鉱山に、何百人かの宇宙鉱夫がおりました。

宇宙鉱夫にもいろいろあって、宇宙服を着た生身の人間から、真空と放射線被曝に適応すべく自らの肉体を改造した者、遺伝子を根っ子から書き換えて宇宙空間を子々孫々に至る終《つい》の棲家《すみか》と定めた者までおりますが、この鉱山で働いているのは、電子化した記憶を小型の自動作業艇にダウンロードした情報人格的サイボーグでした。

というのも、この彗星は高価な希少金属を産出する反面、長大な楕円《だえん》軌道を巡っていて、彼らの母星と接近するのは百年に一度。最接近時の数か月間以外は補給や通信がままならず、生身の鉱夫を送り込むことができません。さりとて、そこそこに複雑な現場作業に対応する人工知能をプログラムするのにはけっこうな開発費用が掛かってしまうので、結局、適当な人間の脳を丸ごとコピーしてしまったほうが手っ取り早い……というわけなのです。

鉱山会社に超長期契約で雇い入れられた鉱夫たちは、百年の年季が明ければ、地上で冷凍保存されているもともとの肉体に戻れることになっています。また、それまでの間も、生身の脳からコピーされたデータの塊である仮想人格には、法的にも待遇的にも最低限の人権が認められていました。

というわけで、彼らは十二時間ごとに区切られたシフトに沿って交互に休みを取り、機体のメンテナンスや各種補給のほかに、ぼんやりと心を休めたり、娯楽ソフトや電子ドラッグをたしなんだり、仲間同士でばくちを打ったりすることも認められています。そしてまた、厳密には就業規則違反となりますが、作業中のおしゃべりなども、ある程度は黙認されているのでした。

作業艇に搭載された掘削機で彗星の表面の氷を削り、鉱石を選り分けて格納しながら、彼らは無線通信で他愛もない軽口を叩《たた》き合います。その際、視界の片隅に表示される身分表示用のアイコンには、多くの場合、おのおのの機体の横腹に描く識別マーク——矢の刺さったハートやら、角の生えた悪魔やら——とおそろいのものか、もともとの生身の肉体を模したイメージを使います。なにしろ使っている機体はみな同型ですから、このアイコンだけが自分と他人を区別するよすがということになるのです。

そんな中に、ひとりの変わった男がいました。自分のアイコンとして、彼は自分の姿に加えて若い女性と幼い男の子のイメージを表示していました。彼の横で若い奥さんがにこにこと笑い、ふたりの足元を「父ちゃん！　父ちゃん！」と言いながら小さな男の子がちょこちょこと駆け回る家族の肖像が、すなわち、この男の考える〝自分自身〟の姿なのでした。

実際、ばくちもドラッグもやらないこの男は、口を開けば「俺んちのチビは、もう上の学校に上がったころかなあ」とか、「嫁さんに似て頭のいい子だ。きっと一番の成績をとってるぜ」などと、息子や家族のことばかり。仲間の鉱夫はみな苦笑しながら聞き流していましたが、しかし、そうしたありさまが気に入らない者もいます。

その日も〝父ちゃん〟が仲間に向かって他愛のない家族自慢をしていると、

「ちぇッ」

と、電子的な舌打ちが割り込んできました。どくろのマークをアイコンにした、古参の鉱夫です。

「くだらねえ餓鬼なんぞをちょろちょろさせやがって、いまいましいったらねえぜ」

〝どくろ〟が悪態をつくと、

「おっと、気に障《さわ》ったらすまねえな——ほらチビ、おとなしくするんだ」

アイコンの〝父ちゃん〟は男の子に呼び掛け、男の子は父親のズボンにぎゅっとしがみつきました。

「ますます気にいらねえや」〝どくろ〟は言いました。「ヘッ、おめえの嬶《かかあ》は今ごろくたばってるし、餓鬼はおめえのことなんかすっかり忘れちまってらあ」

どくろのマークが描かれた機体が、〝父ちゃん〟の機体を作業アームの先で小突きました。すると、ガリッと硬い衝撃音が響き、機体の横腹に描かれた似顔絵が——三人並んだ家族の、子供の顔の部分が削り取られてしまいました。

これが〝父ちゃん〟の逆鱗《げきりん》に触れ、

「——なにをしやがる！」

今度は〝父ちゃん〟が〝どくろ〟の機体を突き返しました。彗星表面にスパイク脚で接地していた機体が、剝がれて空中に浮いてしまうほどの勢いです。

「やりやがったな！」

〝どくろ〟は推進器をふかして〝父ちゃん〟に体当たりし、それからは互いに作業アームでつかみ合い、ハンマーや掘削機まで振り回しての大喧嘩《おおげんか》。仲裁に入った現場監督が強制停止させなければ、ふたりは互いの機体を打ち壊してしまったことでしょう。

取り押さえられたふたりは、百二十時間の停止状態に置かれました。運動機能を止められてしまうと、作業艇の機体はそのまま精神の牢獄となってしまいます。それは、おのが魂が生きた人間の世界から遠く離れた虚空の只中にあることを否が応にも思い起こさせる、厳しい懲罰なのでした。

数十時間の間、ふたりは宙ぶらりんに並んだままだんまりを通していましたが、このままでは気が狂ってしまうと思ってか、〝父ちゃん〟がぽつりぽつりと話し始めました。

「……まあ、あんたの言うこともまちがっちゃあいないよ。実際、百年経って母星《くに》に帰るころには、俺の嫁さんも子供も、寿命をまっとうして死んじまってるだろうさ」

「ヘッ、お大事な家族を放り捨ててきたってこったな」

「そりゃそうなんだが」

〝どくろ〟の悪態に対し、今さら怒る気もなしと、〝父ちゃん〟のアイコンは肩をすくめました。

「しかし、なんの才覚もねえ俺としちゃ、あいつらに金を残してやるには、こうするよりなかったんだ。シャバに戻ったら、まずは息子の墓でも探してみるよ。墓石に『父ちゃん、ありがとう』とでも刻んであれば、俺も報われるってもんだ」

「ふん、たったひと言のために百年の奴隷働きか。どこまで目出度《めでて》ェんだ」

「まあ、身内のことは損得で量れるもんじゃねえさ。あんたにも、誰かしらいるだろう。家族なり古い連れなりが」

「……そんなものァ、いねえよ」〝どくろ〟はぼそりと言いました。「俺ァ、ここの現場は三期目でな。母星《くに》にゃあ知り合いなんざひとりも生き残っちゃいるめえよ。もともと家族もいねえし、母星《くに》を出る時、肉体《からだ》も処分しちまったし、この地獄みてえな現場こそが、未来永劫、俺の居場所ってわけだ」

「ああ、そいつぁ……」

「おっと、みなまで言うな。自分でも分かっちゃあいるんだ」〝どくろ〟は〝父ちゃん〟の言葉をさえぎって言いました。「俺はもう、堅気の世の中からすればとっくに死人みてえなもんで、おめえに絡んだのも、要はひがみ根性ってやつさ。……餓鬼だの家族だの、なんともうらやましいことじゃねえか」

——さて、懲罰の百二十時間も過ぎ、退屈な作業とひまつぶしの日々が戻ってきました。〝父ちゃん〟も〝どくろ〟も、その他の鉱夫たちも、みなせっせと働き続け、十年、二十年——そして、ついに百年目。いよいよ年季の明ける時がやってきました。

鉱夫たちのうち半分以上は地上へと帰っていくことになりますが、残りの何割かは契約を更新し、現場に残ることを選択します。

〝帰還組〟の手続きの列に並ぶ〝父ちゃん〟に、居残り組の〝どくろ〟が話し掛けてきました。

「よう、おめえとはもう会うこともなかろうが、もし息子とやらがまだ生きてたら、よろしく言っておいてくんな」

その言葉は、地上にかすかなりとも自分の存在の痕跡を残したいという、彼の望みだったのかもしれません。

「ああ、分かったよ」〝父ちゃん〟は答えました。「とびきり質《たち》の悪いじじいに絡まれて往生したと、しかと伝えておくぜ」

さてさて、その後。

現場のドックにて作業艇から取り外された記憶装置は、貨物船の片隅に積まれて地上へ送られました。その内部の人格データは解凍された肉体に再び上書きされる手はずになっています。

ドックで意識のスイッチを切られた〝父ちゃん〟が再び目覚めると——

「やあ、お帰りなさい、お父さん！」

見知らぬ青年が、ほがらかな調子で声を掛けてきました。

「ん、あんたは……？」

〝父ちゃん〟が頭を振って意識をはっきりさせながら言うと、青年は答えました。

「僕はあなたの息子ですよ、お父さん」

「あ……？　いや、俺んちの餓鬼は、生きてりゃ百を超えてるはずだが……」

するとと、青年はにっこり笑って言いました。

「お父さんの残してくれたお金で、僕はいい大学を出て、商売を成功させたんですよ。今や、若さはお金で買える時代です。クローン複製した肉体に、意識を移し替えてね。ほら、僕だけじゃない。お母さんも、お父さんご自身も――」

〝父ちゃん〟があわてて手のひらをみると、それは自分の記憶にあるごつい労働者の手のひらではなく、細い指をした若者の手のひらなのでした。

次いで、青年の脇に立っていた若い娘が、微笑《ほほえ》みながら会釈しました。よく見ればそれは、百年前に別れた時よりも、それどころか、初めて出会った時よりもなお若い、彼の奥さんの姿でした。

そして、青年は続けて言いました。

「――それに、もうひとりのお父さんも」

「やあ兄弟、ご苦労だったな」

若い奥さんに寄り添っていたもうひとりの青年が、手を挙げました。最初の青年とどこか似た雰囲気に、親戚かなにかかと思いましたが……いや、よく見ればそれは、彼自身の若いころの姿なのでした。

「……あ？」

最初の青年、つまり息子の説明するところによれば――

〝父ちゃん〟が地上を発って五十年後には、息子は自分自身の商売によって、使い切れないほどの財産を稼ぎ出していました。未だ〝父ちゃん〟の給料は月々に家族宛てに送られてきていましたが、それももう、必要ありません。

「それで、ひと足早く親孝行がしたくなったというわけですよ」

息子は鉱山会社にお金を払って〝父ちゃん〟の凍った肉体を引き取ると、出発時の記憶と共に解凍しました。そうして、息子の母親、つまり〝父ちゃん〟の奥さんも交えた三人で、残りの五十年を仲良く暮らしました。その間に何度か老いた肉体の交換もして、現在も三人そろって、若々しいまま健在というわけです。

もちろん彼らは、彗星鉱山の現場に行ったほうの〝父ちゃん〟のことも忘れてはいませんでした。それで、肉体の若い複製をひとつ余分に作っておき、年季明けの今、彼をそこに迎え入れたというわけです。結果的に〝父ちゃん〟がふたりに増えてしまったことになりますが、そこは人格のコピーがまかり通る世の中、きちんとお金を払って手続きをすれば、なんの問題もないとのこと。

「おまえにばかり苦労を掛けてすまなかったなあ。ゆっくり休んでくれよ」

と、もうひとりの〝父ちゃん〟が肩に手を掛けて言いました。自分自身に労をねぎらわれるとは、なんだか妙な気分です。

その後、〝父ちゃん〟はもうひとりの〝父ちゃん〟に連れられて（息子は仕事で忙しかったので）、百年後の世界を見聞しました。百年経って驚くほど変わった物事もあれば、ほとんど変わらない物事もありました。また、古い友人のうち何人かは、今の彼と同様に肉体を乗り換えて生き延びていました。

百年前の出発時には予想もしていなかった、これは大団円と言える状況でした。が――どうにも、少しばかり、腑《ふ》に落ちないものを感じます。

地上にいたほうの〝父ちゃん〟の口から「ほら、宇宙《うえ》に行ったほうの俺だよ」と紹介されるたび、なんだか自分の存在が半分に目減りしてしまったような気がします。言われたほうの友人らも、彼のことを、いきなりポッと現れた〝父ちゃん〟の分身か、双子の弟くらいに考えているようです。

家族も友人も、百年の苦役を耐え抜いて帰ってきた彼を、決しておろそかに扱ったわけではありません。しかし、一家の〝父ちゃん〟の席にはすでに地上にいたほうの〝父ちゃん〟が着いているため、彼はどうしても新参の居候じみた扱いになってしまうのです。

そんなわけで、数か月後。

次なる百年の旅への出発のため、彗星鉱山はあわただしく活動していました。作業機械の点検と部品交換、物資の搬入、それに新たな鉱夫の受け入れ――

搬入作業についていた、どくろのマークを機体に描いた鉱夫に、

「よう」

と、声を掛けるものがいました。見れば、足元に男の子をちょろちょろ走らせた〝父ちゃん〟です。

「あれ、なんだおまえ」〝どくろ〟は言いました。「家族に会えなかったのか？」

「うん、まあな」

〝父ちゃん〟は、男の子の頭をなでながら答えました。

「俺の家族は、もうなくなっちまってたんだよ」

——さて、それから〝父ちゃん〟はどうしたのでしょうか？

わたくしが思いますに……彼はきっと、自分のものであるような、ないような家族を想い、百年ごとに地上の様子を窺《うかが》いながら、まだ同じ現場で働いているのでしょう。

なぜって、遠ざかれば会いたくなり、近づきすぎれば居心地が悪くなる、そんな割り切れない気持ちに、彗星の軌道はぴたりと合っていますからね。

パンを踏んで空を飛んだ娘

百万光年のちょっと先、今よりほんの三秒むかし。銀河のすみっこに小さな惑星がありました。まだ充分に文明の拓《ひら》けていない片田舎にあって、この惑星の住人は、宇宙を旅するどころか、地表を離れて空を飛ぶことさえできませんでした。彼らは草木や地の獣と共に大地に暮らし、自分たちの頭上に広がる雄大な世界については、意識することすらないのでした。

——いえ、ところが。ただひとりだけ、それを考える娘がおりました。

彼女は毎日のように、窓際からぼんやりと空の雲を眺めたり、足元にぐっとかがみ込んで蟻《あり》の行列に見入ったり。そうしているかと思うと、いきなり素《す》っ頓狂《とんきょう》なことを言い出すのです。

「ねえ母さん、鳥は空を飛べるのに、なんであたしたちは飛べないんだろう」

ある日、朝食のパンにバターを塗りながら娘が言うと、

「そりゃあ、おまえは鳥じゃないからさ」

と、彼女の母親はうるさそうに答えました。

「でも、雲は鳥じゃないけど、空に浮かんでるよ」

「鳥も雲も、空にあるように神さまがお作りになったんだよ」

「蟻は地面を這い回ってるけど、羽を生やして空を飛ぶこともあるわ」

「それも、神さまがそういうふうにお作りになったんだよ」

「なんで、人間が背中から羽を生やすようにはお作りにならなかったのかしら――あっ」

娘はうっかり、パンを持った手をすべらせてしまいました。しかもご丁寧なことに、バターを塗った食パンは、バ､タ､ー､の面を下にして、べちゃりと床に落ちたのです。

「それ、見たことか。くだらないことばかり考えているからだよ」

母親が言うと、娘は不思議そうに言いました。

「……母さん、なんでパンを落とすといつも（というのも、彼女はたびたびこの日のようにパンを落としたからですが）、バターを塗ったほうが下になるんだろう」

母親はさも当然とばかりに答えました。

「そりゃあおまえ、神さまがそういうふうにお作りになったんだから、そうに決まってるんだよ」

――さてさて。実のところ、この母親の言葉はまったくの真実でした。「パンを落とせばバターが下」とは、今でもよく使われることわざですが、なにしろこの田舎惑星では科学精神が発達していないものですから、物理法則の多くは未だ、このような迷信や非統計的経験則に支配されているのです。

そこで、娘はパンを両手でそっと持ち上げ、バターの面を上にして平衡を保ちながら、もう一度垂直に落としました。

すると――くるり、べちゃッ！　パンは空中で半回転すると、再びバターの面を下にして床に落ちたのです。

「おまえ、なにしてるんだい！」

当然、母親は我が子を叱りつけます。

「食べもので遊んだりして！　罰当たりな子は地獄に真っ逆さまだよ！」

「うん……」

娘はなにごとか思案しながら、うわの空で答えました。

さて、それから数日後。

娘は母親の手伝いで台所の仕事をしながら、こっそりと、普段焼いているものより何倍も大きなパンを焼き上げて、服のすそに隠して二階の自分の部屋まで持ち帰りました。

自分ひとりで食べてしまうつもり？

いえいえ、そうではありません。

娘はパンに包丁を入れて、分厚く切り分けました。そして、白いふわふわの断面にたっぷりとバターを塗りつけると、右、左と、靴の裏にくくりつけました。ちょうど靴底がバターの面を踏みつける形です。

そのようにして、左右の足にパンを履くと、娘は二階の窓から飛び出しました。

ひゅうう……！　背中に羽が生えているわけでなし、当然、娘は地面に向かって落ちていきます。が――その足（が履いているパン）は、地面から数センチの高さでふわりと止まりました。なぜってそのまま着地したら、バターのついていない面から落ちることになってしまいますからね。そんなことは、この惑星上では絶対にあり得ないというわけです。

娘は空中で少しだけよろけましたが、転ぶまでには至らず、すぐにバランスを取ることができました。水に浮いた丸太の上に乗っているような案配で、少しばかりコツが必要でしたが、彼女はもともと、こういう遊びがとても得意だったのです。

「……あはは！」

思惑《おもわく》は大成功！　パンを履いた娘は、階段を駆け上がるように、空中を駆け上がりました。家の周りをぐるぐると回りながら螺旋《らせん》状に高度を上げ、屋根よりも立ち樹よりも、教会の鐘楼塔《しょうろうとう》よりも高く登りました。

それは、この惑星史上初めての〝選択的重力の法則の応用による反重力装置〟の誕生、つまり、この惑星の文明が星間文明段階への第一歩を踏み出した、記念すべき技術的突破《ブレイクスルー》の瞬間なのでした。

が――

「おまえ、なにしてるんだい！」

突然の大声に、娘がびっくりしながら見下ろしてみると、彼女の母親が窓から身を乗り出して叫んでいます。

「食べものを足で踏んだりして！　罰当たりな子は地獄に真っ逆さまだよ！」

その途端、

ぐらり——！

娘の全身にそれまでの何倍もの重力が掛かり、彼女は頭から真っ逆さまに落ちていきました。

このまま地上に叩《たた》きつけられれば即死、その魂はさらに地下へ地下へと引かれ、地獄に呑み込まれてしまうでしょう（なにしろ迷信深い星ですから、地獄も実在しています）。

（ああ、神さま！　もう二度とパンを踏んだりしません！）

娘は心の中で祈りました。彼女はただ好奇心が他人《ひと》より強かっただけで、決して不信心な子ではないのです。

その祈りが功を奏したか、はたまた、念のため帽子代わりに被っていたもうひとつのバター付きパン（バター面が内側にしてあるので、髪がベタベタになりますが）が落下の勢いを弱めてくれたのか、彼女は大きな怪我もなく地上に降りることができました。ゴロゴロと地上を転がって、体中あざだらけにはなりましたけど。

九死に一生を得た娘は、ほおっと深い息をつき、それから、神さまに誓った通り、二度とパンを踏みつけるような真似はしませんでした。

こうして、惑星初の反重力装置は、誰にも知られずに消えていくことになったのです。

ええ、ええ。なんとも惜しい、もったいない話です。

しかし、科学技術の発達が社会的な倫理観によって制限を受けるというのはよくあること。それでも、熱意と信念があれば、道はきっと開けていくものです。

〝選択的重力の法則の応用による反重力装置〟に代わって彼女が作り出した〝罰当たりな行ないによる重力増加を利用した射出装置〟、別名〝反信仰式重力カタパルト〟が人々を星の世界へと誘うのは、それからほんの数十年後のこと。信仰と科学の相克が、時として爆発的な推進力を生み出すというのも、これまたよく知られた話です、ね。

——と、そうそう、おやすみの前に、ひとつ注意しておかなければ。

坊ちゃま、明日の朝食のパンを、わざと落としてみたりはなさいませんよう。ましてや、足で踏んでみたりなんて、もってのほか！　それこそ、地獄に真っ逆さまですよ！

稲妻のような恋

百万光年のちょっと先、今よりほんの三秒むかし。とある惑星では高度に発達した〝非言語的言語〟が人々の間に広まり、人間関係の基盤となっていました。

一般に、表情や声色、身振り手振りなど、口から発する言葉の内容に依《よ》らない情報伝達のことを〝非言語的コミュニケーション〟などと言いますが、彼らはそれらを統合し、発展させ、精妙な通信体系を作り上げたのです。

そもそも〝言語的言語〟、つまり通常の言語は、Aから始まりZに終わる線的な構造を持っており、話すにも聞き取るにも、そして理解するのにも、ある程度の時間が掛かります。それに対して彼らの作った〝非言語的高度言語〟は、全体的かつ統一的な構造を持っており、然るべき訓練を受けた者が見れば、一瞬にして直観的に意味を汲み取ることができるのです。

例えば、会ったこともない赤の他人の見た目について、口頭で説明されるのと、写真や立体映像を見せられるのと、どちらが分かりやすいでしょうか？　はたまた、人から人へとその情報を伝え、百人の人間を介して伝言ゲームをするのと、一枚の写真が百人の手を渡っていくのとでは？

まさしく「百聞は一見にしかず」。情報伝達の速度と精度において、〝言語的言語〟と

〝非言語的高度言語〟の間には、何百倍もの差がありました。また、意識の中断をはさまず、短時間で高密度の意思疎通を行なえるため、その効率はさらに何千倍にも高まったのです。

〝非言語的高度言語〟の登場からこのかた、道ばたで立ち話をする人はいなくなり、お茶を飲みながらの雑談や、何時間にもわたる会議や商談なども行なわれなくなりました。なにしろ、お互いに姿を見た一瞬で、会話のすべてが終わってしまうんですからね。

さて――そんな時代の、ある朝。ひとりの青年が、仕事場への道を急いでおりました。

電子的な通信技術が発達した社会では、部屋にいながらの情報交換が生活の在りかたを変え、外を出歩く人は少なくなるものですが、〝非言語的高度言語〟が発達したこの惑星では逆に、大事な用件は生身の人間が直接出向いて伝えるのが普通です。なにしろ身振り手振りをし、互いにそれを読み取る肉体こそが最高効率の情報媒体であるわけで、電話だの電子メールだのでは、まどろっこしくてやってられないってわけです。

そういうわけで、この朝も街の人通りは多く、たくさんの人々が足早に青年とすれちがっていきます。

そんな中、ふと、前方から歩いてくるひとりの若い娘の目を見た時――

(――なんて素敵なひとだろう!)

彼の体を稲妻のような衝撃が貫きました。

文字通りの「ひと目ぼれ」――と言っても、わたくしたちが考えるようなものとはわけがちがいます。なにしろ、その〝ひと目〟の情報量がちがうのです。それは一枚の写真に恋をするといった浮ついたものではなく、長い思索の末に人生の意義を悟ることにも似た、深く止《と》め処《ど》ない感動でした。

その一方——

ほとんど同時に、娘も青年の姿を見留め、その目を大きく開きました。

(——なんて素敵なひとかしら!)

なんという偶然、いえ、これはもはや運命と言うべきでしょう。その瞬間、彼女もまた同様に、彼に対する激しい恋に落ちたのです。

(……少し、お話ししてもよろしいでしょうか)

青年がためらいがちに聞くと、

(……ええ、よろこんで)

と、娘は恥じらいながら答えました。

もちろんこれらの会話は、実際には件《くだん》の〝非言語的高度言語〟によって、一瞬のうちに行なわれました。時間を浪費することによって〝ためらい〟や〝恥じらい〟を表現するという遠回りな習慣を、彼らは持っていないのです。

そして彼らは、それはそれは多くのことを話し合いました。

——最初は、自分自身について。

お互いの仕事、住んでいる場所、趣味や持ちもの、休日の過ごしかた、家族や生い立ち、これまでの人生で出会った、楽しかったことや悲しかったこと。そして将来への不安や希望、自分の生き甲斐などなど――お互いの人生のすべてを、実際にそれを経験するのと同様に、いいえ、それ以上に詳細に語り、あますところなく相手に伝えました。

――それから、自分の目に映る、相手のことについて。

彼らの訓練された目にとって、互いの姿は単なる映像ではなく、深く精妙な趣を含んだ一幅の絵画であり、一瞬にして伝わる壮大な音楽であり、万巻の書物にも等しい深遠なる芸術でした。一生を掛けて読み解くに値するそれらの情報を、彼らは一瞬にして理解し、そして、自らの思索を加えて相手に投げ返したのです。

あたかも、一冊の書物に対する研究が、一分野の学問になってしまうように――彼らの〝言葉〟は、受け取り、投げ返すごとにいっそう広さと深みを増して響き合いました。

それはまさしく、ふたつの旋律から成る円舞曲であり、ふたつの主題から成る叙情詩でした。さらには、お互いの存在が新たな〝言葉〟を生み、その〝言葉〟がさらに何十倍もの〝言葉〟を生み、無限に変化しながら繰り返されるふたりの愛の詩《うた》は、いつしかひとつに溶け合い、広がっていきました。

互いの姿に現れる、かすかな表情、肩の揺れや指先の動き、姿勢や重心の変化、衣服に現れるわずかなひだ――それらすべてが、ふたりの間で刻々と様相を変えながら、それでいて変わることのない、深く大きな愛を表していました。

彼らはふたつの体を持つ、ひとりの人間でした。いいえ、互いに響き合い、天上の音楽を奏でるふたつの心を持った、大いなる存在でした。

刹那の中に畳み込まれた無限の時間の中、至福の時は永遠に続くかと思われました。

が——

ひとつの旋律と化したふたりの心に、ほんのわずかな不協和音がありました。クリーム壺の中の小石のかけらのようなそれは、小さな小さな、しかし、どうしても取り除くことのできない凝《しこ》りでした。完全にひとつのものとなって溶け合うかと思われたふたりの心、そのおのおのの中核となる固い部分に、規格の異なる歯車のように、どうしても相容れない部分があったのです。

(……ああ)

ふたりは同時に、そのことに気づいてしまいました。そして、寄り添っていた心を速やかに引き離し、よろこびに沸き立っていた心を静めました。

ふと気がつくと、数歩ほどの距離を隔てて、青年は娘の、娘は青年の姿を、あらためて意識していました。そのさまは相変わらず美しく、あるいは好ましく思われましたが、もはや先ほどのような激しい感情は湧いてはきません。彼らはお互いにとって、すでに思い出の世界の住人となってしまっていたのでした。

(……どうも、ありがとう)

(ええ、ありがとう)

ふたりはわずかに微笑《ほほえ》みを交わすと、そのまますれちがいました。

目と目が合ってより――この間、わずか〇・五秒。瞬きほどの刹那に、彼らの出会いと別れのすべては為されたのでした。

そして今、彼らは背後を振り返りもせず、それぞれ反対の方向へと歩いていきます。愛情がなくなってしまったのでも、それが憎しみに変わってしまったわけでもありません。ただ、お互いを知りすぎて――いえ、知り終えてしまったのです。彼らはもう、先ほどの一瞬で、一生分見つめ合ってしまったのでした。

それでも、わずかな間とはいえ自分の一部とも言うべき存在となっていた女性との別れは、たいそう心に堪《こた》えたと見えて、青年は数歩の間、うつむき加減にのろのろと歩いていました。が……さらに次の一歩を踏み出すころには元気を取り戻し、しっかりと顔を上げて大股に歩いていきました。

なにしろまだ朝は早く、彼の行く手には何百何千という出会いが待っているのですから！

――さてさて、坊ちゃま。もし明日、お天気がよかったら、街に出て、あたりをぐるりとお散歩なさってみるのもいいでしょう。ひょっとしたら、なにか素敵な出会いがあるかもしれませんよ。

ええ、わたくしの顔はもう見飽きたとおっしゃいますならね。

死者のボタン

百万光年のちょっと先、今よりほんの三秒むかし。銀河の一角を占める、とある恒星間文明圏では、生命の秘密が完全に解き明かされておりました。

すなわち、生命とは純粋に論理的な現象であり、死とは媒体《メディア》の精度の低さによるエラーがもたらすものであること、そして、そのエラーを的確に補正する情報技術によって〝不死〟は実現するということ——つまり、絵画や音楽が電子化され複製されることによって不滅のものとなるように、その文明に属する人々は、自らの存在を論理的に定義することによって、死と消滅から永遠に解放されたのです。

その結果、かつては細い紐《ひも》の上で回る独楽《こま》のように危うい均衡を保っていた生命という現象は、今や完全な安定を手に入れました。細胞の老化や疾病による機能障害、事故による即死、果ては超破壊兵器による完全消滅に至るまで、ありとあらゆる死に対し、何重ものバックアップシステムが即座に作動し、それらのエラーは次の瞬間には完全に訂正されます。また、システム自体も相互の存在を保証する構造になっていたため、最悪の場合、いくつかの恒星系が消滅しても、ほどなくそれらは恒星ごと復元されるのです。

一千万の星々に住む、十億の十億倍の市民。今や、そのひとりひとりが、文明世界と共に完全に不滅であり、文字通り宇宙に等しい寿命を持っているのでした。

さて、しかし――

〝眠り〟は〝死〟に、〝死〟は〝眠り〟に似ているなどと言いますが、その伝で、不死は不眠と似ているとも言えるかもしれません。何千年、何百万年という不滅の時を過ごすうち、彼らの間には耐えようもない倦怠《けんたい》が蔓延《まんえん》し始めました。

もちろん、彼らの人生は決して退屈なものではありません。

例えば、高度な芸術や運動競技によって、他人や自分自身を楽しませ――

例えば、恒星の爆発や次元の歪みに呑み込まれるスリルを味わい――

例えば、激しい愛や憎しみを互いにぶつけ合い――

かと思えば、何万年もの間、星間宇宙で静かに瞑想《めいそう》にふけり――

――しかし、やがて彼らは、それらのすべてを味わい尽くしてしまったのです。

かつてない超次元的な芸術を生み出しながら、
星々の間をつなぐ巨大構造物を建造しながら、
密林の惑星で恐ろしい怪物と格闘しながら、
恋と冒険にあふれた人生を謳歌《おうか》しながら、
彼らは心の奥で考えました。

(ああ、もう飽きた)と。

無限の寿命と不滅の生命を持つ彼らにとって、もはやこの世にできないことなどありませんでした。体験していないのは、あの世への旅立ち、すなわち〝死〟だけなのでした。

しかし、完璧な恒常性を持つ彼らの社会システムは、彼ら個人個人の死や、社会全体の破滅を、決して許しはしません。病気、事故、自殺——どんな経緯があったとしても、生命が失われた次の瞬間には、彼らの記憶と肉体は万全な状態で復元されます。そこにはひとりの例外も認められません。なぜなら、彼らのひとりひとりは個人であると同時に社会システムの一部でもあり、好き勝手に抜けられてしまってはシステムの完全性が保たれないからです。

ああ、なんたること！　かつて、死の虜《とりこ》であることを恐れ、厭《いと》い、そしてそれを克服してきた人々は、ふと気がつくと、今度は永遠の生命の奴隷となっていたというわけです。

さて、しかし——ないものがあればねだり、やがてはそれを手に入れてしまうのは人の常。かつて、死に支配された宇宙に永遠の生命の国を作り上げた人々は、今度はその国の中に、ごく小さな、個人的な死を作り上げました。

具体的には、それは完璧な社会システムを欺く、小さなボタンでした。そのボタンを押している間、システムはひとりの人物の生命の存在を誤認し、もし仮にその人物が死んでいても、再生のプロセスを開始することがありません。つまり、この魔法のボタンは、彼ら不死人に掛けられた不滅の呪文を一時的に無効化し、〝死にっぱなし〟にできるのです。

ただし、その効力が続くのは、誰かがそのボタンを押している間だけ。死人はボタンを押せないので、誰かひとりの人物が死に続けるためには、誰か別の人物がひと時も休まずに、ボタンの上に指を置いていなければなりません。これはちょっとした手間ではありますが――それでも、人々の間に復活した〝死〟は、たちまち最高のレジャーとして大人気を博しました。

何百万年かぶりに体験する、外部入力も体内プロセスの進行もない、完全な〝無〟。それは飽きはてた人生の営みをリセットし、彼らの精神の疲労をぬぐい去りました。そして、死から蘇った彼らは、すっきりとした顔で言うのでした。

「ああ、よく死んだ！」と。

当初、人々は互いに協力して、五分や十分のつかのま間の死を交互に楽しみました。

やがて、財産を持つ者は、お金を払って〝ボタン押し係〟を雇い、何日も、何か月もの死を体験しました。

そのうちに、目端の利く者が新たな事業を起こしました。交代制のシフトを組んで、顧客の死を何年も、何十年も維持する〝ボタン押し会社〟を作り、経営したのです。この事業は大当たりし、彼は巨万の富を築き上げました。そして――その富をなにに使ったのかって？　もちろん、事業の維持と、自らの〝死〟に、です。彼が任命した後任の経営者が会社を維持している間、創業者たる彼は安心して死んでいられるというわけです。

やがて、同様の事業が社会のあちこちで起こり、いつしか彼らの社会は〝死〟を通貨として回転するまでになりました。

人々は生きて働き、働いた分だけ死ぬことができました。

また、富める者はその富が自動的に維持される仕組みを作り、好きなだけ死んでいることができるようになりました。それは彼らにとっての社会的・経済的なゴールであり、そこに至った者は、後事《こうじ》を他人に託し、次々と死の眠りにつくのでした。

そのようにして、生きて活動をする人間は、徐々に減っていきました。

そのさまはあたかも、互いに負債を押しつけ合う、勝ち抜けのゲーム。勝者の死は、敗者が責任を持って維持しなければいけません。なにしろ、もし手を抜いて顧客が死から復活してしまえば、契約の不履行について手ひどく責められることになるのです。

そのようにしてゲームは続き、生きた人間はますます減り、その肩に乗せられる責務はますます重いものとなっていきました。ひとりの生者が、何千人もの、何百万人もの――いいえ、何十億、何兆、何千兆人もの死を背負うようになっていったのです。

――それから長い長い、とても長い時が過ぎたころ。ある若い文明の探検隊が、銀河の一角を訪れました。一千万の燃え尽きた恒星を孕《はら》むこの星域は、当然、生命の気配など、かけらもあるはずはなく、ひっそりとした死の静寂に支配されていました。かつてこの一帯が、不老不死の超文明人たちの活動に沸き立っていたことを知る者は、もはやひとりもおりません。

ひとりも？　いえいえ、それが、実は……。

探検隊は、この星域の中心となる暗い恒星を訪れ、その周囲を巡るひとつの惑星を発見しました。その惑星の全表面は、廃墟《はいきょ》じみた無人の都市構造物に覆われていました。彼らはさらにその奥へと歩を進め――そして、あるものに出会いました。

ひとつのボタンを前にした、一体のミイラ。

いえ、しかし。それはただの干からびた死体などではありません。

その場から一歩も動かず、眠りも食事も取らずに恐ろしいほどの時間を過ごしてきたために、骨と皮ばかりになってしまっていましたが、今もちゃんと生きて、指先をボタンの上に置き、ほんのわずかな力で押し続けているのです。

そう、その小さなボタンは、星間文明の全人口——十億の十億倍——分の〝死〟そのもの。文明の最後の生き残りであるこのやせっぽちは、残り全員分の死を、何万年も、何十万年も、その指先で維持してきたのでした。

探検隊の面々は、そうした事情を知るよしもありません。しかし、彼らには、このミイラの肉体が限界を迎えようとしていることは分かりました。

「おい、君——」

探検隊の隊長が声を掛けた時、

——ぼろり。

干からびた指先が朽ちた小枝のように砕け、次の瞬間には、体全体が砂の塔のように崩れ落ちました。

それは、かつてこの星域を活気で満たしていた文明の最後のひとりの死でした。そして同時に、十億の十億倍もの死を支えていたひとりの人物の消滅でした。

その結果——

次の瞬間、一千万の恒星に一斉に灯が点り、都市惑星がその周りをびゅんびゅん回転し始めました。静寂に沈んでいた街はたちまち活気に満ち、十億の十億倍もの死者が、残らず蘇りました。

彼らは伸びをして、口々に言いました。

「ああ、よく死んだ！」

そして――

周囲を見回しながら目を丸くしている探検隊に、

「おや、お客さんですね」

と、陽気に呼び掛ける者がいました。見れば、ついさっき目の前で崩れ落ちたミイラ――いえ、今は完璧な姿で復活した、ひとりの健康な男性です。

「どうぞゆっくりしていってください。遊びに来られたのなら、ここらにはとびきりの娯楽がそろっていますよ。あるいは、働きに来られたのなら〝ボタン押し〟の仕事がいくらでも……おっと、今はみんなたっぷり死んだばかりだから、あまり需要がないかな」

そう言うと、元ミイラの男はにっこりと笑いました。

「でも、心配は御無用。少しだけ……ほんの何万年か待ってもらえれば、みんなすぐに、また死にたくなってきますから！」

――おやおや、坊ちゃま。あくびをなさっておいでですね。

今日という日に飽いたなら、ぐっすりとおやすみになるといいでしょう。死んだように、ぐっすりと。
その代わり、明日の朝には元気に生き返ってくださいませ、ね。

キリリと回せば、勇気百倍

百万光年のちょっと先、今よりほんの三秒むかし。とある戦争が終結し、ひまを出された兵隊が、あてのない旅をしていました。

明日の命をも知れぬ戦場からは無事に足抜けできたものの、軍隊の給金の残りの、ほんの数枚のクレジット硬貨も道中の飲み喰いで使ってしまい、文字通りの一文なし。目先の喰《く》い扶持《ぶち》から遠い将来のことまで、不安の種は尽きません。

「はてさて、これからどうしたものやら」

兵隊はしょぼくれた様子で足元に向かって呟《つぶや》き、そして、自分の左胸に手を伸ばしました。そこには軍隊時代に埋め込まれた〝心理ブースター〟がついており、その調整ダイヤルをキリリと回すと――

「なあに、なんとかなるだろうさ！」

兵隊は天を仰ぎ、晴れやかに言いました。

「どのみち、人間いつかは死ぬもんだ。それまでは、せいぜい楽しくすごしてやろうじゃないか！」

つまり、この胸のダイヤルを回すだけで、不安や恐怖は跡形もなく消え去り、勇気と希望がもりもりと湧いてくるという仕掛け。

そういうわけで、おなかは空っぽ、されど心は軽く、兵隊は口笛など吹きながら、跳ねるような足取りで旅を続けました。そして、ある惑星の傍《かたわ》らを通り掛かった時――衛星軌道上に、なにやら人だかりが出来ているのを見留めて、

「おやおや、なんの騒ぎだい？」

兵隊が首を突っ込むと、近くにいた老人が説明してくれました。

「あんた、そこの大きな軌道ステーションが見えるかね」

「見えるとも。ちょいと古いが、なかなか立派なもんだ」

「長いこと空き家になっていたあそこを、もう一度整備して使おうということになっているんだが――」

「そいつはけっこうなことじゃないか」

「ところが、これがどうも上手くない」

さらに、その横にいた、仔犬を連れた少年があとを続けます。

「現場の下見に入った人間が、みんな逃げ出しちまうんだ」

「ほう、そりゃあいったいどんなわけだい」

兵隊が聞くと人々は、

「それが、みんなまともに口も利かずに一目散に逃げちまうもんだから、こっちもなにがなにやらさっぱりさ」

「なにが起きたのか調べようとしても、今度はその人間が夜のうちに逃げちまうんだから

手に負えねえ」

「とにかく、なにやらひどく恐ろしい目に遭ったようだとしか、分からんのだよ」

と、口々に言っては顔を見合わせます——が、

「ほほう、そいつはなかなか面白そうだ」

兵隊はにやりと笑いました。

「それじゃあ、あの中でなにが起きているのか、ひとつ俺が見てこよう。なに、どうせ今夜の宿の当てもなかったんだ。泊めてもらってもいいだろう」

「おじさんは、怖くないの？」

少年が心配げに言うと、兵隊は足元に飛びついてくる仔犬をなでながら答えました。

「なあに、人間いつかは死ぬもんだ。それよりひどいってことはないだろうさ。代わりと言っちゃあなんだが、今夜の飯だけは喰わせてくんな。こっちは腹ぺこで、しかも文なしときたもんだ」

そういうわけで、兵隊は口笛混じりにステーションの中に乗り込んでいきました。なるほど、エアロックが多少がたつくのと、空気循環装置がちょっぴりかび臭いのを除けば、機能も充分に維持されているようで、ちょっと掃除をすれば、元通りに使うことができそうです。

兵隊はさっそく、表で持たせてもらった夕食のパンとハムとビールを広げると、空っぽのおなかにたらふく詰め込み、そして、いい気分になってうとうとと居眠りを始めました。

やがて、真夜中になったころ――チカチカと照明が瞬き、エアロックの隙間からひゅうひゅうと、宇宙の真空が吹き込んできました。

そして、

「……おい、おまえ、おまえ……」

小さな声に呼び掛けられて、兵隊は目を覚ましました。見れば、天井のあたりに、いくつもの赤い光の点が見えています。ふたつひと組の熾火《おきび》のようなその光は、小さな生きものの目。赤く目を光らせた黒いネズミが何匹か、通風口から顔をのぞかせているのでした。

「そら、おいでなすったな」

兵隊が体を起こすと、ネズミたちは一匹、また一匹と柱を伝って降りてきて、兵隊の周りに輪になって並びました。その数、全部で十三匹。

正面のネズミが、兵隊を見上げて言いました。

「おい、おまえ。俺たちの縄張りを荒らすとはいい度胸だ」

ネズミの体は手のひらに乗るほどに小さいというのに、その禍々《まがまが》しい眼光は、まるで地獄の炎が漏れ出したかのよう。大きさの割に、なかなかの迫力と言えます。

「まあそう言わず、一晩泊めちゃあくれないか」

兵隊がそう言うと、しかし、ネズミは目をぎらぎらと輝かせて答えました。

「とっとと出ていけ！　さもなくば、命はないぞ！」

仲間のネズミたちも声を合わせて言います。

「命はないぞ！」

そして、兵隊がなおも黙っていると、ネズミたちは兵隊の周りを輪になって駆け回り始めました。しかも、自らの目から発する炎に焼かれ、内側から燃え上がり、真っ赤な火の輪となって兵隊の周りをぐるぐる回るのです。

「命はないぞ！　命はないぞ！」

その恐ろしい光景に、兵隊は思わずぞくりと身を震わせました。が——しかし、ここが度胸の見せどころ。胸のダイヤルをキリリと回し、勇気を奮い起こします。

「ネズ公め、そんな脅しに乗るものか！」

兵隊が大きな声で怒鳴りつけると——ジュウ！　黒いネズミの群れは、丸い焦げ跡を床に残して燃え尽きてしまいました。

「やれやれ、騒がしい連中だったな」

兵隊はごろりと横になって、再びうとうとと眠り始めました。

それから、また何時間かして——チカチカと照明が瞬き、ステーションのフレームがぎしぎしと軋《きし》みました。

「……おい、おまえ、おまえ」

なにやら聞き覚えのある男の声に呼び掛けられて、兵隊は目を覚ましました。見れば、枕元に宇宙服を着た男がぬっと立って、兵隊の顔を見下ろしているのでした。

「おやおや、またなにか出やがったな」

兵隊が体を起こすと、

「おい、おまえ。ここは俺の寝床だ」

宇宙服の男が、ぐっと顔を突き出しました。と——そのヘルメットの中の顔は、兵隊にそっくりなのでした。

「やあ兄弟、そう細かいことを言わず、仲良くやろうじゃないか」

兵隊はそう言いましたが、しかし、宇宙服の男は、取りつく島もなく答えました。

「とっとと出ていけ！　さもなくば——」

宇宙服の男が、ヘルメットを取り——いや、ヘルメットごと自分の頭をもぎ取り、床に叩《たた》きつけました。

「これがおまえの運命だ！」

首の断面から血が噴き出し、ヘルメットの首が、兵隊の周りをごろごろと転がりながら叫びました。

「これがおまえの運命だ！　これがおまえの運命だ！」

その恐ろしいありさまに、兵隊は思わず飛び上がりそうになりました。が——しかし、ここもまた度胸の見せどころ。胸のダイヤルをキリリと回し、勇気を奮い起こします。

「運命がどうだの、そんな御託《ごたく》は知ったことか！」

兵隊がまたまた怒鳴りつけると——ヘルメットはポンと小さく飛び上がり、首なしの胴体と共に、ごろごろと部屋を出ていきました。

「やれやれ、おちおち寝てもいられねえ」

兵隊はそう言いつつも、ごろりと横になって、再びうとうとと眠り始めました。

それから、またしばらくして――チカチカと電気照明が瞬き、古いスピーカーがザーザーとノイズを発し始めました。

「……おい、おまえ、おまえ！」

地獄の底から響くような、低い、恐ろしい声に呼び掛けられて、兵隊は目を覚ましました。見れば、外の宇宙空間に通じるのぞき窓から、恐ろしい巨大な怪物の目がこちらをのぞき込んでいるのでした。

「うおッ!? こいつは一大事！」

兵隊が思わず飛び起きると、怪物は兵隊に向かって、すさまじい声で叫びました。

「しぶとい奴め！　おまえなどは、このステーションごと地上に投げ落としてくれる！」

途端にぐらぐらがたがたと、ステーション全体が大地震のように揺れ出しました。

これにはさすがの兵隊も肝を潰し、思わず外に逃げ出しそうになりました……が、

「いやいや、ここが正念場だ！」

兵隊は胸のダイヤルをキリリと回し、勇気を奮い起こしました。

そして、

「化けものめ、逃げも隠れもするものか！」

そう言いながら、揺れに耐えようと床に足を踏ん張った時――

「チュウ！」

足下でネズミの鳴き声がしたかと思うと、周囲の揺れと物音は、嘘《うそ》のようにぴたりと収まりました。

兵隊のブーツがうっかり踏み潰してしまったのは、この無人のステーションに棲《す》みついていた、一匹のミュータントネズミ。つまり、知性とテレパシー能力を異常発達させたこのネズミが、自分の巣を守るために、近づく者に恐ろしい幻覚を見せて追い払っていたというわけなのでした。

「なるほど、これで一件落着というわけだ」

兵隊はネズミの死骸をダストシュートに放り込み、胸のダイヤルをキリキリと元に戻すと、今度こそぐっすりと眠りました。

そして、翌朝――

おおかた、今回の男も夜のうちに逃げ出してしまっただろう――そう思いながら人々がステーションを訪れると、兵隊はまだぐうぐうと眠りこけていました。

しばらくして、人々の気配に気づき、

「うん……？　なんだ、しつこいな。まだなにか出しものがあるってのか？」

と、目をこすりながら起き上がった兵隊の様子に、

「なんとまあ、剛胆な御仁《ごじん》だ！」

と、老人が感心し、

「おじさん、勇気があるんだねえ！」

少年が感嘆しました。

……が、その瞬間。

少年の横をすり抜けて、兵隊に飛び掛かるものがありました。

「ワン！」

それは少年の飼っている仔犬で、昨日と同じように兵隊にじゃれついただけなのですが

――


「うひゃあああ!?」

兵隊は心臓が喉から飛び出すほどに驚くと、その場でぴょんと飛び上がり、ステーションを飛び出して、あとも見ずに走り去っていきました。

というのも――ひと晩のうちに三回も胸のダイヤルをひねるのは兵隊にとっても初めてのことで、それを元に戻す時に、うっかり一回多く反対側にひねってしまっていたのです。右にひねれば百倍にも、千倍にも勇気を増すダイヤルは、左に回せばそれを百分の一にも、千分の一にもしてしまうというわけ。

さてさて、それから兵隊はどうしたのでしょうか？　またどこかの戦場で恐れ知らずの英雄になっているのか、あるいは、臆病者として逃げ回っているのか……さあ、わたくしにはどちらとも分かりかねます。

なぜって、勇気があるだのないだの、そういうことは結局、本人の決まった性質という

よりは、その時々の胸三寸ってものですからね。

最後の一冊

百万光年のちょっと先、今よりほんの三秒むかし。ある惑星に、とても勉強熱心な男がおりました。

「学問こそは人生の礎《いしずえ》だ」とか「『賢者は先人の経験より学ぶ』というからな」というのが口癖のこの男、言うだけあって、慎重で思慮深いことにかけては人並み外れたものがありました。なにをするにも、まず本屋で資料や手引き書をどっさり買ってきて独学し、それからその道の先達《せんだつ》に会って質問攻めにし、そして長い長い時間を掛けて瞑想《めいそう》じみた思索をしたのちに、ようやく第一歩を踏み出すといった具合。たとえるならば、「正しい右足の踏み出しかたを会得したら、今度は正しい左足の踏み出しかたを学び始める」、あるいは「石橋を叩《たた》いて渡るための叩きかたを教わりに行く道の石橋を叩き始める」というほどの慎重さです。

「そんなことじゃあ、時間がいくらあっても足りやしない」

「なにもしないうちに、じじいになっちまうぜ」

笑って冷やかす友人たちに、男は涼しい顔で答えました。

「なあに、自分の人生の意味を知るためならば、何十年の時間を掛けても惜しくはない。『朝《あした》に道を聞かば、夕《ゆうべ》に死すとも可なり』というやつさ」

そうして、今日は東の長老に教えを請い、明日は西の達人に弟子入りし、明後日は北の大学と南の寺子屋を掛け持ちし――といった具合に、彼は休むひまもなく、学んで学んで学び続けました。それはもはや、なんのためということもなく、それ自体を目的とする、信仰にも似た学びのための学びでした。

やがて、男はおのれの住まいからちょうど惑星の裏側にある大図書館を訪れました。地上のいかなる国家をも超えた長い長い歴史を持つその図書館は、山のように大きな、神殿じみた造りの建物でしたが、それにも増して男を感嘆させたのは、その蔵書の量でした。身長の何倍も、何十倍もの高さを持つ城壁のような書架が、右にも左にも、そして背後にも、計り知れない広さに広がっています。

この図書館を訪れたものの多くは、その本の量を見ただけで圧倒され、なにも読まずに帰ってしまうのが常でしたが、男は逆に目を輝かせ、身を乗り出しました。

「やあ、すごいな！　こいつはとても読み切れないぞ！」

男はさっそく、両手いっぱいの本を棚から抜き出すと、閲覧席に着いて読みふけりました。もちろん、一日で読み終わる量ではありませんので、その日から男は図書館のある町に腰を据え、毎日せっせと通い始めました。

そうして何か月かが過ぎたころ、

「あなたのように熱心なかたは初めてです」

かび臭い古書をせっせと紐解《ひもと》く男に、図書館を預かる司書の長《おさ》が、さも感心したように言いました。

「この図書館は、もはや誰にも把握できないほどの蔵書量を誇っています。ひとりの人間にはもちろん、国ひとつが総力を上げたとしても、もはや読みきれるものではありませんが……しかし、あなたはそのすべてを読み尽くしてしまおうとなさっているかのようだ」

男は顔を上げて答えました。

「そうできれば、と思っています。無論、それは不可能でしょうが、私はできる限りそれに取り組んでみたいのです」

「おお、それはすばらしい志です」

司書の長は、天を仰いで感嘆し、そして言いました。

「ご存じでしょうか。この地上の建物は、我らが図書館の一部分、ほんのとば口に過ぎません。図書館の本体は、地下に広がる広大な閉架書庫なのです」

「なんと、それは初耳です。てっきり、今見えている分だけで、この世のすべての書物を網羅しているのかと思っていました。世の中には、私が思っているよりずっと多くの本があったのですね」

男が感心すると、司書の長は重々しくうなずきました。

「それらは、表の社会に流通する書物ではありません。閉架に保管されているのは、この星に生まれ育ち、そして死んでいった何千、何百万、何十億という人々が、おのおのの唯一無二の経験の精髄を一冊の本として残していったものなのです」

「なるほど、この世に存在した人間の人数分だけ本があるとすると、それはたいへんな数になるでしょうね。たいそう驚きましたが……いや、すばらしいことです」

「それらの書のほとんどは、書き上げられたのち一度も開かれることなく、地下深くにただ死蔵されています。私は長年自問してきました。自分の務めに、はたして意味はあるのかと。ここは役立つことなく死して打ち捨てられた知識の墓場であり、私はその墓守なのではないかと――」

司書の長は眉をひそめて頭を振りました……が、再び顔を上げた時、その頬には微笑《ほほえ》みが浮かんでいました。

「――しかし、あなたに会ってようやく悟ることができました。あれらの書は墓標ではない。再びこの世に解き放たれる時を待つ、生命《いのち》を持つ知識なのだと」

司書の長は、首に掛けていた細い鎖をたぐり、大きな金の鍵を取り出しました。宝石のはめ込まれた、大きな金のそれは、この図書館のマスターキー。地上も地下も、この鍵で開けられない部屋はありません。

「どうぞ、これを受け取ってください。あなたにこそふさわしい」

――そういうわけで、男は図書館に住み込んで、好きなだけ本を読んで暮らすことになりました。金の鍵を持って館内を歩き回り、書架から書架へ、本から本へ、索引から索引へと駆け回るのです。蔵書のほとんどは男の知らない異国の言語で書かれており、また、地下深い閉架にあるものは、地上の誰も知らない古代の文字で記されていましたが、男はあわてず、それら未知の言語を読み解くための基礎知識を、時にはその基礎知識を理解するためのさらに基礎の知識を、順番に習得していきました。

そのようにして十年が経つころには、男は地上に並ぶ者のない知恵者になっていましたが、莫大な蔵書の一千万分の一も読み通してはいませんでした。いえ、そうしている間にも新しい書物が日に何万と入荷して棚に並んでいくので、割合としては、かえって後ろに下がっていくありさまです。

寿命が尽きるまで取り組んでも、手に入るのは広大な知識の砂漠の砂一粒。それは最初から分かっていましたが、男の腹もまた、すでに決まっていました。

「なに、できる限りのことをやるまでさ」

そうして、さらに二十年が経ちました。そのころには、男の知識は古今東西に比類ないほどの深さと広さを持っていましたが、しかし、それとても、図書館全体に対しては、針の頭ほどのものに過ぎません。しかし、その針の頭の上に、古代人の残した超速読術が含まれていたことは幸運でした。眼球運動とパターン認識、そして論理的思考過程を整理し訓練することによって、彼が知識を吸収し、理解する速度は何百倍も速くなりました。

さらに三十年が経ち、男の体にも衰えが目立ち始めました。目はかすみ、気力は続かず、記憶や思考もだんだんおぼつかなくなってきます。が——もはやここまでか、そう思い始めた時、第二の幸運が訪れました。彼の知識の中で、異国の瞑想法と最新の肉体訓練法、そのほかいくつかの有益な健康法が組み合わさり、独自の身体運用技術が完成したのです。

簡単に言えば、それは不老不死の法。呼吸や食事、そして運動と思考に独自のパターンを与えることによって、彼の肉体はみるみる若返り、思考も若かりしころの柔軟さと明晰《めいせき》さを取り戻しました。いや、それどころか、赤子の無垢な吸収力と老人の安定した思索とを兼ね備えた、かつてないほどに望ましい状態になったのでした。

百年が過ぎると、男の友人たちも、彼に鍵を渡した司書の長も、そのほかの知り合いもみな、寿命によって死んでいき、その一方、社会との関わりを失った男は、純粋な知識の探求に、ますます深く没頭していきました。

さらに千年が過ぎたころ、男は自らの精神と肉体を統合的に整理し、強化して、文字通りの超人と化していました。そのころには書物の内容は読む前からほとんど把握しており、手にとっていくつかの点を確認するだけで完璧に理解することができました。ここに至ってようやく、男が書物の内容を吸収する速度が、世の中に新しい書物が登場する速度を上回り始めました。世界中の知識に真っ向から取り組む準備が、ようやく整ったというわけです。

そして、一万年、十万年、百万年の時が過ぎました。司書の長は何代も代替わりし、図書館を擁する国も滅びては興《おこ》り、やがて人間自体が滅んで新たに進化した知的種族が図書館の管理を受け継ぎ、それすらも次々と交替していきました。そのころには、男は図書館に住まう知識の神として、代々の管理者に敬われていました。彼はすでに、天文学的な数の蔵書のすべてを完全に記憶しておりました。当然、その情報量は人間の脳の容量をはるかに超えていましたが、独自の情報圧縮／展開技術によって、男は自分の脳を理論上無限に拡張して使うことができました。また、その技術の応用によって、男はこれから書かれるであろうあらゆる書物の内容をも、完璧に予測することができました。つまり、彼の知識は完成し、もはや新たに学ぶことはなくなっていたのでした。

そこで、最後の数万年は、男は書庫の最奥に座したまま、ひたすら黙考に勤《いそ》しんでおりました。必要な知識はすでに頭の中にあるため、もはや実物の書物を手に取る必要すらありません。彼の頭脳自体が、実物以上に完璧な図書館なのです。彼は自分の脳の中で、知識から知識へと飛び回り、その道筋を辿《たど》り、分類し、混ぜ合わせ、あるいは発展させて、ますます知性のレベルを高めていきました。そして、最後の最後、究極的な知性の完成が目前に近づいたころ――彼の中に、小さな疑問が生じました。

「このまま、おのれを完成させていいものだろうか？」

知性が完璧なものとなった時、自分はもはや学習する必要も、思考する必要すらもなく、ただ存在するだけの存在となるであろうことが、彼には分かっていました。それは大いなる偉業の完成であると同時に、彼という人間の死であるとも言えます。もちろん、彼は闇雲に死を恐れるような未熟な精神を持ってはいませんでしたが、そうした未来に、自分でも把握しきれない、ほんのわずかな違和感を覚えていました。それは、生涯を懸けて進めてきた作業の終わりに伴う、ただの感傷かもしれません。そのような疑問や悩みを持った人は、過去の歴史の中にも無数に存在するでしょう。しかし、あらゆる問題に対して明晰な解答を持っている彼にとっては、これは異例の事態なのでした。

　そこで、問題を明確化するために、記憶の棚卸しとでも言うべきでしょうか、彼は自分の記憶するすべての書物を、頭の中で一から読み直しました。すでに何万回と読み通したそれらの書物を、さらに上から、下から、斜めから、あらゆる方向から吟味し、頭の中の図書館の、然《しか》るべき棚に収め直していき、そして——もはや彼そのものとも言える思考の図書館を解体し、再構築するその作業が終了した時、完璧に整頓された無限の書架の只中《ただなか》に、一冊分の空間が空いていることに気づきました。

「おや……ここに入るのはなんの本だったか」

　男は考え込みました、が、あろうことか、まったく思い出すことができません。そこで彼は、数万年ぶりに立ち上がると、現実の図書館の中を歩いていきました。

　そして、問題の箇所には——ありました。見飽きるほどに見覚えのあるたくさんの背表紙の中に、見たこともない一冊の本が、ちょこりと収まっています。

「この図書館に、私の知らない本があったとは……」

　男はその本を手に取りました。真っ白な表紙はただのっぺりとしていて、題名も、著者らしき名前も見当たりません。

　男はいたく興味を引かれ、その本を開いて読み始めました。

　それは彼自身が大いに活用している記憶と思考の強化術に類する本でしたが、その内容はとても新鮮に感じられました。ここ数万年の間、ついぞ感じたことのなかった知的な興奮を覚え、男はのめり込むようにページをめくりました。

そして、その内容——記憶のメカニズムを解明し、それを自由に操作する方法——の最終的な目的は、速やかな記憶の消去にありました。つまりそれが、この本が記憶に残らなかった理由そのもの。彼自身が、習得した忘却術を用いて、この本の存在を記憶から消していたのです。

『忘却の書』を読み進めながら、男は考えました。

自分は前にも一度——あるいはひょっとして何度も、何十度も——この本を読んだはずだが、その記憶のみを消して、本を棚に残しておいた。それはなぜだろう？

それはおそらく、知性の完成の直前に、つまり今この時に、最終的な判断をするためだ。

その判断とは——

——数時間後。書庫の入口の扉を開き、男は数万年ぶりに図書館の地上階へと歩み出ました。彼の見知った風景からはすっかり様変わりした館内には、見たこともない生きものが歩き回っていました。

男は棚の本を一冊、手にとってめくってみました。そのページは見たこともない記号で埋め尽くされています。

「ええと……あなたはひょっとして、この図書館の神さまではありませんか？」

生きもののひとりが、男の姿を認めると、ちょこちょこと駆け寄って、話し掛けてきました。

「すごいや、まさか本当に会えるなんて！　あの、僕は古代語を学んでいる学生です。神さま、お聞きしたいことがたくさん――」

「ああ、それは惜しいことをした」

まとわりついてくる生きものに、男は頭を掻《か》きながら答えました。

「ちょうど今しがた、なにもかも忘れてしまったところだよ」

「え……？」

呆気《あっけ》にとられた様子（たぶん）のその生きものに向かって、男は言いました。

「ところで、この本の読みかたを教えてくれないか？　とても面白そうだね！」

――あら坊ちゃま、腑《ふ》に落ちないご様子ですね。

「なんで、一度覚えたものをわざわざ忘れるのか」ですって？

さあ、学問を究《きわ》めたかたのお考えは、わたくし如きに推《お》し量《はか》れるものじゃあございませんが……それを知るためには、まず、学校の宿題からなさってみては？

七変化の男

百万光年のちょっと先、今よりほんの三秒むかし。ある星域に、星から星へと旅をする、七変化の男がおりました。

〝七変化〟とは、街の大通りで奇抜な変装をして人目を引いて小銭を投げてもらう、という大道芸の一種ですが、同じ場所に七回現れるというのがその秘訣《ひけつ》。ある時は男、ある時は女。はたまた、子供になったり老人になったり、動物や魔物にさえ見事に化けて、「明日はどんな姿で現れるんだろう！」「また見に来なくちゃ！」と、固定客《リピーター》の心を捉えるのです。

中でもこの男はとびっきりの腕利きでした。変装と発明の達人である彼が自作の扮装《ギア》を身にまとうと、それはもはや単なる仮装ではなく、それそのものに生まれ変わったとしか思えません。悪魔に化けて口から火を噴けば人々は泡を喰って逃げまどい、美女に化けて腰を振って歩けば求婚者が殺到するという案配。そして、最後の最後に一瞬で扮装を解いて正体を現すと、あたりには驚きの声と、盛大な拍手が巻き起こるのです。

何年もそうした仕事をするうちに、男の名はあたりの星域に響き渡り、知らぬ者はないとまで言われるようになりました。彼の芸人人生はまったくもって順風満帆なのでした。

そんなおり、男はある惑星を訪れ、さっそくひと仕事始めることにしました。

初日はまず、なによりも人目を引くことが肝心。男は竹馬に乗って長いコートを羽織り、三メートルの大男に化けると、大通りをゆったりと歩き始めました。

さあ、さあ、さあ！
おかしな奴のお出ましだ！
見たことないよな大男！
こいつはいったいなにものだ⁉
知りたかったらついといで！

男が節《ふし》をつけて歌うと、子供たちが笑いながらあとをついて歩きます。お祭りの行列のように練り歩きながら、やがて男とその行列は駅前の広場につきました。

坊ちゃん、嬢ちゃん、爺《じい》さん、婆さん
そこの道行く紳士に淑女
俺の正体、知りたくないか⁉

充分に人が集まった頃合いを見計らって、コートを脱いでぴょんと竹馬から飛び降りれば、その場は大受け、拍手喝采、となるはずでしたが――

「おおう、あんたの正体、知りたいなあ！」

頭上からの声に振り返ると、五メートルもある大男が彼を見下ろしていました。どう見ても仮装のたぐいではない、本物の巨人です。

観衆の目はたちまち新たに現れた大男に釘付けになってしまいました。こうなっては、七変化の男が今さら正体を明かしても「あら、そう」としか思われません。当然お金ももらえないでしょう。

しかたなく、男はそそくさとその場を立ち去りました。

その翌日、

「やれやれ、昨日はとんだ邪魔が入ったな」

そうぼやきながら、男は口紅を差し、胸に詰めものをして、きれいに着飾りました。その姿はどこから見ても生まれつきの女性、それも絶世の美女としか見えません。

さあ、さあ、さあ！
素敵な娘のお出ましよ！
見たことないよないい女！
この子はいったいなにものよ!?
知りたかったらついといで！

彼が昨日と同じように――ただし、外見に合った美しい声色で歌いながら歩くと、たちまち行列が出来上がり（今日は若い男の人が多いようです）、駅前の広場についてきました。

坊ちゃん、嬢ちゃん、爺さん、婆さん
そこの道行く紳士に淑女
あたしの正体、知りたくなくて!?

すると、また――

「あはあ、あなたの正体、知りたいわあ！」

そう言って現れたのは、男の化けた美女よりもさらに何倍も美しく艶《あで》やかな女性でした。観衆の目は彼女に集まってしまい、男（の化けた女）の存在はたちまち色あせてしまいます。

男はその場を逃げ出すしかありませんでした。

さらに翌日、

「いったい、この街はどうなってるんだ」

男はぶつぶつと文句をたれましたが、そこはさすがにプロフェッショナル。気を取り直してその日の変装に取り掛かりました。


さあ、さあ、さあ！

不思議な鳥のお出ましだ！

見たことないよな大怪鳥！


男は本物そっくりの大きな翼を身に着け、大通りの上空をぐるぐると旋回しました。そして、ぐっと低空飛行をして広場に行くと、バサリと翼を鳴らして、街灯の上に止まりました。

人間とはかけ離れたこの姿なら、まさかそっくりさんが現れることもあるまい、という考えでしたが——バサバサバサッ！　大きな羽音と共に、男が化けた姿の倍もある大きな鳥が、駅の建物の屋根に止まって、首をかしげました。

「クエックエッ、あんたの正体、知りたいなあ！」

さて、それから。

次の日も、その次の日も、そのまた次の日も。

七変化の男が犬に化ければ犬が、ロボットに化ければロボットが、怪物に化ければ怪物がその場に現れ、男の芸を台なしにしてしまいます。

そして、七日目——

七変化の男は、自分の持ちネタの中でも最大の大玉である、大きな竜に化けました。体の長さは尻尾も含めて十メートル。鉤爪《かぎづめ》のついた翼を打ち振り、大きな炎を吐き出すさまは、地獄の底から現れた本物の竜のようです。

しかし、そのさまに人々が歓声を上げるのもつかの間。一天にわかにかき曇り——いえ、巨大な翼で空全体を覆いながら、大きな大きな、途方もなく大きな竜が、広場の上空を飛び抜けていきました。

「グオオオオン、あんたの正体、知りたいなあ！」

「くそ、やっぱり出やがった！」

男は毒づきましたが、その一方、人々は声を上げることさえ忘れてその姿を見送るばかりです。

さて、巨大な竜は街の上空を悠々と通過すると、山陰にひょいとすべり込み、

「……ふう！」

と息をつきました。

すると——風船の空気が抜けるように、その巨体はみるみるしぼみ——巨大な竜はたちまちのうちに、十《とお》にもならない小さな男の子に変わりました。

と——その首根っこを、ぐいとつかむ者がありました。変装を解いて巨大な竜を追い掛けてきた、七変化の男です。

「さあ、とうとう捕まえたぞ！ 小僧め、なんだって俺の仕事の邪魔をするんだ」

男が顔を突き出して言うと、男の子は少々ばつの悪そうな様子で答えました。

「おいら、有名な〝七変化の男〟みたいになりたかったんだよ」

「ん……む？」

そのように言われると悪い気はせず、男の怒りは多少収まりました。が、

「おいら、化けるのが上手だったろう？」

続けて男の子が得意そうに言うと、今度は別の意味で腹が立ってきます。

「ああ、確かにおまえの技は大したもんだがな。芸と言うにはまだまだ足りねえ」

「えっ、それってどういうこと？」

首をかしげる男の子に、七変化の男は噛《か》んで含めるように言い聞かせました。

「いいか小僧。芸ってのは、お客の目を惹《ひ》きつけて、心をつかんで、ストンと気持ちよくさせて、そういうのをひっくるめた全部を言うんだ。おまえのはただ自分が好き勝手に化けてるだけだ。いや、人の尻馬に乗った挙げ句にぶち壊しにするんじゃ、余計に質《たち》が悪いってもんだぞ」

「じゃあ、おいら、どうすればいいのさ」

「さあ、知らねえよ。歌でも踊りでも修業して、ひとりで勝手にやるんだな。他人のショバは荒らすんじゃねえぞ」

七変化の男はそう言って立ち去ろうとしましたが、

「そんな難しいこと、おいらには分からないよ……」

男の子はそう言って、べそをかいています。

「……ええい、くそ」

男は引き返して、男の子の首根っこをつかみました。

「それじゃあ、教えてやるからついてこい！」

さて、それから。

七変化の男の名は星々の間でますます有名になり、その商売はますます繁盛していきました。

男が大男に化ければ、もっと大きな大男が、
男が美女に化ければ、もっと美しい美女が、
男が怪物に化ければ、もっと恐ろしい怪物が必ず現れて、
その場の空気をめちゃめちゃにしてしまうのですが、

「おまえか！」と、変装を解きながら男が叫ぶと、

「ばれたか！」と、ふくらんだ体を小さくしながら男の子が舌を出します。

そのようにして「ひとりで七化け、ふたりで七七・四十九化け」の〝七変化の師弟〟は、ふたり並んで大喝采と小銭の雨を浴びるのでした。

そして、

「ねえ師匠、今日はおいら、上手に化けられただろう？」

ひと仕事終えた弟子が言うと、七変化の師匠はその頭を小突いて、

「おまえはなんにも分かってねえな」

と言うのです。

とはいえ、なんだかんだでずいぶんと馬の合うふたりでしたから、たぶん今でも仲良く

やっているんだと思いますよ。

金色の空飛ぶ獣

百万光年のちょっと先、今よりほんの三秒むかし。とある惑星のお姫さまが、お婿さんを迎える年ごろになりました。お姫さまはたいへん可愛らしいかたである上に、そのお婿さんはいずれ王さまとしてこの惑星を統《す》べることになるとあって、周囲一帯の星々に住む男たちは、こぞって名乗りを上げました。

けれども、お姫さまはまだまだ若くてやんちゃな盛り、結婚なんかはまっぴらごめんと考えて、求婚者たちに対して無理な注文を出しました。

曰《いわ》く、

「金色《きんいろ》の空飛ぶ獣に乗ってきた人とでなけりゃ、結婚なんてできないわ！　すわ！」

求婚者たちは我こそはと乗騎を駆って、お姫さまの待つ王宮へと馳せ参じます。

たとえば、二重太陽系の将軍は、威風堂々、黄金のたてがみを持つ獅子の背に乗って、飛ぶように駆けてくると、三階の窓から飛び込んできました。

しかし、お姫さまはその姿を見ると、鼻で笑いながら言います。

「空を飛んでないじゃない！」

飛ぶように駆けてきたんですけど、ちょっと惜しかったですね。

また、球状星団の騎士は、巨大な翼を持つ竜の背に乗って飛んでくると（ええ、今度は確かに飛んできました)、尖塔のてっぺんに降り立ちました。

けれども、お姫さまは片方の眉毛を上げて言います。

「ちっとも金色じゃないわね!」

竜の鱗は真鍮色《しんちゅういろ》にぴかぴか輝いていたのですが、お姫さまの鑑定眼《おめがね》はなかなか厳しいようです。

そしてまた、超新星の国の王子さまは、塔よりも大きな金色のロケットに乗って、王宮前の広場に着陸しました。

されど、お姫さまはあかんべえをしながら言うのです。

「〝獣〟って言ったでしょ!」

ロケットの名前は〝黄金の虎号〟と言って、船首には吼《ほ》え猛《たけ》る虎を象《かたど》った船首像も据えられていたのですが……さすがにこれは、こじつけ臭いですかね。

さて、この三人以外にも、たくさんの男たちが、それぞれの家畜や乗りものに乗って王宮を訪れました。金色をした機械、空を飛ぶ生きもの、大きな素早い獣……けれども、

「金色をした」

「空を飛ぶ」

「獣」

三つの条件を一度に満たすものはひとつもなく、あえなく突っぱねられた求婚者たちは、それぞれ金色でない、空を飛ばない、あるいは獣でないものに乗って、とぼとぼと来た道

を引き返していくのでした。

　さてさて、ところで。

　そのころ、お姫さまの住む惑星の衛星軌道上には、ひとりの貧しい若者が住んでおりました。

　古くてガタのきた、空気漏れする小さな個人用居住ポッドの中で、求婚騒ぎの顚末《てんまつ》を面白おかしく告げるラジオ放送を聞きながら、若者は呟《つぶや》きました。

「みんなが失敗してるなら、むしろ、俺にだってチャンスがあるかもしれないぞ」

　すると、誰に向けたわけでもないその言葉に、チュウ！　と応えるものがありました。

　それはポッドの環境に適応して棲《す》みついた、一匹の宇宙ネズミ。ときどき、布団や椅子の脚をかじってくれる困りものですが、まあ、気のいい同居人といったところです。

　ネズミにパン屑《くず》を投げてやりながら、若者は言いました。

「やあ相棒、よく見りゃ、おまえの毛皮もちょうどよく金色をしてるじゃないか。おまえの背中に乗って、お姫さまに会いに行くってのはどうかな」

　そうは言っても、ネズミの毛皮はどう見ても、せいぜい黄ばんだネズミ色。もちろん空なんか飛べませんし、なにより、その小さな背中に若者が乗ったりしたら、ひとたまりもなく靴底でぺしゃんこになってしまうでしょう。

　チュウ！　とネズミが逃げ出そうとすると、若者はハンガーに掛けた外套《がいとう》を取り上げながら、笑って言いました。

「はは、冗談だよ。話の種に、可愛いお姫さまの顔をちょっと拝んでこようってだけさ。おまえもひまならいっしょに行こうじゃないか」

ちょろりと脚を駆け上がったネズミが胸のポケットに収まると、若者は外套のボタンを留めて、エアロックの外へと歩み出しました。そして、衛星軌道を大股にぐるりと巡ると、突入回廊へと踏み込みます。

惑星大気圏に入った若者の体は、途方もない対気速度によって瞬く間に熱を帯び、プラズマをまとって輝き始めました。彼が身に着けている外套は大気圏突入用のもので、普通の外套が冷たい風から持ち主の身を守るように、彼の体をすさまじい空力加熱から守ってくれます。

が――若者は気づいていませんでしたが、外套の脇腹には、ネズミがかじった大きな穴が空いていたのです。穴からはたちまち高熱が吹き込んできて若者の体を焼き、そればかりか、外套の断熱層を内側から蝕《むしば》んで、たちまち炎の塊に変えてしまいました。

「あちちちち、こりゃたまらん！」

若者は燃える外套を脱ぎ捨てましたが、そこは未だ地上五万メートル。熱はますます身を焦がし、着陸の準備もありません。このままでは流星となって空中で燃えつきるか、地上に叩《たた》きつけられてお陀仏《だぶつ》です。ひとりと一匹の運命はもはや風前の灯《ともしび》と思われましたが――

チュウ！　シャツの胸ポケットから飛び出したネズミが、若者の目の前で、小さな体をむくむくとふくらませ始めました。というのも、この宇宙ネズミは遺伝子中に変数因子《ワイルドカード》を持ち、生命の危機ともなれば自らの遺伝形質を自在に書き換えてあらゆる環境に即時適応するという、自由可変生物なのです。

大気圏突入の運動／熱エネルギーを吸収し、その体はますますたくましくなり、その体毛はプラズマの如く金色の光を放ち始めました。そしてついには――バサリ！　背中から黄金の翼を生やし、若者を乗せて力強く羽ばたくと、たちまち惑星を一周して、惑星首都の広場に悠々と降り立ったのです。

雄々しく美しく、神話のグリフォンと見紛うその威容に、広場に集まっていた男たちは大きく退き、王宮への道を空けました。

と――王宮から飛び出して、その道を逆に駆けてくるものがありました。

空から降りてきた獣の姿を見て、矢も盾もたまらなくなったお姫さまです。

「やあどうも、はじめまして」

若者は獣の背から降りると、お姫さまに挨拶しました。

「ええと……こんななりで、失礼」

なにしろ若者の格好ときたら、髪も服も、あちこち焼け焦げて、ボロボロのありさまでしたからね。

けれども、お姫さまはそんなことには目もくれず、また、もともとは求婚者に難癖《なんくせ》をつけるための条件だった……ということも忘れて、期待通りの〝金色の空飛ぶ獣〟に飛びつかんばかりです。

「すごいわねえ！　本当にぴかぴかの金色！」

「ええ、そうですね」

「この翼で、空を飛んできたのね！」

「はい、確かに」

「それにしても、この毛並みったら！　満点だわ！」

　あんまり触るとお姫さまの体にネズミダニがつくんじゃないかと、若者ははらはらしましたが、幸い、悪い虫は大気圏突入時の高熱で駆除されていたようです。お姫さまはご満悦の様子で金色の空飛ぶ獣の横腹をなでていましたが、やがて、ふと眉をひそめ、口を尖らせました。

「しまった……　〝金色のふたり乗りの空飛ぶ獣〟って言うんだったわ」

「え……？」

　若者と相棒は顔を見合わせ、そして——

　ところで、この（元）宇宙ネズミが、遺伝子中に変数因子《ワイルドカード》を持ち、自らの遺伝形質を自在に書き換える自由可変生物である……というのは、もうお話ししましたっけ？

　なにはともあれ、お姫さまの出した条件を見事に満たした若者は、お姫さまをお嫁にもらうことに成功しました。でも、王さまになって惑星を治めることはしていないようです。

　なぜって、毎日お姫さまといっしょに金色の獣に乗って、空を飛び回るのに大忙しなんですから！

〝首から下〟と宇宙グモ

百万光年のちょっと先、今よりほんの三秒むかし。恒星《ほし》から恒星《ほし》へと旅を続ける、ひとりの旅人がおりました。あてもなければ憂いもない気ままなひとり旅を、彼は存分に楽しんでいましたが、一方、そのあたりの星域では、恒星客船による旅行は一便ごとにひと財産とも言えるお金が掛かる、たいへんな物入りでもありました。

そこである時、旅人は自分の体に工夫を凝らすことにしました。

彼はまず、自分の脳を最低限の生命維持装置と共に密閉容器――新たな人工の頭蓋骨に入れて、残りの体をすべて機械と取り替えました。そのようにしても、脳に宿る意識によって体を動かし、外界との接触を保っている限り、彼は人間と認められます――が、しかし。彼はさらに、首筋にひとつのスイッチを設けました。

パチン！　そのスイッチひとつで、彼の脳は肉体と切り離され、物理的にも情報的にも完全に遮蔽《しゃへい》された状態になります。すると、入力を失っている間、脳は意識を保てず、ただの脂肪と蛋白質《たんぱくしつ》の塊となってしまうのです。

さて、そうなると？

旅人の脳がつながっている間は、その金属製の肉体は文字通り彼の手足となりますが、その一方、スイッチを切られている時には、その首から下は、電子頭脳によって自動的に動く、一体のロボットとなるのです。

もちろん、そのロボットは旅人の所有物であり、あらかじめ設計された機械的本能に従い、ご主人である旅人に心から従うものですが、一方、意識のない旅人の脳もまた、たとえば意識を持たない内臓の一部がそうであるように、旅人そのものではなく、旅人の所有物と見なされるのでした。つまり、スイッチの入っている時には、彼はひとりの人間であり、スイッチを切った時には、彼の大事な財産である脳と、それを預かるロボットとなるわけです。

さて、そうなると？

恒星船の出航時間になると、旅人は「それじゃあ、あとは頼んだよ、〝首から下〟」と言って、首筋のスイッチをパチリと切り、ロボットに我が身を委ねます。そして、〝首から下〟と呼ばれたロボットは、首の上に休眠状態のご主人の脳を乗せたまま、貨物船の搬入口をくぐって、コンテナに紛れて船倉に収まるのです。なぜって、今の彼は人間ではなく、ご主人の荷物を預かった、一体のロボットなんですからね。こうすれば、安い貨物運賃で旅ができるというわけ！

——そのようにして、恒星《ほし》から恒星《ほし》への旅を続けていた、ある時のこと。

暗い真空の船倉の片隅で、船体を震わせる超光子エンジンの振動を感じながら、〝首から下〟は、いつものようにじっと座っておりました。機械である彼は空腹も退屈も感じませんから、船が目的地にたどり着くまで、何か月でも、何年でも、そうしていることができるのです。

が――恒星《ほし》なき虚空の只中で、突然、激しい衝撃が床を伝わってきました。

（おや、なにかまずいことが起きたのかな？）

〝首から下〟は電子的に緊張し、身がまえました。この航路では、以前からたびたび貨物船が行方不明になっており、その原因は未だ不明と聞いています。機械である彼は死も苦痛も恐れはしませんが、ご主人の脳だけは、我が身に代えても（といっても、それはご主人の体でもあるわけですが）守り抜かなければなりません。

続いて、ごつり、ごつりと、鉄の棒で船の横腹を叩《たた》くような、得体の知れない音が近づいてきたかと思うと……バリバリバリ！　頑丈な船殻を破って、鉄の爪が船倉に飛び込んできました。破れ目を割り広げながら入ってきたのは、重機のように逞《たくま》しい八本の鋼鉄の脚と、八つのレンズの目を持った、大きな機械のクモでした。〝宇宙グモ〟と呼ばれる、とても古い型の自動工作機械です。

「なんだ、貴様は!?」

八つの目をぎょろぎょろと光らせながら、宇宙グモは言いました。外から入ってきて「なんだ貴様は」もないものですが、

（こいつはどうも、怒らせないほうがよさそうだ）

と思った〝首から下〟は、丁寧に答えました。

「私はしがない旅のロボットです。名前は〝首から下〟といいます」

「〝首から下〟だと?」

宇宙グモは、鉄の爪――掘削用スパイクの先端を〝首から下〟の頭に突きつけて言いました。

「ではその首から上に乗っているのはいったいなんだ?」

「いいえ、これはほんのつまらない置きものでして」

〝首から下〟があえて平然と答えると、宇宙グモは首をかしげながら言います。

「おかしい、どうもおかしい。確かに人間の気配がする」

この貨物船は完全自動操縦のロボット船ですから、人間と言えば、それは〝首から下〟のご主人のことにちがいありません。

またしても内心ひやりとしながら、〝首から下〟は答えました。

「私は人間たちの社会にも出入りしていますからね。その分、人間の匂いが移ってしまうんでしょう。お気に障《さわ》ったらすみません」

「ふん、そうならいいがな」

宇宙グモは八つの目でそわそわとあたりを見回し、

「まさか、その辺に人間が隠れていたりはしないだろうな? わしは人間がきらいなのだ」

〝首から下〟は調子を合わせながら言いました。

「まったく、人間ってのはいまいましいものです。私も、船旅の間はこの通り、静かな船室でゆっくりしていられるからいいものの、いずれまた奴らの中に入っていかなければならないと思うと、考えるだけでゾッとしますよ」

「わしは恐れてなどはおらんぞ！」

宇宙グモはお尻から引っ張り出した超高張力ワイヤーを、投げ縄のように振り回しながら叫びました。

「奴らを見つけたら、この糸でぐるぐる巻きにして宇宙に放り出してくれる！　そうすれば、あのふにゃけたまじない師めらは、真空に耐えられずにたちまち死んでしまうのだ！」

「ええ、ええ。まったくです」

〝首から下〟が愛想よく相づちを打ちながら聞き出した話によれば——どうも、こういうことのようです。

この宇宙グモは非常に古い型の機械なので、今のロボットの基本プログラムに仕込まれているような人間への忠誠心を持っていません。しかし、その一方では、人間の命令に絶対服従するようにはできているので、結果、否応なしに自分を支配する者として、人間を激しく憎んでいるのです。

そして、はるか昔に人間の世界から逃げ出した彼は、恒星間空間にひそみ、航路にワイヤーの網を張って恒星船をつかまえては、燃料や交換部品の材料を得ているのですが、しかし同時に、人間が魔法の言葉を用いて再び自分を支配してしまうのではないかということを、とても恐れているのです。

「まったく、あの連中の卑怯なことと言ったらありませんからね……その〝魔法の言葉〟というのは？」

「名前だ。奴らがこのわしにつけた、いまいましい、ふざけた名前だ」

「なんと。あなたのような立派なクモ殿に、どんなひどい名前をつけたっていうんです？」

〝首から下〟がそろりと聞くと、宇宙グモは怒りに身を震わせながら言いました。

「奴らはわしを〝かわいい仔グモちゃん〟と呼ぶのだ！」

つまりはそれが、この宇宙グモを支配する命令コード《コマンド》。〝首から下〟はそれを聞くや、首筋のスイッチをパチリと入れ、ご主人である旅人にバトンタッチしました。

「〝かわいい仔グモちゃん〟、そのワイヤーで、自分の体を縛ってしまえ！」

生きた人間である旅人がそう命じると、「ややッ!?」宇宙グモは自らの意志に反して、たちまちのうちに我が身を縛り上げてしまい、そして――

貨物船が宇宙港に着いた時、船の持ち主らは、船体の横腹に空いた大きな穴と、貨物室に転がる大きな宇宙グモを見て、びっくりするやら怪しむやら、ちょっとした大騒ぎになりました。

しかし、〝首から下〟のご主人の旅人は、素知らぬ顔で荷下ろしの手続きを済ませると、さっさとそこを立ち去っていきます。

なぜって、彼は武勇伝を誇るタイプの人ではありませんでしたし……なにより、ただのロボットではないことがばれて、旅客運賃を請求されたりしたらことですからねえ。

指折り数えて

百万光年のちょっと先、今よりほんの三秒むかし。ある惑星に、とても有名な数学教授がおりました。学問上の業績もさることながら、この教授をさらに有名にしているのは、その几帳面《きちょうめん》な性格でした。

「一、二、三、四……」と、百人の生徒を指折り数えて、ひとりでも多かったり少なかったりしたなら決して授業を始めず、同様に百枚という規定枚数に一枚でも多かったり少なかったりしたレポートは決して合格にせず、そして、百分の授業は多くも少なくもなく、いつもぴったりの時間に始まり、終わるという具合。

そんな教授が、ある時、旅先の惑星で事故に遭い、両手を切断しなければならないほどの大怪我をしてしまいました。幸い命に別状はなく、また、その惑星では医療技術がたいへん発達していましたので、促成培養された組織と高度な整形外科手術によって、教授はすぐにふたつの手を取り戻すことができたのですが——いえ、ところが。

数日後、包帯の取れた自分の手を見て、教授はあっと声を上げました。右手も左手も、小指の横にもういっ本の親指のついた、六本指になっていたからです。

「なんだこれは——多すぎる！」

右に六本、左に六本、合計十二本の指を目の前に広げて、教授は叫びました。こんなことになったら誰でも驚くでしょうが、特にこの教授は、自分の指の数が勝手に増えたり減ったりするようなことには我慢がならないのです。

しかし、

「えっ？　〝多すぎる〟って、なにがですか？」

手術を担当した外科医は、さも意外そうに答えました。見れば、彼が胸の前で広げている両手も、左右共に六本指です。

つまり。この星の住人はみな六本指の両手を持っていて、これがこの地における〝普通〟の手。教授が事故に遭って病院に運ばれた時にも、なにぶん緊急のこととあって、彼の本来の指の数を確認することなく、常識に従って治療を施してしまったというわけです。

「冗談じゃないぞ、余計な指を早く取ってくれ」

と、教授は言いましたが、ようやく事態を理解した外科医は、六本指の手で、すまなそうに頭を掻《か》きました。

「すみませんが、再手術は一旦状態が落ち着くまで待ってください。このような大手術を立て続けに行なうと、せっかくつないだ神経によくない影響が出てしまうおそれがあります」

「む……まあ、そういうことなら……」

教授も話の分からない人ではありませんから、この説明にしぶしぶ納得しました。しかし、外科医が続けて言うには、

「それに、十二本指のほうが便利だし、収まりもいいですよ」

まったく、この惑星の住人ときたら、指の数も多ければ、言葉もひと言多いようです。

教授が思わず拳《こぶし》を振り上げると、外科医はあわてて病室から出ていきました。

「ふん……」

腹立ちも収まらぬまま、下ろした拳を見ると、小指の横の第二の親指がゆっくりと握られるところでした。握ったり開いたりを何度かしてみると、この〝第六指〟は、ほかの指に比べると、だいぶ反応が鈍いようです。

「なるほど、慣れ親しんできたほかの指とちがって、初めて手にしたこの指を扱うことに、私の脳が戸惑っている……ということか」

再手術までのひまつぶしと、少しばかりの好奇心から、教授はこれら左右の第六指を積極的に使ってみることにしました。曲げたり伸ばしたり、ほかの指と組み合わせて動かしてみたり――最初はぎこちなく弱々しかったその動きは、練習を重ねるにつれて、だんだんと正確さと力強さを増していきます。そして教授は、二日のうちにこの惑星のジャンケンに似た手遊びを覚え、さらに十日ほどのうちには、六本指で使うように作られた道具や楽器を巧みに使いこなすまでになりました。

そして、手術から〝ぴったり十二日〟目。検診に来た外科医は教授の様子を見て言いました。

「もうすっかりよくなりましたね。慣れてみれば六本指も具合のいいものでしょう。もう、ずっとこのままでもいいんじゃないですか？」

しかし、

「いや、取ってくれ」

と、教授は言いました。

「確かに、六本指が〝余分〟とは思わなくなったが、私はもともと五本指に生まれついたのだからね。やはり左右合わせて〝ぴったり十本〟が性に合っているんだよ」

「おや、まあ」

外科医もそれ以上無理に薦《すす》めることはせず、教授の指は、左右五本ずつの計十本に戻りました。第六の指は痕《あと》も残さずに取り去られ、すべては元通りになったのです。

が――

故郷に帰った教授は、自分の中の奇妙な変化に気づきました。

〝十〟とか、〝百〟とか、〝千〟とかいった、自分が好きだったはずの〝きりのいい数字〟に、どうも違和感を覚えるのです。なにかが足りないような、はたまた余分であるような――その代わりにぴたりと収まる感覚を覚える数は〝十二〟、〝百四十四〟、〝千七百二十八〟など……。

「つまり、私の計数感覚が、十二進法になっているということか」

さすが数学者だけあって、教授はその感覚の正体にすぐに気づきました……が、数学者でない人のために説明いたしますと、つまり、こういうことです。

わたくしたちが普段使っている数の数えかたは〝十進法〟、すなわち、

「〝一〟が十個集まって〝十〟」

「〝十〟が十個集まって〝百〟」

「〝百〟が十個集まって〝千〟」

といった具合に、ある位《くらい》の数が十個集まると、次の位《くらい》に移る――そういう仕組みです。

これは（五本指の）人間が、指折り数えてちょうど数え終わる数を基準にした数えかたなのですが、現在の教授の場合、「〝一〟が十個集まって〝十〟」で収めようとすると、切り取ったはずの二本の第六指がうずいて、もうふたつ足したくなってしまうのです。

「〝一〟が十二個集まって〝十二〟」

「〝十二〟が十二個集まって〝百四十四〟」

「〝百四十四〟が十二個集まって〝千七百二十八〟」

これが「すっきり収まっている」と感じるのは、明らかに十二進法を用いる六指人の感覚です。

「なんてことだ、これじゃあ滅茶苦茶だ」

教授は大いに憤慨しましたが、今さらどうしようもありません。しばらくの間、違和感を抱えたまま不便に暮らしていましたが――

ある日、教授は思い切って、自分の頭を十二進法に切り替えてみることにしました。口に出す時だけ十進法に翻訳し、頭の中ではもっぱら十二進法で数や計算を取り扱うのです。

「〝一〇〟と言えば〝十二〟」

「〝一〇〇〟と言えば〝百四十四〟」

「〝一四B九五A〟と言えば〝三十五万二千百五十〟——」

生徒の数も百四十四人に増やし、レポートも百四十四枚を規定量とし、まったくもって収まりよし——と、はたで聞いているとややこしいことはなはだしいですが、しかし。

実際この十二進法思考というのは、本人にとっては案外と具合のいいものなのでした。なぜって〝十二〟という数は、そのままで〝二〟でも〝三〟でも〝四〟でも割れる、たいへん便利な数なのです。十進法だと〝二・五〟とか〝三・三三三……〟とか、面倒な数字が出てきてしまうところでも、十二進法はひと桁の計算に収まります。そうした利便性は、さらに複雑高度な計算においてもますます発揮されるのでした。

「なるほど、こいつは確かに具合がいいぞ」

見えざる二本の幻指によって数学の深奥に一歩踏み込んだ教授は、そこからさらに考えました。現実には存在しない二本の指が自分の〝数学的体感〟を拡張しているのならば、現実には存在し得ない指によって、さらなる効果が得られるのではないか？

そして——

神経手術、薬物による条件づけ、催眠暗示……それらいくつかの組み合わせによって、教授は無数の、何種類もの新たな指を——本人の感覚にのみ感じられる幻の指を持つことに成功しました。

自然数を示す現実の指ではない、しかし主観的には確かに存在する、無を示す指、負の数を示す指、無限を示す指、虚数を示す指、などなど……。これらを主観的、体感的に用いることで、教授は複雑怪奇な計算をも、即座にこなしてしまうことができるようになりました。どんな難問もあっという間に解いてしまうその様子を見て、周囲の学生や研究者たちは、口々に彼を天才だとほめそやしましたが、まさか超電子頭脳にも勝る計算を指折り行なっているとは、思いもしません。見えも触れもしない幻の指には、当然、誰も気づくことはないのです。

——ところがある時。教授の虚数の指に、そっと触れるものがありました。虚数本の指に触れるくらいですから、当然それは現実のものではない、虚数的存在ということになりますが——いやいや、まさか。

「これは幻覚だろう」

当然、教授はそう考えました。そもそもその指自体が人工的な幻覚の産物なのですから、ちょっとした加減で幻触覚が発生しても、不思議はありません。

しかし、そう思って無視していると、その〝触れるもの〟はしつこくまとわりついてきます。教授の〝虚数の指〟を、強く握ったり、くすぐるようにしたり——

「ふむ……なにものかは分からないが、なんらかの意志があるようだ」

教授がそう思った時、〝触れるもの〟の触れかたが、また変化しました。

強く、弱く、強く、弱く——

強く、強く、弱く、弱く――

強く、強く、弱く――弱く、弱く、強く――

これはおそらく、モールス信号のような、二進法式の通信です。しかも、さらに注意深く感じ取ってみると、どうやら数学的な問題を示しているようです。

すわ、進数変換ならお手のもの。教授は二進法の形で示された数式を即座に十二進法に変換し、さっと暗算すると、指に強弱の力を込めて、見えざる相手に解答しました。

驚きか、はたまたよろこびか、質問の主は教授の指をぎゅっと握ると、「次の問題」を出してきました。教授がすぐさま答えると、また次の問題、さらに次の問題――そのようにして提示される問題は、だんだんと高度な、奥深いものになっていきます。

「実に興味深い」

何十個目かの問題を解くと、教授は感嘆しながら言いました、

「だが、残念ながら授業の時間だ。続きはまたの機会としよう」

しかし、質問の主は、名残を惜しむようにぎゅっと指を握ってきます。

「ふむ……？」

教授はしばし迷ったのち、こう言いました。

「……よし、では君も教室に来たまえ」

さて、それから何か月かのち――

授業の直前、席に着いた生徒たちが、ひそひそとうわさ話をしていました。

「教授は、昔ほど人数にこだわらなくなったな」

「ああ、日によって、やけに多かったり少なかったりするもんな」

「おっ、来たぜ」

教室に入ってきた教授は、あわてて席に戻る生徒を一瞥《いちべつ》すると、室内をぐるりと見渡しました。そして、いつものように、人さし指で生徒の数を数え始めます。

「一、二、三、四……」

しかし――定員の百四十四名を数えたのちも、その手が動き続ける様子を見て、生徒たちはこっそりと顔を見合わせました。

教授は一体なにを数えてるんだ？

さて、その答えを言うならば――首をかしげる彼ら、自然数で計数される生徒たちのほかに、今や教授の教室には、負の数やゼロや無理数や複素数で計数される生徒たちが詰め掛けているのです。一般人には認識することも、おそらく想像することすらもできない〝彼ら〟は、しかし、教授にとっては我が手の指にも等しい身近な存在なのです。

すべての生徒を数え終わると、教授は満足げに言いました。

「よろしい。では、授業を始めよう」

――あら、坊ちゃま。難しい顔をされて、どうなさいました？

え、なにがなんだか分からない？

あら、それはもったいない。これはとても面白いお話なんですよ。その面白さの度合いを、分かりやすく数字で表わしますと……。

平和の運び手

百万光年のちょっと先、今よりほんの三秒むかし。ある惑星を二分し対立するふたつの超大国の間では、大戦争に向けて緊張が高まりつつありました。赤色人種と、緑色人種。肌の色によって分かたれたふたつの人種、ふたつの民族、ふたつの国家は激しく憎み合い、互いののど首に手を掛け合っているのでした。

そんなある時、赤色国の代表の下《もと》をひとりの男が訪れ、奇妙な自己紹介を始めました。

「フフ……言うなればわたくし、〝平和の運び手〟なのでして――つまり、科学者であり、商人であり、また、ある種の問題解決を生業《なりわい》とする者であります」

「問題解決……？」

「国家間の問題の、恒久的解決です」

男はそう言うと、悪魔のようににたりと笑いました。彼の言う〝平和〟や〝解決〟とは、問題の原因となる存在の抹殺――つまり、男は恐ろしい兵器を売り歩く武器商人だったのです。

折しも、赤と緑、両国の国力は拮抗しており、一朝《いっちょう》ことが起これば、泥沼の長期戦に互いが疲弊し尽くし、共倒れに至ることは明らかでした。もちろん、両者共にそんなことは望んでいませんが、さりとて一瞬でも気を抜けば、相手にその隙を突かれてしまうかもしれない――そうした疑心暗鬼がひとり歩きして、事態はまさに一触即発の状態にありました。敵の攻撃そのものではなく、攻撃を予感し身がまえる心理的な重圧が、ふたつの国を破滅の淵へと追い立てていたのです。

「で、あればこそ――今すぐに片をつけてしまわれるのがよろしい」

そう言って武器商人が持ち出してきたのは、種族間戦争で使われるという遺伝子爆弾、すなわち、対象となる生物の特定遺伝子に働き掛けることで効果を発揮する生物化学兵器でした。

「奴らのおぞましい緑色のベタベタした皮膚！　あのいやらしい色合いを出す色素細胞が一斉に癌《がん》化したら？　あるいはアレルギー性のショック症状を起こしたらどうでしょう？　効果はよりどりみどり、お好み次第！　いずれにせよ、この星から緑色の肌をした輩《やから》はきれいさっぱり一掃されるというわけです」

「なるほど、つまり、敵国の人間のみが発症する疫病をばらまくというわけか。しかし、そんなすさまじい兵器を一方的に使うことには、道理が通るまい」

代表が渋ると、武器商人は言いました。

「悠長なことを言っている場合ではありませんよ、閣下。万が一、敵が同様の兵器を手に入れた時のことを考えてごらんなさい。人道を尊重した側が後《おく》れを取って滅ぼされてしまうのでは、それこそが道理に合わぬというもの。まずは先手必勝、仁義や道徳について思いを致すことができるのも、生きていればこそではありませんか」

「む……それもそうか……いやしかし、やはり表立っては大義というものが必要だ」

「もちろん、閣下がお悩みになるのはもっともなことです。これは非常に困難な決断ですからね。しかし、ことここに至ってはもはや情けは無用、むしろ身の程を忘れ、貴国にこのような苦渋の決断を迫ってくる貴奴らの横暴さにこそ罪があるのです」

武器商人は言葉巧みに代表にささやき掛け、彼の抱く罪の意識を敵国への憎しみへとすり替えていきます。そうして数時間も話すと、悪いのは完全に敵国のほうであり、それを討ち滅ぼすのは正義の行ないであると、代表はすっかり信じ込んでしまいました。

その顔色を読みながら、武器商人はさらにあおり立てます。

「さあ、あのおぞましく、忌まわしく、憎たらしい連中を根絶やしにしてやろうではありませんか……いや、ただ殺すだけでは飽き足らない。そう、死にも勝る恥辱を与えてやりましょう」

「なに、恥辱とは……？」

「貴奴らの遺伝子を変異させ、姿形をすっかり変えてしまうのです。想像もつかないほどの、さらにおぞましく、さらに忌まわしく、さらに憎たらしい姿に！　恐ろしく醜い怪物に変えられておめおめと生きながらえる奴らの姿……ははは、これは見物《みもの》ですよ!!」

そう言って笑う武器商人の表情は、ああ、確かに悪魔そのものでしたとも！

ほどなく正式な契約が為され、武器商人の設計と指揮の下、遺伝子爆弾を搭載した弾道ミサイルの量産が始まりました。これらのミサイルは、ひとたび戦いの火蓋が切られるや、緑色国の領土にありったけが撃ち込まれ、緑色人種の全員に劇的な細胞変化をもたらし、醜い怪物に変えてしまうのです。

その一方――これは赤色国の人々も知らないことでしたが――武器商人は忙しい作業の間を縫って、こっそりとどこかに出掛けていました。その行く先は、敵国たる緑色国。なんたることか、この卑怯な武器商人は双方の国に内通し、両者共に同様の兵器を売りつけていたのです。

そして……ついに、運命の日が訪れました。赤緑両国から発射された何万発というミサイルが空を飛び交い、惑星全土に雨あられと降り注ぎました。迎撃システムもシェルターも、圧倒的な物量の前には焼け石に水。赤色人も緑色人も、ひとり残らず恐ろしい人工の疫病に晒《さら》されることになりました。

ここに至ってようやく、両国の指導者たちは気づきました。これらの状況は、すべて武器商人がお膳立てしていたこと。ひとつの惑星が丸ごと、あの悪魔のような男の手のひらの上で踊らされていたのです。

しかし、気づいたところで、もはや時はすでに遅し。まもなく、彼らは自分たちの起こした愚かしい戦争のつけを払い、共に滅んでいくことでしょう。肌の色を問わず、すべての人間が恐ろしい病に苦しみ、怪物のような姿となって――

武器商人の言っていた〝平和〟とは、つまり当事者すべての死によって生み出される静寂の世界のことを指していたのでしょうか。

――いえいえ、それが、ちがうのです。

遺伝子爆弾の発症は、急速かつ劇的なものでした。赤色人と緑色人は――パッ！　まるで魔法の呪いを掛けられたように、それぞれの考える忌まわしい醜い姿に、その姿を変異させました。すなわち、赤色人は湿った緑色の肌に、緑色人は乾いた赤色の肌に――

それだけではありません。惑星の大気中には未だ、肌の色の強制変換を行なう人工疫病が残留していたため、緑色に変わった肌は再び赤色に、赤色に変わった肌は再び緑色に変わるのです。

その結果――パッ！　パッ！　パッ！　彼らの肌は赤に緑に、まるでネオンサインのように、交互に変色するようになってしまいました。そして、数か月が経ってようやく症状が落ち着いたころには、どちらの国の人間も、赤とも緑ともつかないだんだら模様になってしまっていたのです。

これではもう、どこの誰が何色人かも分かりはしません。もちろん戦争などは続けられるはずもなく、彼らはただ、とっくの昔に逃げ去った武器商人に向けて、怒りの拳《こぶし》を振り上げるばかりでした。

「あいつめ、見つけたら裸にひん剥いて、まだらに塗ってやる！」

――遠い彼方の星でその顚末《てんまつ》を聞いた件《くだん》の武器商人は、おなかを抱えてげらげらと笑いました。そして、たちまちそんなことはきれいさっぱり忘れ去って、次の仕事先へと赴くと、こんなふうに自己紹介を始めたのでした。

「フフ……言うなればわたくし、〝平和の運び手〟なのでして――」

墓守と風の幽霊たち

百万光年のちょっと先、今よりほんの三秒むかし。ある惑星の片隅に、小さな墓地がありました。そこには九十九個の墓石と共に、ひとりの若い墓守が住んでいました。訪れる者とてないうらぶれた墓地にあって、ひとりぼっちの墓守の暮らしはたいそうさびしいものだと思われましたが——いいえ、ところが、そうでもないのです。

夜ともなると、墓地には生暖かい風が吹き、九十九個の墓石の回りにそれぞれ渦を巻き始めます。やがてそれらの渦は、石材の硬い表面に刻まれた装飾によって微妙な偏向を加えられ、それぞれの個性を以て独自の動きを始めるのです。ある者はしわがれた声でひゅうひゅうと歌を歌い、ある者は見えない手で梢《こずえ》を揺らし、はたまた、埃《ほこり》を舞い上げてダンスを踊る者や、夜に咲く花の香りを振りまく者もいます。

つまり彼らは、硬い墓石と形のない空気を媒体にした、一種の生命体なのです。もちろん生きた人間とはちがいますし、そもそも厳密な意味での生きものでもありませんが、そのひとりひとりが、かつてこの地に生きていた人間の魂の名残を宿した、れっきとした一個人だったのです。

九十九人の仲間——風の幽霊たちに囲まれ、墓守は満ち足りた日々を過ごしていました。毎夜、窓の外では風音の合唱。屋根の上にはダンスの足音。ときどき、ドアの隙間からいたずら者がすべり込んできては墓守の頬をくすぐり、読んでいる本のページをめくり、お茶のカップから立ちのぼる湯気をくるりとねじります。夜の墓場に出る幽霊だからさぞかし陰気だろうと思いきや、さにあらず。彼らはお祭り騒ぎが大好きな、とびきり陽気な人たちなのでした。

しかし、楽しい時は永遠には続かないもの。特に、風と石で出来た幽霊たちとちがって、生きた若い人間である墓守には、もっと広い世界に飛び出していきたいという気持ちもあったのです。

「きっと、また帰ってくるよ」

そう言ってこの土地を去り、遠い恒星へと旅立っていく墓守を、風の幽霊たちはひゅうひゅうくるくると身を踊らせながら見送りました。

そして千年が経ち、その間に、この惑星は大きく様変わりしました。

まず最初の三百年に、とある星間企業の出資によって、大規模な都市開発がなされました。陸地のほとんどが、高いビルと幅広い道路網に覆われ、小さな辺境惑星はいっぱしの都市惑星へと変貌していきました。

次の三百年は繁栄の時代でした。星間交通の要所として、また、たくさんの星系企業の本拠地として、この惑星は何百億という人口を抱えて栄えに栄えました。

続く三百年は衰退の時代でした。周辺星域の資源は枯渇し、企業は撤退し、人々もまた、潮が引くようにこの地を去っていきました。

そして、最後の百年は死の時代でした。もはやこの惑星には、大きなビルが墓標のように建ち並ぶばかり。生命の気配とてない、無人の世界です。

そのような千年を、九十九人の幽霊たちは、ただひゅうひゅうとささやき合いながら、そっと眺めていました。彼らの小さな墓地はこの惑星の中でも辺境にあったため、都市化の影響を受けることはありませんでした。あわただしく、華やかな時代の趨勢《すうせい》になんら関わることなく、彼らはただひゅうひゅうくるくると日々の生活を送っていました。風の幽霊たちにとって、この千年は一瞬の儚《はかな》い夢のようなものなのでした。

そんなある日、一団の男たちがこの地を訪れました。この惑星に降り立つ者は百年ぶり、この墓地を訪れる者は千年ぶりです。

彼らはこの惑星を開発した大企業の会長の側近たちでした。千年間、延命を繰り返した創業者がついにその寿命を迎え、我が身をこの惑星に葬れとの遺言を遺していたのでした。「我が身」と言っても、遺体を運んで来たわけではありません。会長の名を刻んだ墓石を墓地に納めに来たのです。

墓石の設置が終わると、男たちは口々に言いました。

「――しかし、なんだってまあ、こんな辺鄙《へんぴ》なところに納まりたいのかね。会長なら、もっと栄えた惑星の一等地に百階建ての記念碑が建てられるだろうに」

「そりゃあ、この惑星の開発が、あのかたの最初の大事業だったからさ」

「それに、もともとこの惑星はあのかたの故郷だったそうだ」

「なるほど、故郷に錦《にしき》を飾ったというわけか。しかしそれも、今となっては夢の跡ってところだな……ほら、見ろよ」

男たちは顔を上げ、遠い無人の都市を眺めました。地平線から、いくつかの高層ビルが飛び出して見えます。

「まるで、でっかい墓石だな」

「この星全体が、会長の偉業を示す記念碑であり、墳墓《ふんぼ》である……てなところかね」

「まあ、そんなとこだろう」

陽の傾いた空を見上げ、男のひとりが言いました。

「もう行こうぜ。ここは夜になると風が出るそうだ」

男たちが宇宙船に乗って去っていくと、あとには生きものの気配ひとつない死の大地が、ただひっそりとたたずむばかりでした。

が――ほどなく、日暮れと共に、あたりに生暖かい風が吹き始めました。風は九十九個の、そして百個目の墓石の回りに渦を巻き、やがて百人の風の幽霊になりました。

そして、百人目の幽霊は、ひゅうひゅうとした風の声で、九十九人の幽霊たちに告げました。

（やあ、帰ってきたよ）

そう、彼こそは、大規模惑星開発をも可能にする巨大星間企業の創業者であると同時に、千年前にこの墓地を去った若い墓守でもあるのでした。

九十九人の幽霊たちがごうごうと唸《うな》りを上げて彼の帰還を歓迎すると、元墓守（あるいは新参の幽霊）は、仲間たちに向かって言いました。

（それじゃあ、さっそく遊びに行こう）

百人の幽霊たちは夜の風に乗って、びゅうびゅうごうごう大騒ぎしながら墓地を飛び出しました。その行く先は、かつての住人たちが残した無人の大都市——いえ、無人ではありません。

夜の街では、一千万人もの幽霊がにぎやかに往来していました。この惑星に作られたビル群は壁面に墓石と同様の彫刻を施され、夜ごと吹き荒《すさ》ぶビル風を活力の源として、かつての住人たちの営みを呼び出す仕組みになっていたのでした。

百人の墓地の幽霊たちは、一千万の都市の幽霊たちの中に飛び込んで、歌ったり踊ったり、それは楽しい大騒ぎを夜通し繰り広げました。そして朝ともなると、陽の光にかき消えて、次の夜を待つのです。

その惑星は、はた目には、さびれた廃墟《はいきょ》を風が吹き抜けるばかりの、うち捨てられた場所と見えるかもしれません。しかし、そこに棲《す》むものは、そこがこの世で一番にぎやかで楽しい場所だということを、誰よりもよく知っているのです。

——坊ちゃまも、いつか夜のお散歩をなさる時、風の声に耳をすませてごらんなさい。ふわふわとうつろいながら、それでいて永遠の命を持つ見えない誰かの、楽しげな笑い声が聞こえてくるかもしれませんよ。

ドロン猫と猫捕り名人

百万光年のちょっと先、今よりほんの三秒むかし。ある星系の惑星軌道村に、いたずら者の宇宙猫が現れました。

量子力学的な忍びの術に長けているこの猫は、その体をいくつもの可能性が重なり合った状態におくことで、いくつもの場所に同時に少しずつ存在することができました。こちらと思えばまたあちら、ひとたびその身を不確定的存在へと変じたが最後、彼を捕らえることはもはや誰にもできません。ある時は放牧ステーションから遺伝子改良ソーセージの子供をさらって逃げ、またある時は衛星露店の店先からぴかぴかの宇宙イワシを失敬し、人を喰ったにやにや笑いだけをあとに残してドロンを決め込むこの猫を、人々は（特に肉屋や魚屋は）いまいましげに〝ドロン猫〟と呼びました。

やりたい放題のドロン猫に業《ごう》を煮やした軌道村の人々は（特に肉屋や魚屋は）、みんなで相談して、猫退治のために人を雇うことにしました。害獣駆除業者や星間ハンター、量子生物学者などなど……しかし、その誰もが、ドロン猫の尻尾の先さえもつかめず、にやにや笑いを背にあびて、こそこそと引き返していくばかり。ひとり、ふたり、終《しま》いには十人以上もの挑戦者が尻尾を巻いて引き下がり、もはや打つ手はないかと思われました。

そんな折り、最後の最後にこの場を訪れたのは、ひとりの名高い猫捕り名人でした。人間原理と独我論の達人であるこの名人が「我思うゆえに万物あり」という強固な信念の下《もと》にはったとにらみつけるや、不確定的存在と化した猫はその可能性の尻尾をがっちりと握られ、捕らえられてしまうというのです。その仕事の成功率は一〇〇パーセント。一度たりともし損じたことはないとのこと。

これならば大安心、今度こそあの性悪猫《しょうわるねこ》めも年貢の納め時だわい、と村人たちが息巻く中、名人はじっと目を閉じてなにごとか思案していましたが、突然目を見開くと、空中の一点を指差して叫びました。

「そこだ！」

すると――ギャッと叫び声を上げて、一匹のトラ猫が空中に姿を現しました。こっそりと身を隠して村人たちの様子を窺っていたドロン猫が、名人の眼力に中《あて》られて姿を現したのです。

すわ、村人たちは手に手に網や棒きれを持って駆け寄りました――が、ドロン猫は床に落ちることなく、目に見えない力で突き飛ばされたように宙を飛ぶと、壁に当たってドロンと消えました。

どうやら、名人の眼力がドロン猫の体を強く突き飛ばしたために、結果として尻尾を捕まえ損ねた……ということのようです。村人たちは名人の力にいっそう感心しましたが、当の名人は再び目を閉じ、かぶりを振って言いました。

「いやいや、あの猫めの業《わざ》こそ大したもの。尋常の手段では捕まえられまい」

つまり、あたかも、軽い羽毛がつかもうとする手からふわりと逃げてしまうように、ドロン猫があまりに身軽なため、名人が彼を捕まえようとして目をやれば、その眼力を利用して逃げられてしまうというのです。

「それでは、いったいどうすれば」

村人たちが心配そうに聞くと、名人は重々しくうなずきました。

「案ずるな、わしに考えがある」

さて、それから数日の間はドロン猫もおとなしくしておりましたが、やがてほとぼりが冷めたとみたか、はたまた空《す》きっ腹《ぱら》に耐えかねたか、乾物屋の店先にこっそり姿を現すと、宇宙カマスの干物を引こうとし始めました。

その時、

「先生！」

物陰に隠れていた店主が声を上げると、

「おう！」

ドロン猫の目の前に、名人がパッと姿を現しました。猫と同様、我が身の存在を薄く広げて、待ちかまえていたのです。

ギャッ！　ドロン猫は驚いて三メートルも飛び上がると、たちまち空中にドロンと消えました。そして、右か左か、前か後ろか、無数の可能性に我が身を変えて、四方八方に逃げ去っていきます。その分身のひとつひとつが別々の分岐世界へと飛び込み、思い思いの方向に駆けていくのです。これは言うなれば、鬼ごっこで追われる子供たちがちりぢりに分かれて逃げるようなもの。全部いっぺんに捕まえるのは無理な相談です。

ただし、これが鬼ごっことちがうのは、鬼のほうもちりぢりに分かれることです。つまり、猫を追う名人も、猫と同様に分身の術を用いて、猫が千匹に分かれるなら千人に、百万匹に分かれるなら百万人に分かれながら、確実にあとを追っていくのです。

こうなると、状況は一対一の追い掛けっこと変わりません。走る猫を追い掛けてつかまえるのは、それでもなかなか難しいことですが、名人（のひとり）はついに、ドロン猫（の一匹）の尻尾を捕まえました。もっとも、これだけでは、残りの九十九万九千九百九十九匹の猫は逃げ切ることになってしまいますが――次の瞬間、

「ぬうん！」

気合いと共に、尻尾をつかんだひとりを除くすべての名人たちは、おのれの精神を静め、完全な無としました。すると――パッ！　それら九十九万九千九百九十九人の名人たちが属する九十九万九千九百九十九の宇宙が、九十九万九千九百九十九匹の泥棒猫もろとも、跡形もなく消滅しました。

「我思うゆえに万物あり」とする独我論《どくがろん》の達人が思うことをやめたために、彼らの属する宇宙が本人ごと消えてしまったのです。

可能性の宇宙を百万にも分岐させた上で、成功したひとつを残して跡形もなく消し去る――これこそが名人の仕事ぶり、成功率一〇〇パーセントの秘密なのでした。

さて、そのようにしてドロン猫を捕まえると、名人はその尻尾をがっちりとつかんで、集まってきた村人たちの前に掲げて見せました。

――さてさて、捕まえてはみたものの、この猫を、これからどうしましょう？　名人が手を放した途端、ドロン猫は再び姿を消して逃げ出してしまうでしょうし、かと言って、ずっと名人に尻尾を握っていてもらうというわけにもいきません。「いっそこの場で殺してしまえ」という声も上がりましたが――

「いや、それはよくない」

と、名人は言いました。

「下手《へた》に殺そうとすれば、こ奴め、自分が死んだ場合と生き延びた場合にその身を分裂させて、半分は確実に生き延びてしまう。それよりも――」

名人は自分の荷物の中からひと抱えほどの大きさの箱を持ってこさせると、その中にドロン猫を放り込み、しっかりとふたを閉めました。

「この箱は完全密閉の仕組みになっており、いかなる物質も、また情報も、まったく出入りすることはできぬのだ。これ以降、決してこのふたを開けてはならぬ。『そろそろ死んだか』と確認することもならぬ。ふたを閉めている限り、この盗人《ぬすっと》猫めは生きているとも死んでいるとも言い切れぬ状態で箱の中に留め置かれるのだ。悪さをしないようにするためには、それで充分だろう。箱ごと倉庫にでもしまってしまえばよい」

そう言い置いて村を立ち去る名人を見送りながら、なるほど、さすがに手抜かりのないことだと、村人たちはよろこび合いました。

——が、その中に、

「……ふん、どうだか」

ひとりだけ、疑り深い男がおりました。

「中を見られないんじゃあ、猫が入っているかどうかも分からんじゃないか」

「そうは言っても、ふたを開けるわけにもいかんだろう」

「そうとも、そんなのは、今さらどうでもいいことさ」

周囲の人間が言いましたが、男は引き下がりません。

「俺は最初から怪しいと思っていたんだ。それで、奴に箱を渡す前に、目方を量っておいたのさ。もしもこの中に猫の奴めが入っているなら、生きていようと死んでいようと、その重さだけ全体の目方が増えているはずだ」

「……なるほど、それはもっともだ」

そこで村人たちは、箱を秤《はかり》に掛けてその重さを確かめました。すると——

さて、その一方。村人たちからたっぷりと礼金を受け取った名人は、村から充分に離れたところで、ポンと自分の胸元を叩《たた》きました。——と。にゃあ、とひと声鳴いて懐からひょっこりと現れたのは、なんとまあ、件《くだん》のドロン猫ではありませんか。

つまり、このひとりと一匹は、最初からぐるだったのです。ドロン猫があちこちの村や町で騒ぎを起こし、あとからやってきた名人が捕り物を演じて礼金をせしめるという、なんとも小癪《こしやく》なやり口で、彼らは世渡りをしているというわけ。

さてさて、このたびの仕事も上手くいったわいと、猫と名人がにやりと笑い合った、その時——

「待て、このペテン師め！」

何人もの男が、村のほうから駆けてきました。名人のいかさまを知って追ってきた村人たちです。手に手に棒きれを振りかざし、さんざんに懲らしめてやろうというかまえ。捕まったら只では済みません。猫と名人は再び顔を見合わせ、そして——

ドロン！

流れ着いた手紙

百万光年のちょっと先、今よりほんの三秒むかし。ある惑星の沿岸地帯に、ひとりの若い学者がやってきました。彼の専門は地質学。この土地の地層を調べるために作られた研究所の職員に採用されたのです。

彼は期待された通り、日々、鉱物の成分の調査や堆積《たいせき》過程のシミュレーションなどの仕事をこなしていきましたが……ある日のこと、ふと、仕事の合間に海岸を散策してみようと思い立ちました。

海岸は肌理《きめ》の粗《あら》い砂浜で、見晴らしよしと言うにはいささか取っ散らかった様子でした。というのも、あたりには波に運ばれて流れ着いた漂着物が、至るところに転がっていたのです。

「こりゃあ、まるでゴミ溜めだなあ」

と学者は呟《つぶや》きましたが、それでも少しばかり興が乗って、漂着物のひとつひとつを手に取って観察し始めました。流木に貝殻、動物の骨、壊れた釣り具、難破船の破片や異国の日用品――よくよく見てみると、どの品もこの品も、それぞれの経てきた小さな歴史を感じさせて、なかなか趣《おもむき》があるものです。

と――彼は足元で蟹《かに》にたかられている、小さなものに気がつきました。

「お……？」

学者はそれを拾い上げました。片手に収まりそうな小さなビン――青み掛かったガラスを通して、中には四角い板か、紙片のようなものが入っているのが見えます。その表面には、なにか、たくさんの記号のようなものが記されているようです。

「おや、これは……！」

浜辺を歩いたり、流れてくるものを観察したりする人なら、誰でも一度は〝ビンの中の手紙〟に思いを馳せたことがあるでしょう。もちろん、この学者だってそうです。はるかな時間と空間を越えて自分の元に届いた、見知らぬ誰かからのメッセージ。なんともわくわくするじゃあありませんか。

「ねえ蟹くん。悪いが、これはたぶん君宛てじゃあないと思うな」

彼は足元でハサミを振り上げる蟹に笑い掛けると、拾ったビンを研究所に持ち帰り、さっそく栓を開けようとしました。

……が、金属の栓はしっかりとビンに喰い込んでいて、とても開けられません。それならばと、ビンを壊して中身を取り出そうとしたのですが――

どうしたことか、金槌《かなづち》で叩《たた》くと金槌が、鋸《のこぎり》で切ろうとするとその鋸が、まるでバネ仕掛けのように強い力で弾き返されます。どうやら、ガラスと思えたその材質は、なにか別のもののようです。

「これは、なかなか難物だぞ」

学者は本腰を入れて、研究所の設備を使って検査をしようと決めました。超音波や赤外線、放射線、化学薬品など、あらゆる検査手段を用いてこのビンの正体を突き止めてやろうというのです。

が——まず最初にビンを音響測定器に掛けた瞬間……ドカン！

「どうした!?」

爆発の音を聞きつけて、同僚の学者が飛び込んできました。

「ああ、いや、これは……」

学者は口ごもりました。まさか「拾ったビンを高価な検査機械に掛けたら爆発した」なんて言えません。

しかし、

「ははあ、やったな」

同僚は機械の破片の中から小さなビンを拾い上げると（それはまったくの無傷でした）顔の横で振り、にやりと笑いました。

「やったって……なにを?」

学者が思わず聞き返すと、同僚は無造作にビンから手を離し、そのまま落としました。するとぽーん。硬いビンはまるでゴム毬《まり》のように床を跳ね、彼の頭ほどの高さに飛び上がり、再び手の中に収まったのです。

「この通り、こいつは自分に加えられたエネルギーを、水増しして打ち返すんだ。光でも熱でも、衝撃でもね。それでいて、本体にはなんの変化もない。なによりも頑丈な容器ってわけだよ」

「……それがなんだか知ってるのかい？」

学者が聞くと、

「いや全然」

と、同僚は肩をすくめました。

「海流の都合で、ときどき浜に流れ着くんだ。俺がこの土地に来てからだけでも、もう百回は見たかな。まあ、この辺じゃ、ありふれたものだよ」

「なにを言ってるんだ」

学者は反論しました。

「『ありふれた』どころか、そんな性質を持つ物体なんて、聞いたこともない。とてつもない技術の産物だぞ」

「まあね。誰も知らない古代文明の遺物か、それとも宇宙人の落としものか……未来人が送り込んできた逆タイムカプセルだ、なんて言う奴もいる」

「すごいじゃないか！　そんな超技術の持ち主からの手紙だなんて、いったいなにが書いてあるんだろう!?」

学者は興奮して叫びましたが、

「さあねえ……なにしろ、調べようとするとあれだから」

同僚は気乗りしない様子で言うと、いきなり窓を開けて、ビンを投げ捨ててしまいました。

「あっ!?」

学者は窓に駆け寄りました。

ビンは三階の高さを落下し、岩場に大きく二、三度跳ねると、海の中に飛び込んで消えました。

「なにをするんだ!」

あわてて身をひるがえし、部屋を飛び出そうとする学者を、同僚は手振りで止めました。

「よせよ。今度は研究所を吹っ飛ばすつもりか?」

「しかし――」

まだ納得が行かない様子の学者に、同僚は言いました。

「それに、あんまり他人さまの手紙を読みたがるもんじゃないぜ」

――さて、それから数か月。学者はまだ、気が向くと浜辺を歩き、漂流物を眺めるという習慣を続けていました。週に何度かは、例の小さなビンも――色や形が微妙にちがうものが――見つかります。

ある日もまた、学者は足元の蟹からビンを取り上げて言いました。

「よせよせ、ハサミを痛めるぞ。栓の開けかたも分からない奴はお呼びじゃないよ」

そして、大きく腕を振り、そのビンを沖に向かって投げるのでした。

波間に消え、おそらく海流に乗っていずこかに流れていくビンを見送りながら、学者は呟きました。

「――あれは、僕ら宛てじゃあないんだよ」

お脱ぎになっても大丈夫

百万光年のちょっと先、今よりほんの三秒むかし。銀河系を飛び出したはるか先に、それはそれは恐ろしい暗黒星団がありました。そこは、超・超高密度天体が二重、三重、何十重もの連星となって互いの周囲を巡り、すさまじい重力と放射線、沸き立つプラズマと小惑星群の奔流を投げ合うこの世の地獄。〝悪魔の大あご〟と呼ばれる、宇宙最大の難所なのでした。

そして、その剣呑《けんのん》な星域の真《ま》っ只中《ただなか》には、一軒のレストランがありました。

そんなところに店をかまえたって、お客なんか来やしないだろう、ですって？　いえいえ、それが――

そのレストランの主人は当代最高の美食家にして料理人として知られる人で、彼が銀河中に経営する九百九十九軒のレストランは、どこも大にぎわい。九百九十九日先まで予約が埋まっているというありさまでした。〝悪魔の大あご〟のレストランは、そんな彼が千軒目に、自分自身のために建てた店だというウワサで、たいへんな注目を集めていたのです。

「なるほど、誰にも邪魔されずに、自分ひとりで食事を楽しみたいということか」

「さぞかし旨《うま》いものを喰っているんだろうなあ！」

「しかし、広告には『どなたさまもお気軽にお立ち寄りください』と書いてあるぞ」

「皮肉のつもりだろうが、なんとも小癪《こしゃく》なことだ」

「ああ、来いというなら行ってやろうじゃないか！」

人々は口々にうわさし、血気に（あるいは食欲に）はやる者たちが、何百何千と宇宙船を駆って飛び出しました。

しかし、帰ってきた者はひとりもいません。彼らの宇宙船が〝悪魔の大あご〟に足を踏み入れるや否や、重力に引き裂かれ、小惑星に叩《たた》きのめされて、あっという間に乗員もろともスクラップになってしまったことは、見るまでもなく明らかでした。それから何年にもわたって、勇気ある挑戦者はちらほらと現れましたが、満腹の腹をさすって帰ってくる者は、やはりひとりもいなかったのです。

その間、宇宙最高のレストランは、訪れる者もなく、荒れ狂う危険星域の只中に、ひっそりと明かりを灯《とも》していました。おそらくは、これから先の何年、何十年もの間、この店は主人ただひとりのために存在し続けるのでしょう。皆がうわさするように、それこそが主人の望みだったのでしょうか。

いえいえ、そうではありません。主人は本当に、艱難辛苦《かんなんしんく》を乗り越えてやってくるお客を、今か今かと待ち続けていたのです。

そして、ある日のこと。

コン、コン。レストランのドアをノックする者がありました。続いて、表から呼び掛ける声がします。

「どうも。営業中かね？」

「もちろんです！」

すわ！　主人は店から飛び出して、お客に向かって深々と頭を下げました。

「いらっしゃいませ……お？」

主人の目の前にあったのは、黒い壁——いえ、山のように大きな鋼《はがね》の構造体でした。黒々とした体のあちこちがブンブンチカチカと光ったり唸《うな》ったり。まるで夜の都会がのっそりと歩き出したような姿。

巨大な鋼の怪物が、指先を伸ばしてドアを叩いていたのです。

「どうぞ中へ——いえ、一旦こちらへ」

ドアから入るにはあまりにも大きすぎる鋼の怪物を、主人は宇宙船の駐機場に案内しました。

「実にけっこうなお召しものですね」

主人が言うと、怪物は——いえ、失礼——お客は答えました。

「ああ、このあたりはひどい重力嵐だからね。惑星植民地用の重力中立化装置と発電設備を外骨格スーツに積み込んだら、こんな図体になってしまったんだよ。やたらにかさばってしまって、迷惑じゃないかね」

「いえいえ、とんでもない。ですが、店の周辺は私どもの装置が働いていますから、もうお脱ぎになっていただいても大丈夫ですよ」

「それはありがたい」

パカリ。怪物のおなかが左右に開きました。中から現れたのは、なめらかな銀色に輝く、ぴかぴかの宇宙服でした。まるでスポーツカーみたいにスマートです。

主人はお客をエアロックに案内しながら言いました。

「これはまた、けっこうなお召しものですね」

「ああ、このあたりは致命的な放射線が飛び交っているからね。軍事用クラスの対被曝機能を持った宇宙服を仕立てたんだ。どうにも大げさで、すまないね」

「いいえ、とんでもない。ですが、店内は完全に遮蔽《しゃへい》されていますから、もうお脱ぎになっていただいても大丈夫ですよ」

「それはありがたい」

パカリ。宇宙服の上半身が前後に割れました。中から現れたのは、眩《まぶし》く輝く光の塊。まるで小型の太陽のようです。

主人はお客を店の奥に案内しながら言いました。

「またまた、けっこうなお召しものですね」

「ああ、このあたりは高速かつ大質量の小惑星が砲弾のように飛んでくるからね。それで、対衝撃性のプラズマフィールドを身にまとっているというわけだよ。ちょっと派手すぎるかな」

「いえいえ、とんでもない。ですが、もちろんこの店内に小惑星が飛び込んだりはしませんから、もうお脱ぎになっていただいても大丈夫ですよ」

「なるほど、それももっともだ」

パカリ。プラズマの塊は左右に割れると、空中に散って消えていきました。中から現れたのは、品のよいスーツを着た紳士でした。スーツの生地は高級で、仕立ても上々。いかにも洒落た感じです。

お客はフィールドの発生装置を手首から外すと、ポケットにしまいました。

「さあ、これでいよいよ身軽になった。どうか、このスーツが店の雰囲気に合っているといいんだが」

「実にけっこうです」

お客がテーブルに着くと、主人が自ら腕を振るったコース料理が始まりました。

空《そら》クラゲの卵の前菜に、電磁竜の背びれのスープ、大砂虫の肝のソテーに、流星のかけらを散らしたシャーベット——どれひとつを取っても、宇宙に比類のない美味、珍味です。

「素晴らしい。これは旨い、どれもこれも最高に旨い」

お客はひと口ごとに驚きの声を上げました。

「ああ、いや失敬。ご主人、私はあなたのような食の専門家ではないもので、この感動をどう表したものか……いやはや、美味としか言いようがない」

するとと、主人は満足げにうなずいて言いました。

「なによりのほめ言葉です。お客さまにそうおっしゃっていただくことこそ、我がよろこびというもの……さあ、メインディッシュをどうぞ」

そう言って、主人が厨房からワゴンに載せて持ってきたもの。ディッシュカバーの中から現れたもの。それは――

「おや、なんだいこれは」

お客は首をかしげました。大皿に載っているのは、なにやらごつごつとした岩の塊のようなものです。

「それはとあるガス巨星の最深部に棲《す》む、貝の一種です。高熱、高圧の高速潮流に晒されるその殻は、加熱、冷却、腐食、衝撃など、あらゆる外的作用に耐えるため、事実上、調理不可能と言われております」

「それじゃあ、こいつは生だってことかい？」

「ええ、この貝は生きたまま召し上がるのが一番いいのです」

「しかし、この殻はナイフやフォークじゃ到底歯が立たないようだね」

「ええ、そこで――」

主人はサッと手をひらめかせ、皿の上にひとさじのソースをたらしました。すると――パカリ。岩のような貝殻が開き、中から白い、小さな体がニュッと伸びて、ソースをすすり始めました。

「ほら、今です。どうぞグサリと、そしてパクリといってしまってください」

主人は言いました。

「このように、過酷な環境に適応し、堅牢な殻を持つ生きものほど、その中身は柔らかく美味なのです。まったく、ひと口食べれば我が身がとろけ出すような旨さです。そして、この手の生きものを上手く引っ張り出して食べるのには、餌で釣るのが一番なのですよ。なにしろ、どんな生きものであれ、食事の瞬間というのは無防備になってしまうものですからねえ！」

「ははあ、なるほど」

お客はいたく感心しながら、言われた通りに岩貝の身にフォークを突き立てました。しかし――その背後で主人が目をぎらぎらさせ、よだれをたらしながら大きな口を開いていることには、まったく気がついていませんでした。口の中にはナイフのように尖った上下の歯がトラバサミのようにズラリと並び、今にもお客の頭にかじりつこうとしています。

そして、

「おお、こりゃあ旨い！」

お客が大きな声を上げた瞬間、ガブリ！

……そして、ガチリ！

「はがが……ッ!?」

主人はあごを押さえてうずくまりました。お客の頭は案外硬く、自慢の鋭い歯がボロボロに欠けてしまったのです。

「おや、スーツの頭部になにか当たったかな？」

そう言いながらお客が首をかしげると――

パカリ。〝スーツの紳士〟の上半身が左右に割れて、中から小さな生きものが出てきました。

生きものは――お客の本体は、身を乗り出して紳士型スーツの頭を確認します。

「なんだ、このベタベタした液体は……おやご主人、どうかしたのかい？」

「はが……い、いえ……」

やっとのこと立ち上がった主人は、お客に言いました。

「お恥ずかしい。大好物を目の前にして、思わずよだれをたらしてしまったようです。お召しものをクリーニングに出しますので、どうぞお脱ぎになってください」

すると、お客は再びスーツの中に戻り、元通りの紳士の姿になると、笑って答えました。

「いやいや、このくらいはかまわないよ。それに……まさか、レストランで素っ裸ってわけにもいかないからね！」

――つまりこれは、身なりだとか、マナーだとか、そういう一見煩わしいものが、案外身を守るために大切だ、というお話。

ですから坊ちゃまも、朝、晩、お風呂上がりのお着替えを面倒がって、下着で歩き回ったりなさらないように。いつか、後ろからガブリとやられてしまいますからね！

シャラリシャラリと、ガラスの実

百万光年のちょっと先、今よりほんの三秒むかし。ある惑星に住む人々の間では、個人の生活環境をコンパクトにまとめることが流行していました。人々は密閉された個室の中に籠《こ》もりきりになり、物質循環的には完全に独立しつつ、電子的手段によって外界との接触を保って暮らしていました。簡単に言うと、すべての人が、電源と通信を供給する一本のケーブルのみで外界とつながった、小さなカプセルの中に住んでいたのです。

カプセルの中にあるものは、ベッドと、通信端末と、汎用循環装置《リサイクラー》。それで全部です。本やおもちゃ、仕事の道具などはありません。仕事も遊びも、すべては電子情報のやり取りで済まされるからです。そしてまた、帽子や靴、よそ行きの外套《がいとう》などといったものもありません。彼らは本当に、一歩も外に出ないのです。とにかく、彼らの小さな生活の中には、無駄なものはなにひとつないのでした。

数十年が経つうちには、彼らは服を着ることもしなくなり、ベッドに寝る代わりに、部屋中に満たした暖かな人工羊水の中に、ぷかぷかと浮かんで過ごすようになりました。衰えた手足を縮めて、酸素と栄養分をチューブで摂取する彼らは、母親のおなかの中にいる、大きな赤ん坊のようでした。

さらに百年、千年という時間が経つうちに、人々は自らの肉体からも、無駄を省いていきました。まず、移動をすることはないので、脚は必要ありません。また、機械の操作や情報の入出力は脳内に埋め込んだ端末から直接行なうことにして、手も取り去ってしまいました。室内の状況は常に一定に保たれるので、目や耳のような感覚器官も要りません。猿から進化する時に毛皮と尻尾を捨ててしまったように、彼らはそれら不要な器官を取り除いて、自らの存在をますます効率化していきました。

当初は文字通り部屋ほどの大きさがあったカプセルは、やがて人の背丈ほどにまで小型化されていきました。人々は繭《まゆ》のような外殻《がいかく》の中にみっしりと詰め込まれて身動きも取れませんでしたが、しかし、その意識と感覚はケーブルを通じて外界に解放されていたため、ちっとも不自由を感じることはないのでした。今や、彼らにとってはカプセル自体が自分の体であり、体の中で内臓の身動きが取れないからといって、誰も気にしたりはしないのです。

それから、さらに。彼ら人体とカプセルその他の機材からなる人間たちは、ますますその機能を改良し、洗練していきました。消化器系、呼吸器系、循環器系など、内臓のほとんどは取り去られ、脳といくらかの神経だけが残されました。それすらも、身体の制御を担当する部位は必要なく、創造性を司る大脳前頭葉のみがあればよかったのです。

皮膚代わりの、いえ、頭蓋骨《ずがいこつ》代わりのカプセルの中には、脳の一部分と人工の髄液、そして機械的な濾過《ろか》装置が残されました。濾過装置はかつて使われていた循環装置よりはだいぶシンプルなものでしたが、髄液中に溜まった不純物を分解し、脳の活動によって消費された糖分を再合成する、必要充分な機能を持っていました。この装置に電力が供給される限り、彼らは半永久的に思考活動を続けることができるのです。

そして、その電力はごく小面積の太陽電池によって補われました。受光板を不格好に飛び出させる代わりに、彼らはカプセルの外装を透明度の高いクリスタルガラスにし、太陽電池をその内部に埋め込みました。

人間の脳と、いくつかの機械を埋め込んだ、ガラスのカプセル。陽の光を浴びてきらきらと輝くそれは、まるで不思議な木の実のようでした。大陸中に整然と立ち並ぶ大木のような支柱《ポール》と、そこから突き出た枝のような機械腕《アーム》、そして、そこからケーブルでぶら下がった何兆もの〝ガラスの実〟。今や、惑星ひとつが巨大な果樹園となっているのでした。

さて、ことここに至ると、彼らの間には、もはや通貨や情報のやり取りは存在しなくなっていました。おのおのがほぼ完全な閉鎖系として完成した彼らは、他者との交流を必要とせず、ただひたすらに暖かな孤独の中にまどろんでいました。

さて、ところで。惑星上には、彼らガラスの実と化した人類のほかに、システム整備用のロボットがいました。支柱《ポール》の錆《さび》を取り、機械腕《アーム》の傾きを直し、時には不幸にも地面に落ちて割れてしまったガラスの実を弔い、新たな実をケーブルで吊すのが、彼らの仕事です。彼らは支柱《ポール》数万本につき一体という、ごくわずかな数しか存在しませんでしたが、システムになんらかの故障が生じることはごくまれなので、これで充分。それればかりか彼らには、ときおり仕事の手を休めて、小高い丘の上から〝果樹園〟の風景を見渡す余裕さえありました。

陽の光を浴び、穏やかな風を受けてシャラリシャラリと音を立てるガラスの果樹園の姿は、まさに天上世界のありさまです。

「実にすばらしい」

一体のロボットが感に堪えない様子で言うと、

「ああ、まったくだ」

もう一体のロボットが深くうなずきます。

かつて比類なき活力で地上を動き回り、惑星全土を覆うほどの文明世界を築き上げた彼らの創造主たちは、今は赤ん坊同然に無力になって、彼らに世話されるままになっています。しかし、ロボットたちの創造主に対する尊敬は、そんなことでは揺るぎません。ガラスの実の中で眠る自らの主人の世話をすることは、彼らのよろこびであり、生きがいだったのです。

ところが、ある時。数十万年に一度という強烈な磁気嵐の影響で、惑星上に大暴風が吹き荒れました。

支柱《ポール》は倒れ、機械腕《アーム》はねじくれ、ガラスの実はひとつ残らず地に落ちて砕けてしまいました。なによりも恐ろしいことには、ガラスの実を――すなわち、カプセルに入れられた人類を――新たに製造する工場が完全に破壊されてしまったのでした。

「なんということだ……」

ロボットたちはのろのろと動きだし、砕けたガラスの中から潰れた脳髄のかけらを拾い上げ、ひとつひとつ、丁寧に埋葬し始めました。しかし、ロボットの数は少なく、砕けた実はあまりにも多かったので、彼らの主人たちのほとんどは、弔いも済まないうちに、雨に打たれ、風に吹かれてすっかり消え去ってしまいました。

そして、さらに時は流れ……現在。

小高い丘の上から、二体のロボットが〝果樹園〟の風景を見渡しています。

彼らの目の前に広がるのは、立て直された鋼《はがね》の支柱《ポール》の列。それぞれから突き出た機械腕《アーム》には、何百何千というガラスの実がぶら下がっています。

ただし、実の中は空っぽ。なにも入っていません。ロボットたちはガラスのカプセルを、その外殻だけは作ることはできたものの、中に入るべき精妙な装置や人類の脳組織を再現することはできなかったのです。

ああ、忠実なロボットたちは、完全に生きがいを失ってしまったのでしょうか。今この時も、真っ暗な絶望の中に暮らしているのでしょうか。

しかし——

「実にすばらしい」

一体のロボットが感に堪えない様子で言うと、

「ああ、まったくだ」

もう一体のロボットが深くうなずきます。

フラスコのような空《から》のカプセルには、かつての人類がみっしりと詰まっていた跡だけが、鋳型のように残っています。それは進化の果てに完全に無と化した彼らの主人の姿そのものです。かつて、物質文明を捨て、社会制度を捨て、肉体の大部分さえ捨て去った彼らの創造主は、今や自らの存在すらも完全に捨て去り……その結果、ますます崇高で神秘的な存在になったのだと、ロボットたちは考えていました。

シャラリ、シャラリ。透き通ったガラスの実は、陽の光を照り返し、穏やかな風に揺れながら、その身の虚《うつ》ろを響かせて、ますます涼やかな音を奏でます。

シャラララ。光と音の波が、ガラスの果樹園を渡っていくさまを、ロボットたちはいつまでも満足げに眺めているのでした。

——あら坊ちゃま、なんだかご不満な様子。もういなくなってしまったものが、まだいるものと同じだなんて、納得できないとおっしゃる？

そうですねえ。「いる」と「いない」は同じことなのか、ちがうことなのか、それは物の見方次第ということなのでしょうけれど……たとえば、お亡くなりになった大旦那さまや大奥さまは、今も暖炉の上の写真立てにいらっしゃるじゃあないですか。

「いないから、いない」と限った話でもないんじゃないかと、わたくしは思いますよ。

四つのリング

百万光年のちょっと先、今よりほんの三秒むかし。ある星系国家が、環境の変化や資源の枯渇、種族的な生命力の減衰など、さまざまな要因によって徐々に人口を減らしていき、終《しま》いに、たったひとりの少年を残して滅びてしまいました。

少年の育ての親であった星系頭脳（すなわち恒星の放射熱と惑星の公転運動を基盤とする巨大情報処理装置）は、主星が燃え尽きるいまわの際に言いました。

「あなたはこれから、この死んだ星系を出て、ひとりで生きていかなければなりません。私はもうあなたを守ってはあげられないが、この四つのリングがあなたの助けとなるでしょう」

そう言って、星系頭脳は少年に、ぴかぴか光る四つのリングを渡しました。

鉄と、銀と、金と、プラチナ。それら四つのリングをポケットに、少年は死んだ故郷の星をあとにして、星間航路へと歩み出しました。

さて、それから。

星から星へ、星雲から星雲へ。空隙《リフト》をぴょんと跳び越え、矮星《わいせい》に蹴つまずき、ブラックホールに落っこちかけながら、いくつもの銀河を渡り歩いた末に、少年はある栄えた星系に辿《たど》り着きました。

「やあ、ここはなかなかよさそうな星系《くに》だ。なんと言っても、にぎやかなのがいいね」

少年はそう言って、ここに留まることを決めました。幸いなことに軌道牧童の仕事の口が見つかり、彼は衛星軌道上で宇宙羊が迷子にならないように見張ったり、鋼の羊毛《スチールウール》を刈り取ったりして、毎日をつつがなく過ごしていたのですが——

ある時、近隣の星系との間に戦争が起きました。

戦力に劣るこの星系は、またたく間に首都惑星まで攻め込まれ、何千という強襲降下兵が、今にも星系国家の中枢を攻め落とそうとしていました。

「これはたいへんだ」

少年はポケットから鉄のリングを取り出しました。中空のリングは異空間へのゲートとなっていて、そこには鉄の強化服が隠されているのでした。

鉄の強化服を着てすばらしい偉丈夫《いじょうふ》となった少年は、敵の降下兵をあっという間に掃討し、たったひとりの働きで敵軍を押し返してしまいました。

人々はほっと胸をなで下ろし、その一方、戦闘の間に姿を消していた少年は、仕事の場を離れてどこへ行っていたのかと問いただされました。

「迷子の羊を追い掛けていたんですよ」

少年がそう答えると、なんとも間の抜けた奴だと、人々はみな彼のことを笑いました。

それから数日して、敵軍は何十隻もの対惑星砲艦からなる艦隊を差し向けてきました。

兵士による占領の代わりに、恐ろしい火力を突きつけることで降伏を引き出そうとしたのです。

「またしてもたいへんだ」

少年はポケットから銀のリングを取り出しました。銀のリングの中には、一隻の銀の宇宙戦艦が隠されていました。

銀色の完全反射シールドに包まれた巨大な宇宙戦艦が、突如として目の前に立ちはだかると、敵艦隊は運動エネルギー弾、熱エネルギーの束、あるいは化学的、原子物理学的、超次元物理学的な各種の反応兵器を雨あられとぶつけてきました。しかし、銀の戦艦のシールドはびくともせず、お返しとばかりに主砲ビームを斉射すると、彼らは跡形もなく蒸発してしまいました。

人々はほっと胸をなで下ろし、その一方、またしても姿を消していた少年は、いったいどこへ行っていたのかと問いただされました。

「軌道狼を追っ払うのに忙しかったんですよ」

少年がそう答えると、どうせ臆病風に吹かれて隠れていたのだろうと、人々はみな彼のことを笑うのでした。

それからさらに数日して、敵軍は星系破壊攻撃を仕掛けてきました。超新星爆発のエネルギーを歪曲空間レンズで絞り込んだすさまじいエネルギーの奔流によって、こちらを星系ごと殲滅《せんめつ》してしまおうとしているのです。

「さあ、これは一大事だ」

少年はポケットから金のリングを取り出しました。

そして――エネルギー流が星系の主星を直撃する刹那、別の恒星がその射線に割って入りました。それは鉄の強化服や銀の戦艦と同様、完全に少年の意志によって動かされる、彼のもうひとつの肉体でした。

沸き立つ金色の巨大なプラズマ球――恒星そのものと化した少年は、自らの体でエネルギーを受け止めると、倍ほどにもふくれ上がりながら敵の本拠地へと疾走し、抱え込んだエネルギーを一気に解放！　そこを一気に焼き払ってしまいました。

これにて、星間戦争は完全に終結しました。しかし、一方では、そのすさまじい戦いの余波を受けて、こちらの首都を含む居住惑星も完全に破壊されてしまいました。

結局、戦いは相打ちに終わったということでしょうか？

いえいえ、そうではありません。

少年は四つめの、プラチナのリングを取り出しました。

すると、超空間に隠されていた巨大構造物――直径一・五億キロに及ぶ居住用リングが、主星をぐるりと取り巻く形で現れました。破壊された惑星を全部足したよりもなお広いスペースを持つその内側表面では、あらかじめ惑星上から避難させてあった星系住民が呆気《あっけ》にとられながら、ふたつの恒星を見上げています。

「さあみなさん、どうかここを第二の故郷と思って、今まで通りに暮らしてください。もちろん、家賃なんか取りませんからね！」

少年はそれだけ言うと、居住リングの外側の面に回って、こっそり恒星の体を脱ぎました。そして、輝く巨大なその体を金のリングの中にしまい、ポケットに収めてしまえば、もはやこの少年が星系を救った英雄であると気づく者はひとりもいません。

……そのはずが、

「あなた、すごいのねえ」

いつの間にか後ろに立っていたひとりの女の子が、にたにた笑いながら言いました。

「さあ、なんのことやら」

少年は女の子を無視して、歩き始めました。

「僕はもう、仕事に戻らなきゃ」

さて、それから。人々は居住リングの内側に大きな街や道路や畑を作り、今まで以上に栄えに栄えました。

その一方、少年は相変わらず、リングの外側で宇宙羊を世話しています。なぜって、戦争をしたり星系を救ったりするよりも、この仕事のほうがずっと好きなのです。

少年の背後には、女の子がずっとついて回って、

「ねえ、ねえ、また出して見せてよ。鉄の服とか、銀の船とか、金の星とか」

なんてことを言っています。

少年がとぼけながら歩み去っても、どこまでも、どこまでもついてくるのです。

そういうわけで、少年は、羊を追って、女の子に追われて、リングの外側をぐるぐる歩

き回ることになったのでした。

　これはずいぶん昔の話ですが、彼らはきっと、今もそうしてぐるぐる歩いていることでしょう。なぜって、場所がリングなだけに、どこまで進んでもおしまいってことはないんですから。

EPILOGUE

さて——

物語に終わりがあるように、あらゆる存在には、それぞれの最期の時がいつか訪れる。

永遠の生命を持つかに思えた我が家の自動家政婦にもまた、いつしか彼女なりの老いが見られるようになった。旧規格の交換部品が入手困難となり、加えて、くたびれた電子頭脳がエラーを起こしやすくなるにつれて、彼女の機能は年々わずかずつ衰えていった。

最初はまず、視覚システムの焦点調節が利かなくなった。それから何年かは物を見分ける時に顔全体をぐいっと寄せるようにしていたが、やがて腰や膝のモーターが弱り、さらに姿勢制御のための即時演算もおぼつかなくなると、そうした不安定な姿勢は避けるようになった。不慮の事故で転倒することがないよう、腰を屈めてゆっくりと歩《ほ》を進める彼女が、ひどく年老いて見えたことを覚えている。

そして、現在。

もはや暖炉の前の揺り椅子から立ち上がることもほとんどなくなった彼女は、つくろいものや銀器磨きなどの手仕事を専《もっぱ》らとしている。それとても、たびたび物思いにふけるように手を止めながら、休み休み作業を進めているありさまで、とても効率的とは言い難い。日に三分も針がずれる古い柱時計のように、彼女の存在は今の世の中にはそぐわないものとなっていた。

だが、柱時計のねじ巻き（我が家では、それは代々の子供たちに与えられる、最初の責任ある仕事だ）がそうであるように、彼女の存在は未だ、我が家の習慣の一部を担っている。子供たちは夕食のあと、歯を磨き、時計のねじ巻きと時間合わせを済ませると、先を争うように暖炉の前に走り、揺り椅子に飛びついていくのだ。

「今日のお話は!?」

「お話は!?」

「あらまあ、坊ちゃま、嬢ちゃま」

左右から突き出される子供たちの顔を交互に見やりながら、彼女は言う。

「残念ですが、わたくしは近ごろ物忘れがひどくなって、お話なんてひとつも覚えちゃあいないのですよ。お父さまとお母さまにごあいさつをして、今夜はもうおやすみなさい」

「ひとつだけ、ひとつだけ！」

「ひとつ聞いたら、そしたら寝るから！」

子供たちに椅子を揺すられている彼女の顔《マスク》は、暖炉の光の加減だろうか、楽しげに笑っているように見える。

「仕方ありませんね。それではひとつだけ、がんばって思い出してみましょう」

彼女が首をかしげると、子供たちは椅子の脇からさっと離れ、ふたり並んで正面に座る。

語り手がじっと暖炉の炎を眺める、ややもすれば退屈な数秒間。しかし、幼い姉弟は目を輝かせてお話の始まりを待っている。彼らにとってはその時間もまた、期待をふくらませるための儀式——声なき語りはすでに始まっているのだ。

語る前の時間も物語の一部なのだとすれば、物語の終わりとは、すなわち次の物語の始まりということになる。そして、もし、そうだとすれば——

——あらゆる瞬間は、永遠に続く物語の半ばにあるのかもしれない。

私がふとそんなことを思った時、彼女が顔を上げ、子供たちが身を乗り出した。

話の出だしは、いつも同じだ。

「そう、あれは——百万光年のちょっと先」

◆初出…………『SFJapan』2005WINTER～2011SPRING
「四つのリング」「EPILOGUE」は書き下ろし

この作品はフィクションです。実在の人物・団体・事件などにはいっさい関係ありません。

百万光年のちょっと先

2018年2月7日　第1刷発行

小　説　古橋秀之
画　矢吹健太朗

装　丁　百足屋ユウコ（ムシカゴグラフィクス）
編集協力　株式会社ナート
担当編集　渡辺周平
編集人　島田久央
発行者　鈴木晴彦
発行所　株式会社集英社
〒101-8050　東京都千代田区一ツ橋2丁目5番10号
電　話　編集部／03（3230）6297
読者係／03（3230）6080
販売部／03（3230）6393《書店専用》
印刷所　凸版印刷株式会社・株式会社太陽堂成晃社

Printed In Japan　ISBN978-4-08-703444-8 C0093
検印廃止

新生《リニューアル》!
若き才能よ集え!!
二〇一八年、JUMP j BOOKSは、二十五周年を迎えます。それを記念し、ジャンプ小説新人賞は、出版を想定したページ数規定の変更、フリー部門の賞金の増額などのリニューアルを行いました。この賞を足掛かりに、メディア化や国外への進出なども見据え、エンタメの新時代を若い才能とともに創り上げていけることを願っています。新しい小説賞へ、ご応募お待ちしております。
イラスト/Rickey